公爵に恋した
空色のシンデレラ

ブロンウィン・スコット 作

琴葉かいら 訳

ハーレクイン・ヒストリカル・スペシャル

東京・ロンドン・トロント・パリ・ニューヨーク・アムステルダム
ハンブルク・ストックホルム・ミラノ・シドニー・マドリッド・ワルシャワ
ブダペスト・リオデジャネイロ・ルクセンブルク・フリブール・ムンバイ

CINDERELLA AT THE DUKE'S BALL

by Bronwyn Scott

Published by Harlequin Japan,
a Division of K.K. HarperCollins Japan, 2025

ブロンウィン・スコット

40作以上の著作を持つヒストリカル作家。特に1830年代のイギリスを舞台とした作品を好んで書き、当時の文化や社会情勢にも造詣が深い。アメリカのノースウェスト大学で教鞭をとる傍ら執筆活動に励み、余暇には歴史と外国語の学修や旅行を楽しんでいるという。2018年RITA賞ファイナリスト。

主要登場人物

コーラ・グレイリン……………………教区牧師の娘。長女。
アラン・グレイリン……………………コーラの父親。教区牧師。
エリース・グレイリン…………………コーラの妹。次女。
ミスター・ウェイド……………………エリースの婚約者。
キャサリン・グレイリン………………コーラの妹。三女。愛称キティ。
メリサンダー・グレイリン……………コーラの妹。四女。愛称メリー。
ヴェロニカ・グレイリン………………コーラの妹。五女。
ジョージ・グレイリン…………………コーラのおじ。アランの兄。
ベネディクタ・グレイリン……………コーラのおば。ジョージの妻。
デクラン・ロック………………………ハーロウ公爵。
アレックス・フェントン………………デクランの親友。
レディ・エリザベス・クリーヴズ……デクランの花嫁候補。
コルビー公爵……………………………エリザベスの父親。
レディ・メアリー・キンバー…………デクランの花嫁候補。
エレン・デボーズ………………………デクランの花嫁候補。
ジョン・アーノット……………………やもめの羊飼い。

ブロンウィン・スコット

40作以上の著作を持つヒストリカル作家。特に1830年代のイギリスを舞台とした作品を好んで書き、当時の文化や社会情勢にも造詣が深い。アメリカのノースウェスト大学で教鞭をとる傍ら執筆活動に励み、余暇には歴史と外国語の学修や旅行を楽しんでいるという。2018年RITA賞ファイナリスト。

主要登場人物

コーラ・グレイリン……………教区牧師の娘。長女。
アラン・グレイリン……………コーラの父親。教区牧師。
エリース・グレイリン…………コーラの妹。次女。
ミスター・ウェイド……………エリースの婚約者。
キャサリン・グレイリン………コーラの妹。三女。愛称キティ。
メリサンダー・グレイリン……コーラの妹。四女。愛称メリー。
ヴェロニカ・グレイリン………コーラの妹。五女。
ジョージ・グレイリン…………コーラのおじ。アランの兄。
ベネディクタ・グレイリン……コーラのおば。ジョージの妻。
デクラン・ロック………………ハーロウ公爵。
アレックス・フェントン………デクランの親友。
レディ・エリザベス・クリーヴズ……デクランの花嫁候補。
コルビー公爵……………………エリザベスの父親。
レディ・メアリー・キンバー……デクランの花嫁候補。
エレン・デボーズ………………デクランの花嫁候補。
ジョン・アーノット……………やもめの羊飼い。

1

一八二四年四月、ロンドン

一八二四年の社交シーズン、羊に支配されたドーセットの田舎から出てきたばかりの二十歳のコーラ・グレイリンは、以下の真理が自明の理であることを知った。人生は一着のドレスから始まり、その後の成功はそれが適切なドレスであることにかかっている。女性の人生の大きな節目の一つ一つに、それを表すドレスがある。英国国教会のコミュニティへ入ることを表す洗礼用ドレス、社交界へ入ることの前触れである長くなったスカート丈、社交界へ入ることを示す宮廷での拝謁用のドレス、社交界デビューしたての女性が着る白い舞踏会用ドレス、そして最後に、女性が得うる手柄の最高峰、すなわち良い相手との結婚を告知するウェディングドレスだ。

ドレスは女性の人生の毎時間、毎秒を表す。午前用ドレス、午後用ドレス、お茶会用ドレス、夜会用ドレス、化粧着、ねまき、旅行服、乗馬服。このリストは、このテーマの多様性と同じくどこまでも続く。ドレスは時間を表すだけではない。会う相手、会えない相手を決める。世の母親たちと、良い夫を捕まえる希望を持ってロンドンに降り立つ熱心な若い娘たちは皆、適切なドレスが人生の道筋をも決めるという絶対的な真理を信じている。

この見識を疑う者は、ロンドンに到着した女性の手帳に最初に書き込まれる約束を見るといい。それは、アルマックスの女パトロンたちとの面談の約束ではない。とはいえ、服が役立つためには人に見られる必要があるため、それも重大な二つ目の予定にはなる。あるいは、一年ぶりに会う親友との約束でもない。何を隠そう、最初の約束の相手は仕立屋だ。

三月からは、ロンドンに二万軒ある仕立屋の針が一心不乱に動き始める。久しぶりに大陸へ旅行することも、フランスから流行を拝借することもできるようになったし、その流行を目にする男性という、長きにわたる戦争中には驚くほど不足していた生活必需品が今は存在する。ウエストはほぼ自然な高さまで下がり、スカートはふくらみ、しゃれた三角形のシルエットが大流行中だ。

仕立屋は何カ月も前から予約するもので、それを怠った者には社会的な死という苦痛が待っている。仕立屋への訪問は一連の買い物と人に見られることの始まりだ。さらにコーラやその妹のような女性たちにとっては希望の始まりであり、その希望の根底には、針のひと縫いで、肌色に合う生地一つですべてが変わるという信念がある。いかにもお伽話《とぎばなし》だ。

コーラの一部がそれは真実だと、そのような奇跡は起こると信じたがっていた。そのせいで一晩中眠れなかったが、それは妹のいびきのせいでもあったかもしれない。コーラはあくびを噛《か》み殺《ころ》し、マダム・デュモンの店のファッション画をじっくり眺めた。だがこの途方もない冒険の始まりから、コーラの中に楽観的に揺るぎなくさざ波を立てている希望の震えは、今もはっきり存在していた。世界中のどんな現実主義もそれを鎮めることはできない。コーラはつかのま目を閉じ、その希望に身を浸した。自分はロンドンにいて、ボンド・ストリートに……いや、だいたいそのあたり、数ブロックの誤差はあるかもしれないが、そこに立つ仕立屋を予約したのだ。

二年前に母が亡くなって以来、初めて一筋の希望が差し込み、コーラがそれほどの希望を持つのは久しぶりだった。適切なドレスを着て、それをつかみ取る勇気さえ出せば、その生地にどんな希望が織り込まれるかは誰にもわからない。コーラは切望のため息を押し殺した。勇気を出すことは思ったより難しい。人は希望を奪われる経験をすると再び希望を信じにくくなるという教訓を、コーラは痛い思いをして学んでいた。希望は未来への貴重な約束。失われた希望は破られた約束、否定された未来だ。でも信じる以外にどんな選択肢があるだろう？　やってみるしかない。家族のために。

コーラは妹の頬の前に生地見本を掲げた。「エリース、この白い花模様の黄色のモスリンはあなたによく似合うわ」エリースは母の金髪と美貌、そして父の温かな茶色の目を受け継いでいた。適切なドレスとおばの人脈があれば、エリースは良い相手と結婚できるはず。コーラはそう願っていた。コーラは妹たちの面倒を見ると母と約束し、エリースにはドーセットの荒野以上の場所がふさわしい。妹の一人を結婚させ、約束の一部を守れたら、夫に知らない場所へ連れ去られるエリースをどうしようもなく恋しく思うことになろうとも、安堵《あんど》はできるだろう。

その黄色の生地を見て、ベネディクタおばが同意するようにうなずいた。「コーラ、あなたには見る目があるわ」おばはにっこりしたあと、ファッション画へ注意を戻した。「この黄色はエリースにぴったり。でも、自分のことも忘れずにね。この青ならあなたの髪の色が引き立つわ」

「そうよ」エリースも熱心に言った。「お姉様、この青にしなさいよ。私たちがここにいるのはお姉様のためでもあるんだから」最初の興奮の一部が急激に高まり、この幸せな機会につかのま割り込んできた現実を追い払った。この青にしよう、とコーラは決めた。それから、白い小枝模様の緑色の生地。贅《ぜい》沢《たく》な喜びの瞬間に浸り、一人でほほ笑んだ。新しいドレスを仕立ててもらえて、しかもこんなきれいな色の生地を使ってもらえるなんて、何てすてきなの！　もう黒や冴《さ》えない茶色を着なくていいのだ。

　ロンドンにいること、新しい服を買うことは、人生が新たに始まることに等しかった。毎朝目が覚めるとカーゾン・ストリートの外れのタウンハウスにいるのは、うっとりするような現実だった。窓の外から馬車ががたがた揺れる音や行商人のかけ声が聞こえるたびに、自分がロンドンにいることを思い出す。この買い物とお宅訪問だらけの有閑生活は、長年にわたる母の看病と家の切り盛り、妹たちの勉強の世話のあとでは、慣れるのに少し時間がかかった。コーラは母を失ったあと、父まで失ったような状態になった。父は妻の死から立ち直れず、そのせいで教区の重荷がコーラの身に降りかかってきたのだ。

　ドーセットでは人の世話をし、人のための機会を作ることに忙しすぎて、コーラ自身の人生のチャンスはゆっくりこぼれ落ちていった。だが今は、コーラにもチャンスが巡ってきた。変わり映えのしない生活に、予想もしていなかったタイミングで救いの手が差し伸べられたのだ。ベネディクタおばとジョージおじが思いがけない天使のように、父の教区牧師館に颯爽《さっそう》と現れ、コーラとエリースがロンドンの自分たちの家で社交シーズンを過ごすことを提案してくれたのだ。それは現実とは思えず、お伽話のようだった。だが、父の抵抗は紛れもなく現実だった。

　父はコーラを行かせるのを渋り、准男爵である兄と口論した。誰がこの家を切り盛りするんだ？　誰が妹たちの世話をするんだ？　誰が教区を仕切るんだ？　父はコーラがいなければ何もできない。コーラは気落ちしたが、エリースがロンドンへ行くチャンスだけはどうしても守りたくて、自分は家に残ると申し出た。ベネディクタおばが二人ともロンドンへ来られるよう父を説得するのに骨を折ってくれた。

　〝アラン〟おばは父を厳しい目で見つめて言った。〝二人がずっとドーセットにいたら、二つの運命しか残されていないわ。農夫と結婚するか、オールドミスになるかよ。しかも、結婚させなくてはならない娘はあと三人いるの。あなたが必要としている助けは、ここでは誰も与えてくれない。この子たちはロンドンへ行くべきだわ〟

おばは容赦なく事実を突きつけた。エリースとコーラは美しい活発な娘たちで、ドーセットの羊飼いよりも良い相手と結婚できる。本人にとっても、家族にとっても良い相手と。姉が妹を助けられる立場になくて、どうやって妹たちを世に出せるの？　ベネディクタおばはコーラの家族が体面だけ取り繕った貧困状態に頻繁に陥りかけていることや、父に生活力がないことまでは強調しなかった。

小規模な聖職禄《ろく》しか持たない教区牧師の父では、五人の娘を育て、将来に備えることはできない。持参金も社交シーズンも与えられないし、愛する妻を亡くしてからはなおさらだった。ありがたいことに、ベネディクタおばの主張だけでじゅうぶんだった。二人は現にここにいて、ファッション画を眺め、ずらりと並ぶ生地の中から気に入るものを選んでいる。それはコーラを小銭勘定の名人にした喪失と剥奪《はくだつ》の長い日々のあとでは目が眩《くら》むようなことだった。コーラは一着のドレスにかかる費用を、レースの装飾やボタンの価格にいたるまで知っていた。

自分が選んだ上品な模様入りの緑色のモスリンに指で触れる。今もこの状況に完全に身を浸すつもりはなかった。これはひだ飾りとお伽話だけで終わる話ではない。それが理解できる程度にはコーラは実際的だった。やらなくてはならないことがあるのだ。

〝アラン、二人にシーズンを、チャンスを与えてあげて〟ベネディクタおばは主張した。〝二人が良い結婚をすれば、下の三人も身を立てられるから〟

最後のこの主張がコーラに強く響き、妹たちと父親を置いていく勇気を与えてくれた。家族の運命がコーラとエリースにかかっている。コーラは二十歳、エリースは十八歳。二人とも結婚できる年齢だ。その事実の重みにコーラははっとさせられた。

仕立屋と社交界デビューのわくわくの裏に、痺《しび》れるような現実があった。これから十二週間のうちに残りの人生をともにする男性と出会い、結婚しなくてはならない。そう考えると、〝死が二人を分かつまで〟という言葉が不気味に思えた。それほど大きなことを決めるには時間が短すぎる。〝家族の運命が私にかかっている〟またもその言葉が頭に浮かんだ。その反復句はこの数週間、コーラの頭の中でたえず繰り返される祈祷《きとう》になっていた。それ以上に、コーラ自身の運命がコーラにかかっていた。

これからの十二週間が自分の人生を決める。もしロンドンで夫が見つからなければ、ドーセットへ帰ってオールドミスになるしかなく、そうなれば家族の世話と、自分の面倒を見る力も、妻の死以来意気消沈した状態から抜け出す気概もない父に、コーラの毎日は費やされることになる。毎週日曜に説教をして儀式を執り行う以外、父にできることはない教区の世話に。

結婚を難しくするこれらの重荷がなかったとしても、結婚したいと思える相手はいなかった。ベネディクタおばの主張は正しい。准男爵の姪《めい》には、羊飼いが与えてくれる以上のものが必要だ。コーラはそれを身をもって経験してきた。故郷にどんな縁談があるかは知っている。例えば、五十エーカーの土地と百頭の羊、母親を必要としている三人の子供を持つ気難しいジョン・アーノットとの縁談で、ジョンは料理人と家政婦と家庭教師が一体化した、賃金を払う必要のない人材を求めている。コーラが求めているのは、彼の求婚より少しはましな縁談だ。

それでも、十二週間以内に結婚することのプレッシャーはあっても、自分を使用人以上の存在として尊重してくれる男性が見つかるはずだという希望は持てた。だが、コーラは現実主義者だ。ロマンスは期待していない。つむじ風のようなロマンスは過大評価されていて、恋愛には限界がある。結婚するにも、問題を解決するにも、愛だけではじゅうぶんではない。両親を見ていてそれがわかった。いずれは自分を愛してくれ、自分も愛せそうな男性と結婚できれば満足だ。それは高望みではないはずだ。だって、結婚は五十年も続くのだから。

コーラたちを担当している店員が近づいてきた。おばはモスリンのデイドレスに関する指示をし、姪たちのほうを向いた。「次は夜に着るものよ」

舞踏会用ドレスだ。その宣言に、コーラの希望の炎が少し輝きを増した。用心しながらも、内心で静かに喜びの歌を歌わずにいられない。舞踏会用ドレスを買ってもらえる！　エリースに手を握られるのを感じ、妹も興奮しているのがわかった。姉妹はひそかに喜びの視線を交わした。社交シーズンは確かに深刻な業務だが、実在するお伽話としての側面も否定できない。現実はその二つの間のどこかにある。

店員は低いテーブルを取り囲む椅子へ三人を案内した。テーブルの上にはファッション誌が広げられ、傍らにレモネードとビスケットがのった盆が置かれている。「お飲み物をどうぞ、私は生地を取りに行って参ります」

コーラはレモネードを飲みながら、歩き去った店員がカーテンの裏でどんな生地を集めているのか想像した。絹とサテンで、色は淡い黄緑色やケシ色、空色や紫陽花《あじさい》色もあるかもしれない。ああ、空色のドレスのためなら何を差し出しても構わない。

シャンデリアに照らされた舞踏室で空色の絹のドレスを着てワルツを踊る自分を想像していると、ドアの上の鐘がちりんと鳴った。三人の女性が入ってくる。二人は年配だが、一人はコーラと同年代の金髪の若い女性で、会話が止まるほど美しかった。揃《そろ》いの色に染められたキッド革のブーツの爪先から上品なボンネットのつばにいたるまで、三人は流行の最先端を行っていた。コーラはすばやく計算した。若い女性のドレスのレース代だけでも、一カ月分の肉を買える金額になりそうだ。

ベネディクタおばの背筋がぴんと伸び、その目が慎重に値踏みするように新参客を追った。「コルビー公爵夫人とその娘さんよ」

おばがささやき声で言い終える前に、マダム・デュモンその人が店員の一団とシャンパンの冷たいグラスを盆にのせたメイドを一人引き連れ、展示室に姿を現した。膝を曲げて言う。「公爵夫人、当店へお越しいただき光栄です」

コルビー公爵夫人は冷ややかな礼儀正しい笑みを浮かべ、マダム・デュモンにかしずかれるに値する人物であることを表現した。「マダム・デヴローにこちらを推薦していただいたの。彼女は今、注文を抱えすぎていて、時間は何より大事ですから」裏の意味が伝わったのか、マダム・デュモンの笑顔がかすかにこわばったように見えた。

公爵夫人は金髪美人に向かってうなずいた。「娘のレディ・エリザベス・クリーヴズに、ハーロウ舞踏会に着ていくドレスが必要なの。ご存じのとおり、来週開催されるものですから」

コーラはため息をつきそうになった。ハーロウ舞踏会は、准男爵の姪にすぎず、メイフェアの基準からすると下品ではないが慎《つつ》ましい住所に住むコーラとエリースは招待されていないが、ベネディクタおばの社交の集いで話題の的になっている催しだ。

その舞踏会の名前を聞いたマダム・デュモンが両手を打ち合わせると、店員たちが一目散に生地を取りに行った。公爵の娘一人の世話をする店員は七人。准男爵の姪二人の世話をする店員は一人だけ。コーラはその格差に一日を台なしにされまいとした。それでも自分は舞踏会用ドレスを買ってもらえるし、その事実は数分前と少しも変わらずすばらしいのだ。

しばらくすると、店の表と裏を隔てるカーテンを、今はシャンパンの盆を持っていないメイドが開け、生地のパレードが始まった。青色、カナリア色、ローズ色、スミレ色などさまざまな色がレディ・エリザベス・クリーヴズに向かって行進してくるさまを、コーラは物欲しげに眺めた。生地が一つ通り過ぎるたびに好奇心が刺激される。店員は自分たちに何色を選んでくれるだろう？　ケシ色や空色が多いだろうか？　コーラたちを担当している店員が最後に、あごの高さまで生地を抱えて出てきた。コーラは立ち上がって手伝いに行きたい衝動を抑えた。

店員は低いテーブルに生地を置き、コーラは次の店員を探してその店員の背後に目をやった。生地はまだ運ばれてくるはずだから、メイドが手伝うのかもしれない。というのも、持ってこられた生地は一つ残らず白色だったのだ。もちろん上質な白いリネンと綿地だが、色はなく、絹でもなかった。コーラが望んだのは……いや、そこに問題があるのでは？望むことに。

コーラは希望を先走らせてしまい、それが根拠のない落胆を生んだ。そもそも絹やサテンなど望んではいけなかったのだ。それは完全に恩知らずだ。一人のみならず二人の娘に社交シーズン用のドレスを仕立てるのは決して小さな出費ではないし、費用はすべておじが気前良く支払ってくれている。

コーラは表情を引き締め、落胆が顔に出ないようにして、レディ・エリザベス・クリーヴズを最後に一度ちらりと見た。空色を着たらはっとするほど美しいだろう。ハーロウ舞踏会の花形になるに違いない。早くもその様子が目に浮かぶようだ。彼女が部屋に入ったとたん会話が止まり、濃い空色のスカートが翻り、金髪が高く結い上げられたさまが。男性たちは息をするのを忘れ、女性たちは羨望でいっぱいになる。若きハーロウ公爵が彼女に目を留め、ダンスを申し込む……。コーラはおばの手がそっと自分の手に重ねられるのを感じた。

「レディ・エリザベス・クリーヴズは二年前に社交界デビューしているの」おばは説明した。デビューからしばらく経《た》っているため、彼女は大胆に色物のドレスを着るのかもしれない。だが初めてのシーズンを迎えるコーラは、白いドレスと真珠を身につけるものとされている。お伽話が少し揺らいだ。もしこれが二年目のシーズンであれば、少しは色物を取り入れることが許されるが、コーラに二年目のシーズンはない。この一シーズンきりなのだ。

「このような生地こそ私たちが参加する催しに必要なものだわ」おばは白薔薇《ばら》模様の上質な白い綿地を選んだ。「裾は真っ青なリボンで、袖はブリュッセルレースで縁取ったらすてきでしょうね」確かに。コーラは反論できなかった。その実用性にも反論できなかった。さほど高尚なデザインではないため、このシーズンが実を結ばなかった場合もあと何年か着られるだろうし、仕立て直せば妹たちにお下がりとして渡せる。ドーセットで成人したら羊飼いと結婚することが運命づけられている女性には、しゃれたドレスどころか新しいドレスも必要ない。

だめだ。そんな状況にはさせない。私も、妹たちも。ジョン・アーノットは年季奉公する妻をほかで探せばいい。私は誰かを見つける、見つけてみせる。

でも、誰を？　コーラは布選びをベネディクタおばに任せ、その悩ましい疑問について考えを巡らせた。自分が出会わない相手ならわかる。ハーロウ舞踏会に参加する男性たちだ。爵位と財産を持った相続人たち。コーラがハーロウ公爵に出会うことはない。ゴシップ紙の記事が事実であれば、早急に結婚しなくてはならない若き公爵。

公爵の母親が息子の結婚に熱心で、彼が今シーズンの終わりまでに花嫁を選べるよう、この舞踏会を社交界の生え抜きを集めた催しにすることは誰もが知っていた。それは公爵と自分の共通点だとコーラは思った。二人とも十二週間以内に結婚しなくてはならない。ハーロウ公爵もプレッシャーを感じているだろうか？　そもそも公爵はプレッシャーを感じるのだろうか？　きっと感じない。誰もが公爵と結婚したがっていて、公爵は選べばいいだけなのだから。男性のほうが楽だ。コーラはため息をついた。

おばがコーラのほうを見た。「私が選んだものでいいの？」

「もちろん」コーラは気を取り直し、ため息をついて間違った印象を与えたことを後悔した。話し合いについていけていない。「すてきなドレスになりそうね。本当にありがとう、ベネディクタおば様」

一同は立ち上がり、おばは試着と配送の段取りをつけた。「次は帽子屋へ行きましょう。帽子のあとは手袋と靴よ、お二人さん」おばはコーラを安心させるように明るくほほ笑んだ。「大丈夫」公爵夫人一行のそばを通り過ぎるときにささやく。「ロンドンにいる花婿候補は公爵だけじゃない。次男も、裕福な教区牧師も、法廷弁護士も、医者も、大きな地所とそれに見合う収入のある紳士もいるわ」街路へ出ると、おばはいたずらっぽく目をきらめかせてコーラを見た。「おじ様にはたくさん友達がいるの。爵位が欲しいなら、准男爵だって見つけてあげられるわ」きっとそうだ。コーラは黙ってうなずいた。自分の務めは心得ていて、それを果たすつもりだ。

ハーロウ公爵デクラン・ロックは自分の務めを心得ていて、それを果たすつもりだった。ハーロウ公爵家に跡継ぎがいない状態を必要以上に長引かせたくない。父の喪に服す一年は終わった。爵位相続の手続きも完了し、将来を真剣に考える時が来た。アッパー・カナダに住む一度も会ったことのない遠い親戚を除けば、デクラン以外に明らかになっている相続人はいない。

あいにくその将来とは、世間に待ち望まれているハーロウ舞踏会に対峙《たいじ》することを意味する。舞踏会が始まる前から、デクランはすでにうんざりしていた。もうたくさんだ。デクランはサイドボードに並ぶデキャンタから自分の一杯を注《つ》ぐ間、母は喋《しゃべ》った。さらに喋った。まだ喋っている。舞踏会のことだ。デクランの舞踏会。デクランが妻を選ぶための場。

まだ社交シーズンが始まってもいないのに、その舞踏会はもう何週間もロンドンの話題の的だった。ゴシップ紙は毎週、薔薇の色だの装飾の様式だの、詳細を少しずつもらしている。すべて大衆の興味を引くためだ。その催しへの期待がより大きいのが、母なのか客なのかはわからなかった。両者とも舞踏会へ向けた盛り上がりは最高潮だったが、本番まではまだ一週間もある。運が良ければ、誰もが興奮のあまり燃え尽きて灰になってくれるだろう。

「リストをもう一度確認しない？」母は書き物机の上の紙束に手を伸ばした。それは実質的には問いかけではなかった。デクランの希望がどうあれ、リストの確認は始まるのだ。デクランは酒を一口飲み、窓の下の街路に目をやった。街路は混雑していて慌ただしく、この騒音から離れて田舎の屋敷に引っ込み、馬に乗って川で釣りができるなら何でも差し出すだろう。父もこんなふうに思っていただろうか？　爵位は責務と欲望の間で引き裂かれていたのか？　爵位は自分の人生が本当の意味で自分のものにはならないことを意味しているのに、父からはつねに責務を最優先しろと言われてきた。デクランは父を尊重したかったので、その教えも尊重するつもりだった。

「キャリーズ伯爵の娘さん、レディ・メアリー・キンバーはすばらしい娘さんよ。彼女がまだ独身で運が良かったわ。去年の春にクレイトン公爵家に持っていかれていてもおかしくなかったもの。幸い、クレイトンは肖像画を描かせていた画家と結婚したから」母は片手を振った。「何ていいかがわしいんでしょう。デヴリン・バイザシー本人だけでも、三男とインド人女性の間の子といういかがわしさなのに」

「バイザシーの母親は君主《ラージャ》の娘だ」デクランは指摘した。「僕はクレイトンが好きだよ。トラベラーズ・クラブで知り合ったんだ。頭のいい男だ。クレイトンとカウデン公爵はプロメテウス・クラブを共同経営している」それは喪が明け、爵位を正式に継いだ今、デクランが入会する予定のクラブだった。ロンドンに着いたときに会員資格の申請をすませてある。

母は目を細め、不機嫌になった。「クレイトン公爵家は、男性が息子を作れなかったときに何が起こりうるかを示す教訓よ。私たちは来年まで待つリスクは冒せないの」咳払《せきばら》いをしてリストに戻る。「コルビー公爵の娘、レディ・エリザベス・クリーヴズもいるわ。二年前に社交界デビューした、洗練された娘さんよ。自分の務めを心得ていて、今年はぜひとも結婚したがるでしょうね」

デクランはいらだちを募らせ、窓辺から室内へ向き直った。母のことは愛しているし、母が心から息子のためを思っているのはわかるが、だからといってこれ以上この会話を受け入れられるわけではない。

「その紙をまるで競馬新聞のように読むんだね。そこに書かれているのは生身の人間だよ。ニューマーケットのレースに出場する雌の子馬じゃない」自分もそう思われていることはわかっていた。一流の種馬、それだけだ。血統の良いサラブレッドを新たに生み出すために、最高の血統と交配させられる存在。

それは屈辱的な事実だった。デクランはそれ以上の存在になりたかった。父が自分にとってそうだったような良き父親に。子供と遊び、子供と時間を過ごす父親に。愛情深い夫になって、妻と協力関係を結びたい。自分を頼みにしている大勢の人々の生活の質を向上させられる遺産をハーロウ館に遺《のこ》したい。村に学校を建て、農業を改良して土地の信頼度を高め、遠い未来まで持続できる生活を提供したい。

デクランにはこれらのことができる。だがこれらのことは、デクランが息子を作らない限り、結局は意味がなくなってしまう。すべてをはぎ取ったところに残るのはそれだ。何よりもまずデクランは種馬の立場につくべきであり、雌馬と交尾する雄馬と同様に自分が相手をどう思っているかは問題ではなく、相手がデクランの種にふさわしい、血統の評価を高める跡取りを生み出せばいいだけなのだ。

「このリストをどんなふうに読んでほしいの？　お伽話みたいに？　聞こえを良くする？　あなたは自分が妻にしたい女性を選べばいいだけだというふりをすればいい？　でも、現実はそんなふうにはなっていないの」母はリストを置き、険しい灰色の目でデクランを見つめた。「私がお父様と出会ったときのいきさつを改めて話させて」

デクランはごくりと唾をのんだ。「その話なら前にも聞いたよ。お父様の両親が若い女性を五人選んで、ハーロウ館のハウスパーティに招いたんだろう。お母様はその一人だった。お父様はパーティの間にその五人と一人ずつ過ごしたあと、最終日に舞踏会を開いて婚約を発表したんだよね」

母はほほ笑んだ。「そのとおり。私たち五人が選ばれたのは、必要な家系と経歴、財産、人脈があったからよ。それでも、ロマンティックな盛り上がりはあったわ。公爵の心を射止めるため、五人の候補者の中から選ばれるための二週間。そして私が勝った。舞踏会の夜に婚約が発表されたあと、お父様とワルツを踊っているときは、宙に浮いているような気分だった。それほど幸せだったの。恋に落ちたからではないわ。私はそこまでうぶではなかった。一目惚《ひとめぼ》れの恋なんて存在しないの。でも私は確かに幸せだったし、それはお父様と私が互いを理解していたから。私は自分の務めを、お父様はお父様の務めを理解していて、私たちはそれを果たした。一緒に。同じように、結婚後もたくさんのことを一緒に進めてきたわ。良い結婚生活だった。私に後悔はない。ただ、自分たちが幸運だったこともわかっている。息子にたった五人の女性しか選択肢を与えなかったら、誤りが生じる余地があるものね」母は片手を振った。「あなたは五人よりも多い女性の中から選んでいいのよ。お父様より選択肢が多いことに感謝しなさい。私は自分が子供を授かり、その子たちが結婚する時が来たら、ロンドンで最高の選択肢を提示して本人に選ばせると誓ったの。あなたはお客様の中から誰でも好きな人を選べばいいのよ」

これが母の考える進歩的で、寛大ですらある方法なのだ。「ありがとう、お母様」デクランは皮肉に聞こえるよう言い、グラスの中身を飲み干した。デクランは三十一歳だ。地所を運営し、公爵領を監督し、請求書の支払いをし、貴族院の一席に座って票を投じ、国全体を収める政策を作っている。それでも、それだけの責任を負っていても、今も母のエプロンの紐《ひも》に縛りつけられているような気がした。

「あなたは緊張しているだけよ」母は慰めた。「来週の今ごろには全部終わっているかもしれないわ」

母のその言葉が何を意味しているかはわかっていたが、それは慰めにはならなかった。その舞踏会で花嫁を選び、そこで婚約を発表すれば、それで終わるという意味だ。新聞は満足するだろう。ロンドンはシーズン中、デクランがいかにして花嫁の心を奪い、すぐに結婚したかという話で持ちきりになるだろう。

デクランは乾いた笑い声をあげた。「でももし僕がすぐに結婚を決めたら、お母様があれほど念入りに計画してきた舞踏会のあとのハウスパーティはどうなる？　あの労力が無に帰するところは見たくないね」舞踏会は母の最初の一手であり、本物の花嫁探しは、父の求婚へ敬意を示してハーロウ館で行われることになっている。デクランにとって、そのハウスパーティは頭痛の種であると同時に執行猶予のようなものでもあった。おかげで避けられない事態を二週間先送りにできるのだ。もちろん、奇跡を願うことはいつでもできる。母が作った客のリストのどこかに自分が愛せる女性が、公爵領よりも自分に興味を持ってくれる女性がいるという奇跡を。

2

「ああ、奇跡の日だわ！　ドレスが届いたの！」寝室へ飛び込んできたエリースの羨ましいほどの元気の良さに、コーラは書いていた手紙から顔を上げた。またも故郷の妹たち、キティとメリーに宛てた手紙だ。エリースに手をつかまれて書き物机の前から引っ張り上げられ、マダム・デュモンの署名入りのピンクのサテンのリボンが巻かれた深さのある白い衣装箱が次々と寝室へ運び込まれるうちに、コーラも興奮が抑えられなくなった。

「まあ、何てたくさんの箱」

妹の熱意が良い意味で伝染し、コーラはエリースをハグした。自分もエリースのようにロンドンでの経験に没頭できればと思うが、コーラの一部は今ものぼせ上がらない限り、新しい服への単純な喜びにつかのま浸るくらいなら許されるはずだ。

「どこから始めましょうか？」エリースは両手を打ち合わせ、その顔にはコーラが感じているのと同じ、どうしようもない喜びと信じられない気持ちが混じった表情が浮かんでいた。姉妹の間で無言のメッセージが交わされる。長い苦労と喪失の日々のあとでは、美しい服が入った箱に囲まれ、誰の家を訪ねるか、何を着るか、どの舞踏会に出席するか以外に頭を悩ませる必要のないことがどれほどの奇跡であるか、二人とも理解していた。エリースはついに太陽が顔を出したと思っているようだ。だがコーラはその太陽がいつまでもつのか、いつまた雨が降るのかと考えてしまう。その時は確実に来るからだ。永遠に続くものはなく、良いものは特にそうだ。

喜びと信じられない気持ちが合わさって、妹の顔には幻想的な雰囲気があった。早々と求愛してきた

経験に没頭できればと思うが、コーラの一部は今も縛られていて、ドーセットの皆が自分なしでどうしているのか心配だった。キティはほぼ毎日のように指示を求めてきた。ヴェロニカの勉強のために何を読ませればいい？　喉頭炎にかかったロバーツ家の赤ちゃんに何を持っていけばいい？　質問は永遠に続くように思えた。

「私たち、本当にこんなにたくさん注文した？」あのときはこれほどの量には思えなかった。どんどん運ばれてくる箱が信じられず、コーラは笑った。ベッドカバーが見えなくなるまで箱がベッドに積み上げられるのを見るのは、何と胸躍ることだろう。こうした贅沢《ぜいたく》を喜ぶのは虚栄であり身勝手なのかもしれないが、しゃれた物どころか新品さえ買ってもらうのは久しぶりだった。最も近いのが、前回のイースターに母の服を何着かエリースと自分用に仕立て直したことだが、母の服は新品とはほど遠かった。

男性たちが、すでにエリースを天使に喩《たと》えているのも無理はない。妹の幸せそうな顔を見て、コーラは別の種類の幸せで満たされた。その幸せはドレスとはあまり関係がなく、家族に抱く愛情に関わるものだった。ついに状況が上向いてきたのかもしれないと、おそるおそるでもようやく信じていい気がしてくる。エリースは良い相手と結婚できる、そう確信できた。今までに参加してきた小さな催しでも、エリースはたちまち人気を集めていた。

きっとコーラにも誰か見つかるはずだ。これだけたくさんのドレスの助けがあるのだから、当然でしょう？　まだ魅力的な人が見つかっていないからといって、いつか誰かが見つかる可能性は否定できないし、その人と今夜のグラントン家の夜会で出会うかもしれない。まだ始まったばかりだ。ベッドに衣装箱が三段重なっている光景は、最近はしぼみがちだったコーラの士気を上げるのに大いに役立った。

「これを全部開けるには午後いっぱいかかりそう」エリースは叫び声をあげたが、その口調にはそれを気にしている様子はまったくなかった。

「ベネディクタおば様を待ったほうがいいんじゃないかしら」コーラは気前の良いおばへの礼儀から、この興奮を先送りにすることを提案した。正直に言うと、心の底ではエリースと同じくらい、仕上がったドレスを見たくてたまらなかった。ひととおり寸法合わせはしたため、だいたいの見た目は知っているが、やはり完成品を見るのに勝ることはない。

「そうね。おば様とおじ様が私たちのためにしてくれたことを思えば、それが優しさだわ。おば様がドレスを見るのを楽しみにしていたことは知っているもの」エリースは不本意そうにため息をついた。

おばの威厳ある家政婦、ミセス・ニュートンが慌ただしく入ってきて、荷運びが終わった従僕たちを追い払った。「何ていい子たちなんでしょう！　でもレディ・グレイリンから、自分の留守中にドレスが届いた場合は帰りを待つ必要はないと、はっきり指示されています」訳知り顔でほほ笑み、衣装箱に向かって両手をひらひらさせる。「どうぞ楽しんで」

エリースが即座に開け始めたので、コーラは笑い声をあげた。エリースは一つ目の箱のリボンをほどいて脇へ放り、薄紙の層の奥に両手を突っ込んでカナリア色の散歩用ドレスを取り出した。「最高！」それを自分の体に当て、歓喜の叫び声をあげてくるくる回りながら室内を移動する。「これを着て公園を歩くのが待ちきれないわ」

コーラは自分の箱に注意を向け、妹より慎重に箱から出すことでこの時間を楽しむことにした。長いサテンのリボンを注意深くほどき、きれいに巻き取ったあと、ふたを外して薄紙をそっとはがす。薄紙は再利用できるようにあとでたたむつもりだ。「わあ……」憧れのため息をつき、流れるようなラインの繊細な薄物の白い舞踏会用ドレスを取り出した。結局、白もそう悪くないのかもしれない。窓間鏡の前へ行き、ドレスを体に当ててみる。エリースが黄色のドレスをつかんだまま、背後に近寄ってきた。

「何だかクリスマスの朝みたいじゃない？」エリースは柄にもなく厳粛な調子で言った。

「ええ、そうね。五月のクリスマスだわ」コーラは鏡の中で妹と視線を交わし、二人ともが思っていて、感じていることを言った。「お母様がこの姿を見られたら良かったのに。お母様はドレスを買うことも楽しんだでしょうね」母はあまりに多くを見逃してきたし、これからも多くを見逃すのだ。娘たちの結婚にも、孫の誕生にも立ち会えない。家族を一つにまとめることもない。家族はどうしても母にまとめてもらう必要があるのに。コーラはせいいっぱい頑張っていたが、うまくできていない気がしていた。あまりに荷が重かった。母はどうやってずっとあれらの仕事を全部処理したうえ、あんなに簡単そうに見せていたのだろう？　造作もないことのように。

「お母様は私たちに社交シーズンを経験させたがっていたわ」エリースは穏やかにほほ笑み、優しい声で笑った。「これほど壮大になるとは思っていなかったでしょうけど」真顔になって続ける。「お母様は私たちにシーズンを、その一分一秒を楽しんでほしいと思うでしょうから、私はそのとおりにするつもり。お母様はお姉様にも同じことを思うはずよ」

エリースは書き物机に意味ありげな視線を向けた。「今も、これだけの贅沢に囲まれているときも、お姉様は心配事に埋もれている。私たちはウィンボーン・ミンスターから移動に何日もかかる場所にいて、あそこで起きていることはどうにもできない。でも、ここで起きていることならどうにかできる。私たちは良い結婚をして、長期的な変化を家族にもたらすことができるんだから、それを楽しむこと、自分を最優先にすることは罪じゃないわ」エリースは鏡から離れ、次の箱を開け始めた。「私たちが自由にふるまうことが、何よりも家族の助けになるんじゃないかしら。必ずしも犠牲が答えではないと思う」

それは、人がしたいようにすることを正当化するために自分に言い聞かせる理屈かもしれないが、コーラはその考えを胸に秘め、母が自分に告げた最後の言葉にそれを押し切らせた。

〝コーラ、約束して、自分の幸せを追求するって。あなたはほかの人に与えてばかりだから、自分の分を確保できないんじゃないかと心配なの〟

エリースが見ていないときに、コーラは場違いな涙を拭った。妹が言ったことには確かに価値があるのかもしれない。自分は希望の手綱をあと少しだけゆるめてもいいのでは。何しろ、今のところうまくいっているのだ。エリースは成果を出しているし、コーラだって時間があればそうなれるはずだ。

「お姉様は亀みたいにのろいわね」ベッドにいるエリースが自宅用のピンクのドレスを掲げて言った。「その調子じゃ永久に全部の箱を開けられないわ」

コーラはにっこりした。妹からの催促こそ、憂鬱を振り捨てて午後を楽しむために必要なものだった。

エリースはつかみかかるように、コーラは時間をかけ、それぞれのペースで箱を開けていった。箱から次々とドレスを取り出すうちに、巻き取ったサテンのリボンがベッド脇のテーブルにピンク色のピラミッドのように積み上がっていった。そうしながらも、コーラはこのような美しい服を受け取る特権を自覚していた。喜びの裏で、これらの贈り物に付随する責任も自覚した。これらのドレスは家族と自分を前進させるための道具だ。自分が状況を変えるのを手助けしてくれるものなのだ。

オーダーメイドのドレスが仕上がるまで、ベネディクタおばはとりあえず上質な既製品のドレスを二人に着せ、規模の小さな催しで二人をロンドンの人々に紹介してくれているが、コーラは今のところ自分の進展、あるいは自分の進展という言い方に語弊があるなら、モスリンの旗印に群がる男性たちの顔ぶれに少し落胆していた。厳密には、彼らに落ち度はない。皆マナーが良く、仕立ての良い服を着て、上品な話し方をするが、ドーセットの男性たちと同様、コーラの血液にも心にも火をつけてくれなかった。コーラの実際的な部分は、自分が求めすぎているだけ、基準を高く設定しすぎているだけだと警告していた。落胆を避けるには、基準を調整し直す必要があった。

コーラは次の箱に手を伸ばしながら、すでに開けたドレスを頭の中で数えた。緑色と青色のデイドレスと、白の舞踏会用ドレスが何着か。あと何が残っているのだろう？　残りの箱はすべてエリースのものので、自分の山に混じっているだけだろうか？　コーラはリボンをほどき、ふたを開けてあえいだ。薄紙に包まれていたのは、マダム・デュモンの店でコーラが見とれていた空色の絹のドレスだった。感謝の涙が目を刺した。この生地がコーラにとってどれほどの意味を持つかをベネディクタおばが見抜き、ドレスを注文してくれたのだろう。追加の出費をさせた罪悪感が胸を刺した。絶対に、おばにこの思いがけない優しさへのお礼を言わなくてはならない。

けれどドレスを箱から出した瞬間、そうではないとわかった。そのドレスはおばとおじが買えるレベルをはるかに超えていた。これは実用的ではない。まるで……魔法だ。「エリース、これを見て」

「まあ、驚いた。それはどこから来たの?」エリースが畏れ入ったようにささやき、大胆にも指先で絹地をなぞった。「すてきだわ。お姉様の濃い髪色にはっとするほど似合うと思う」

「どうかしら。私たちのものではないし」コーラは物欲しげにため息をついた。だが、愛着を持ちすぎてはいけない。コーラはドレスを注意深く箱にしまい始めたが、エリースの考えは違っていた。

「だめ、しまわないで！　着る前にしまうことはないわ。すぐに着て。飾りも全部つけて。新しいコルセットと下着を用意するわ」エリースはすでにたんすの引き出しを漁《あさ》り、必要な物を集め始めていた。

「お願い、私の好奇心のためだけにでも」肩越しに声をかける。「それを着たお姉様が見たいの」

自分が望んでいるとおりのことを妹に主張されると、抗《あらが》うのは難しかった。「着ても害はなさそうね」現実主義との議論に心が勝って、コーラは折れたが、それでも現実が何とか最後の言葉を紡がせた。「期待しないでね。私のじゃないんだから、体に合わないはずよ」

エリースにされるがままに服を脱いで新しい下着をつけ、そのすばらしいドレスを頭からかぶると、柔らかな絹がするすると体の上をすべる感覚そのものが主張となり、現実を静かに黙らせた。〝このドレスはあなたのために作られた〟コーラが鏡を見る前から、頭の中でささやく声が聞こえた。

　ドレスに体が収まり、エリースの指が留め具を留め始めると、絹地は軽く感じられた。これほど着心地の良いものを着たことがあっただろうか？　腹の中で小さく固まっていた不安が広がった。美しく作られたこのドレスが自分にまったく似合っていなかったらどうしよう？　着心地ほど見た目が良くなかったら？　それは何という悲劇か。コーラが鏡を一目見ようと首を伸ばしたとたん、叱責が飛んできた。

「まだよ。準備は終わってないわ。手袋をはめて」

エリースに新品の白いサテンの肘まである手袋を渡され、コーラはそれをはめた。「さあ、見て」

　エリースに窓間鏡の前へ連れていかれると、コーラは一瞬、目を見張ることしかできなかった。鏡の中からこちらを見ているのは本当に自分だろうか？これまで自分の容姿についてあまり考えたことがなかった。毎日が忙しすぎたし、過酷すぎたし、虚栄は罪だからだ。母はいつもコーラは美人だと言ってくれたが、母も父も自分たちの娘は全員かわいいと思っていた。コーラの容姿がどうあれ、このドレスは確実にそれを引き立てていた。

　肩が出るデザインのネックラインが胸元を誇示し、自分で少し引き上げたくなるほどだ。ぴったりした身頃がウエストの細さに視線を集めたあと、今まで着たことがないほど着心地の良いスカートとなって落ちる。それは今の流行よりも大きくたっぷり広がっていて、ドレスに独特の雰囲気を与えていた。このようなドレスはほかにないだろう。コーラは試しにくるりと回り、喜びのため息をついた。ドレスは空気のように感じられ、水のように動いた。

「お姉様のために作られていないドレスにしては、

お姉様のために作られたみたいにぴったりね」エリースは畏怖を込めてささやいた。「きれいだわ」

「少し露出しすぎよ」コーラが身頃を引っ張ると、エリースがその手を払いのけた。

「そういうふうに着るものなんだから、そのままにして。完璧よ」エリースは叱った。「お姉様は完璧。無理やり文句をつけたり、過小評価したりしてはだめ。ただ受け入れるの」

「私のじゃないもの」コーラは抗議したが、妹の言い分には同意せざるをえなかった。そのドレスは確かにコーラを美しく見せてくれた。その証拠が鏡からこちらを見ているせいで、心の中の切望に反論するのはいっそう難しかった。「送り返さないと」こんなドレスがなくなれば困る人がいるはずだ。このドレスは誰かのもので、コーラのものではない。

エリースはいたずらっぽく目をきらめかせ、ベッドへ歩いていった。「ほかにも舞踏会用ドレスが入っていると思う？　私たちが注文した分は全部開けたはずだもの。ほかの箱も見てみましょうよ」

予想どおりどころか、それ以上だった。二人で一緒に残りの箱を開けると、薄緑色の極上のドレス、ティールブルーに近い生き生きとしたアクアマリン色のドレス、晩餐《ばんさん》や夜会用の洗練されたブロンズ色の豪華なイブニングドレスが出てきた。乗馬服と、馬車用の青いツーピースもある。

「ここにある服を注文した人は、青と緑が好きなのね」エリースはいたずらっぽくほほ笑んだ。「その二色がお姉様にいちばん似合う色だなんて、何という幸運かしら」

「私たちの服じゃないわ」コーラはふくらんでいく誘惑に逆らうように鋭く言った。ああ、こんな服が自分のものだったら……。「誰かが待っているはずよ」コーラはしっかりと箱のふたを閉めた。ドレスが視界に入らなければ、誘惑は弱まるかもしれない。

最初から見ていないと思い込めるかもしれない。これらを注文した誰かは自分と体型と年代が同じで、白以外のドレスを着てもいい女性なのだ。

エリースは肩をすくめたが、希望は捨てていなかった。「その人はこれがなくて困るかもしれないけど、今はまだ困っていないわ」

「良くないことよ」コーラは注意深く、ふくらんだ美しいスカートを体のまわりに広げて椅子に座った。「私がこんなドレスを着てどこへ行くの？　グラントン家の夜会へは着ていけないわ。これは美しいドレスだけど、道理をわきまえないと。私たちの目的には合わない」このようなドレスは場違いに見えるだろうし、それはコーラの助けにならない。場にそぐわないことは何よりも避けたい。結局、白の舞踏会用ドレスはさほど悪い案ではないのだろう。

エリースはほかのドレスのことを忘れ、すぐにコーラの隣に来た。「お姉様なら誰かに出会えるわ。きれいだし、頭がいいし、話し方も上品だし、優しいもの。これという人にまだ出会っていないだけ。まだ二週間しか経《た》っていないのに、私たちはすでにかなり前進しているわ。お茶会にも、トランプ会にも、音楽会にも行った。これで衣装も揃《そろ》ったし、このあとは大規模な催しや舞踏会、大きな夜会、劇場が控えている。今にわかるわ。今もサー・リチャードはお姉様に夢中のようだし、ミスター・タイドウェルは今までのトランプ会で毎回、懇願する勢いでお姉様とホイストのペアを組みたがっているもの」

「それは私が勝つからよ！」コーラは笑い、感謝を込めて妹の手を握った。エリースは昔から姉の励まし方を心得ている。「でも、あなたをがっかりさせるお知らせがあるの。レティシア・コーニングから極秘に教えてもらったんだけど、ミスター・タイドウェルは近々、二人がした〝合意〟を認めてもらうためにレティシアのお父様を訪ねるんですって」

「それは残念ね」エリースは慰めるように言った。「ミスター・タイドウェルはきれいな黒髪とすてきな笑顔で、すごくハンサムだったのに」エリースの考えでは、花婿候補から外れた今、ミスター・タイドウェルはあまりハンサムではなくなったらしい。

「別に残念ではないわ」コーラは自分がレティシア・コーニングの知らせを残念がっていると妹に思われたくなかった。「ミスター・タイドウェルは都会を愛していて、それは彼が都会で事業の利益を出しているから当然だけど、田舎に家を持っていないの。それに、私たちにはホイスト以外に共通の興味がないわ」もし選べるなら、乗馬や釣りなど屋外の趣味を楽しみ、田舎で家庭を持ちたいと考える夫のほうが良かった。田舎に住めるのであれば、多少退屈な人でも我慢できる。夫の選択肢に関しては実際的に、現実的になる必要があるが、そう思うたびに気分が沈んだ。グラントン家の夜会で完璧な男性に出会えるとは思えない。今夜、完璧な男性は一晩中、コーラには手の届かない場所、ハーロウ舞踏会でダンスを踊るのだから。

だが、それはもういい。祝福すべきことがたくさんあり、片づけるべきものもたくさんあるのに、このよく晴れた春の日に服でいっぱいの部屋に座ったまま、起こりえないことに拗《す》ねている場合ではない。

コーラは部屋を手で示した。「この散らかりようを見て！　さっさと薄紙をたたんで、あなたはリボンを巻いたほうがいいわ。ピンクのリボンはキティとメリーのために家に送ったらどうかと考えていたの。それで春物の帽子や服を飾れるでしょう」立ち上がり、青い絹のスカートを注意深く手で払った。「このドレスを脱ぐのも手伝ってちょうだい」

エリースは笑って頭を振った。「それはまだよ。もう少し長く楽しんでも害はないわ」

二人がリボンを巻き取っている最中に、ドアが勢いよく開いた。顔を真っ赤にしたベネディクタおばが帽子も手袋も脱がずに飛び込んできた。「ドレスが届いたと聞いたから、一着ずつ見たくて！　それに、最高のサプライズが……」青いドレスを見るなり、おばの言葉がとぎれ、目が丸くなった。「でも、サプライズがあるのはあなたのほうみたい。そのすてきなドレスはどこから来たの？」

コーラはくるりと回り、スカートを見せびらかした。「私たちが注文したドレスに紛れ込んでいたの。最高でしょう？」最高なのだ、どうしようもなく。数分後にはこれをしまってよそへやり、グラントン家の夜会には新しい白のドレスを着ていく。だが、そのドレスと機会には感謝するつもりだ。「おば様のサプライズというのは？」

おばの目が輝いた。「今夜、ハーロウ公爵の舞踏会に行く、なんていうのはどう？」

姉妹はその言葉を聞いたとたん、喜びのあまり金切り声に近い声をあげた。その後、コーラとエリースはいっせいに喋《しゃべ》りだし、質問が重なり合った。

「どうして行けることになったの？」

「私たち、招待されていないわ」

おばはすました笑顔を作った。「私を天の助けだとお思いなさい。学生時代の旧友を思い出したのよ」陽気な笑い声をあげる。「チッチッ、そんな目で見ないで。私の学生時代はそこまで大昔のことじゃないわ。とにかく、友達のレディ・イスリーが娘さんの結婚以来初めてロンドンに来ているの。彼女は舞踏会に招待されていて、私も姪《めい》を連れてきてはどうかと誘ってくれたのよ」おばはすらすらと説明したあと、満面の笑みを浮かべた。

「お友達が誘ってくれたの？　本当に？」コーラはおばが招待してくれるよう頼み込んでいないことを願った。もしおばが骨を折ってくれたのなら、あまりに申し訳ない。その催しへの興味をあらわにするべきではなかった。おばとおじにはすでにじゅうぶんすぎるほど世話になっているのだ。

「そうよ」ベネディクタおばは言い張った。「今年社交界デビューさせる姪が二人いることは私から言ったと思うけど、あとはレディ・イスリーからのお誘いよ、本当に。彼女の馬車が九時に私たちを迎えに来てくれるわ。お出迎えの列には間に合わないでしょうけど、それは仕方ないの。彼女にはその前に少し用事があるから」

「でも、私たちにはグラントン家に行く約束があるわ」コーラは指摘したが、それはこれが現実とはとても思えなかったからだ。頰をつねりたい衝動と戦う。落とし穴があるに決まっている。現実とは思えないほど良く思える出来事はたいていそうだ。あるいは、支払いきれないほどの代償がついてくる。

「グラントン家にはおじ様が行くから完全にすっぽかすことにはならないいし、今夜の穴埋めとしてシーズンの後半で劇場のボックス席にお招きするつもり」おばは二人に請け合った。「あなたたちの魔法の夜のための手はずは整っているわ」まじめな顔になり、二人の姪の手を取ってぎゅっと握る。「でも忘れないで、これは一夜限りのこと。いつかあなたたちの娘に話して聞かせられるような例外的な一夜よ」おばの口調には切望の響きがあり、それは自分には持てなかった娘への切望かもしれず、過ぎ去った若かりし日々への切望かもしれなかった。「公爵の舞踏会で踊ったと話して聞かせられる。それはドーセット出身の教区牧師の二人の娘と、その年老いたおばにとってはとてもすてきな物語よ」おばはにっこりした。

三人はしばらくの間、たくさんの意味が込められた甘く切ない視線を交わした。今夜出会う紳士たちにダンス以上のことを望んではいけない。翌朝の訪問も、あとまで続く興味もない。明日からは通常の生活に戻り、トランプ会やランクの低い舞踏会で、ボンド・ストリートから一、二ブロック離れた店で仕立てた白いドレスを着て、世のサー・リチャードたちに愛想を振りまくのだ。

「おば様、それがたった一夜の例外だというなら」エリースが口を開いた。「コーラお姉様はそのドレスを着るべきだと思う。一度だけよ。誰もそれがお姉様のものではないと気づかないだろうし、今夜の参加者たちに会うことも二度とないんだから」

エリースの提案はあまりにも厚かましかった。コーラは抗議しようとしたが、ベネディクタおばのほうが先に、口元にいたずらな笑みを浮かべて言った。

「大賛成よ。コーラはそのドレスを着るべきだわ」

そこで、コーラはそのとおりにした。

3

自分はじゅうぶん務めを果たしたとデクランは思っていた。母の隣に立って客の列に耐え、差し出される手を取っておじぎをし、父親たちと礼儀正しく言葉を交わし、母親たちを褒め、娘たちにくつろいでもらうためにほほ笑み、ほほ笑み続けた。娘たちは皆ひどく緊張していたため、くつろいでもらうのは簡単ではなかった。デクランは娘たちに同情した。彼女たちも自分と同じくらい、見せびらかされることに興味がないのかもしれない。

デクランは誰もが公爵からの関心という〝贈り物〟に満足して家路につけるよう心がけた。皆が公爵と交わした会話を友人に話して聞かせられるように。公爵に軽んじられたと誰にも言わせないように。最初の女性から最後の女性まで関心を切らさないよう気をつけた。最初はレディ・メアリー・キンバー、最後はミス・クララ・ブライトンで、二人とも母の候補者リストの上位に入っていた。その間にも大勢の女性が現れ、母は一人一人の経歴を、その客を迎える前に祈祷《きとう》のようにデクランの耳元でささやいた。

デクランは自分の時間をすべてこの夜に注《つ》ぎ込んできたが、夜は始まったばかりだ。まだリードしなくてはならない最初のダンスがあるし、切り抜けなくてはならない舞踏会そのものがある。ダンスカードは母が手際良くさばいた。だが最初のダンスは別だ。その相手はデクラン自身が選ぶことになっている。選択は慎重に進めなくてはならない。自分の選択を母がどう利用するかはわかっている。それを息子の意向として振りかざし、その女性を押しつけてくるチャンスを逃さないだろう。ただし……。

その女性が花嫁にふさわしくない場合は例外だが、招待された女性は全員、母にあらかじめ精査されているのだから、そんな事態にはならないだろう。その点において、この競技の参加者は比較的平等で、女性たちは全員〝許容範囲内〟という同じスタート地点に立っている。全員、家柄が良く、血統が良く、財産がじゅうぶんある。デクランの頭の中ではどの女性も差異があまりなく、それは少しも都合良くなかった。彼女たちは、悪く言えば互いの複製であり、良く言っても同じ主題による微妙に異なる変奏曲だった。あるいは、選択肢はほかにもある。

自分が実際に興味を持てる女性を、白やパステルカラーをまとった頭も目つきも空っぽな群れの中で異彩を放つ、唯一無二の存在を見つけるのだ。デクランはその選択肢をとりたかったが、今のところ該当しそうな女性はいない。それはあまりに不当に思えた。見返りがあって当然なのに。デクランは務めを果たした。だったら運命も務めを果たすべきで、少なくともデクランが興味を持てる突出した誰かを、デクランに火をつける可能性のある誰かをよこすべきなのだ。

「管弦楽団に五分前だと伝えたわ。もうすぐダンスフロアに出るのよ」母はデクランを促し、あちこちにいる友人たちにうなずきながら人ごみの中を進んだ。数歩ごとに止まって会話をせずにすむよう、視線とうなずきを巧みに利用して道を切り開いていく。ハーロウ公爵夫人が舞踏室の中をうまく進めなかったと言われるわけにはいかない。視線と笑顔で批判を寄せつけないようにしている。もしデクランが太らされて展示された子牛の気分になっていなければ、母の努力に感心していただろう。「聞いている?」母の口調が鋭くなり、とりとめのない考え事をしていたデクランは我に返った。「レディ・エリザベス・クリーヴズが今夜来られなくなったと言ったの。お母様から手紙が来て、土壇場でドレスとそのほかの衣装の問題が発生したそうよ」

「僕に会いたくないのかもな」デクランは笑った。自分も衣装が思いどおりにならないことを口実に逃げられたらどんなにいいだろう。

母はデクランの冗談には乗らなかった。「会いたいに決まっているでしょう。お母様は謝罪なさっていたわ。私たちみんな、この縁組みに興味を持っているの。レディ・エリザベス・クリーヴズはすばらしい公爵夫人になるはずよ、お父様は……」

はい、はい。デクランはいらだち、コルビー公爵の立派な血統を滔々《とうとう》と述べる母の声を意識から締め出した。〝私たちみんな、この縁組みに興味を持っている〟かどうかに関しては、デクランは同意した覚えはない。新しいドレスがないという理由で舞踏会に来られない女性が、良い公爵夫人になる道理があるか? なぜ別のドレスを着てこない? 当然ながら、一着しか持っていないわけじゃあるまいし。

そんな些細《ささい》な災難で簡単に諦めるような女性を公爵夫人にしたいとは思えなかった。未来のハーロウ公爵夫人には底力が必要だ。冷笑的な考えが頭に浮かぶ。もしレディ・エリザベスがこれをデクランから個人的な訪問を受けるための戦略として利用するつもりなら、彼女は大きな失望を味わうことになる。自分がレディ・エリザベスのもとへ駆けつけたような印象を与えたり、この欠席について彼女に過度な興味を持っていると誤解されかねない発言をしたりするつもりはない。上流社会で結婚を画策する人々がゲームをしたとしても、デクランはしない。

管弦楽団が一曲目を演奏し始め、デクランは胃が締めつけられるのを感じた。まもなくその時だというのに、まだ誰を選べばいいのかわからずにいる。周囲で動きがあり、小さな騒ぎが起こった。デクランはあたりを見回した。「どうしたんだ？」

「花嫁候補のお嬢さんがたに舞踏室のいちばん高いところに並ぶよう言ったの」母が説明した。

デクランは顔をしかめた。「本当に？」その計らいは実に不愉快だった。デクランが列に沿って歩き、その中から一人を誘い出さなくてはならないのだ。

「ますます、延々と続く家畜の競売のように思えてきた」集まってくる色白で美しく、無垢《むく》で空っぽな女性たちを眺める。直感的に、自分がそこにいる誰一人として求めていないのがわかった。

「レディ・メアリー・キンバーは端から二番目よ」母が取り入るように言った。「レディ・エリザベス・クリーヴズが欠席なら……」咎《とが》めるようにデクランをちらりと見る。「笑って、デクラン。でないと、お嬢さんがたが恐怖のあまり気絶してしまうわ。怖がらせてはだめ」母は別れ際にそう警告するとデクランの隣から後ろへ下がり、息子を一人にした。

デクランは列の始まりまで来ていて、失意と不快感を覚えながらも再び務めを果たす時がやってきた。

舞踏室中の目が自分と女性たちに向けられているのを意識し、デクランは肩をいからせた。列に沿ってゆっくり、笑顔で歩いていく。デクランが前を通ると、女性たちは一人ずつ膝を曲げ、選別前に最後の印象を与えようと必死だった。その中にひときわ必死な女性たちがいた。デクランのダンスカードにまだ名前が書かれていない女性たちだ。

自分にとっても彼女たちにとっても、自分がこの立場にいることがいやでたまらなかった。母にかけられているプレッシャーの意味は理解しているが、デクランは公爵であり、大の大人だ。自分で何とかできる。ここにいるのは、つい最近まで学校に通っていたような女性たちだ。公爵に選ばれなかったことでひどく責められなければいいがと思う。列の端まで来ると、女性たちに関心を示すという礼儀は果たし終えた。これ以上先延ばしにはできない。最終的にレディ・メアリー・キンバーを誘い、それで終わりにすればいいのかもしれない。

列を引き返そうとしたとき、舞踏室の奥でささやき声が起こり、それは徐々に前へ、池に立つさざ波のように大きさを増しながら進んだ。デクランがその音を目で追うと、ささやき声に合わせて人ごみが割れ、やがてその発生源が明らかになった。遅刻者が二人いる。一人は白いドレス姿の金髪美人で、デクランが一目見て惹《ひ》かれるような独特の魅力はなかった。舞踏室のあちこちに同じような女性がいる。

だがもう一人、ささやき声の発生源と思われる女性は、光沢のある胡桃《くるみ》材のように輝く濃い色の髪で、目に鋭い知性の光を宿しているのが遠くからでもわかった。ほっそりした体つきを引き立てる空色のドレスは空をも恥じ入らせるほどで、この場に陳列されたさまざまなパステルカラーをくすませていた。

これが彼女のためだけに作られた舞台であるかの

ように、彼女以外の人々はすべて背景になった。彼女を見たとたん、デクランの心に稲妻が走った。ついに運命が情けをかけてくれたと言ってもいいが、デクランが感じていたのは情けではなかった。安堵《あんど》感《かん》でも単なる満足感でもなく、あまりに生々しく、あまりに熱い情欲の電光で、血液が無謀さと自信の両方で満たされた。

デクランは社交界デビューしたての娘たちの列に躊躇《ちゅうちょ》なく背を向け、その女性を目指して歩いていった。大股な歩幅は毅然《きぜん》とし、すばやい歩調は客たちに道を空けさせた。視線が彼女の視線を探り当ててとらえると、それはデクランの意志を明確に伝えた……君を自分のものにすると。彼女はデクランの視線の大胆さに臆することなく、落ち着いていた。素直な驚きのほほ笑みと心からの感嘆のまなざしでデクランの誘いに応え、そのまなざしがデクランの血液に火を放った。彼女がデクランの素性を知らず、予想もしておらず、一人の男性として見て快く思った瞬間があり、デクランは息が止まりそうになった。最後に女性がこんなふうに、まず爵位に意識を向けることなく自分を見てくれたのはいつだろう？

デクランが前まで来て手を取っておじぎをすると、彼女の目に理解の色が浮かんだ。この男性が公爵でなくて誰だというのか？　彼女はごく浅く息をのんだあと、深く上品に膝を曲げた。デクランは彼女が元の姿勢に戻るのを待ってから、手袋をはめた手を取ってまっすぐ彼女を見た。「最初のダンスを踊っていただけませんか？」デクランの背後で指揮棒が振られ、管弦楽団がワルツの冒頭の旋律を奏でた。

「すでに音楽が始まっているのに、どうしてお断りできるでしょう？」彼女はほほ笑み、上を向いた口角に茶目っ気がにじんだ。彼女が誰であれこの女性は美しく、ちょっとしたウィットと、デクランの血液を奔流にし、鼓動を高ぶらせる力を持っている。

結局、運命は見返りをくれたのかもしれない。あるいは、ただデクランをもてあそび、夢が現実になったかのようなこの青いドレスの女性でからかっているだけかもしれない。デクランは彼女のウエストに手を置き、夢が消える前にダンスへと引き込んだ。

私は夢を見ているんだわ。彼に手を握られる感触に、ウエストに置かれた手に、意識が現実と取っ組み合う間に体内を突き抜けた彼のぬくもりに、コーラの脈は飛び跳ねた。自分が今、この舞踏室で最もハンサムな男性と踊っていることが、まわりを見回さなくてもわかった。公爵と踊っているのだ。彼が部屋を横切ってコーラのもとへ向かい、コーラのために人ごみをかき分け、ここに辿《たど》り着《つ》く前からその熱いまなざしでコーラを求めた。ああ、あれは何というまなざしだったことか。

彼の目はコーラが見たこともないほど青く、深く穏やかな夏の海のような色をしていた。そのまなざしがこの見知らぬ人々の海の中でのコーラの錨《いかり》となり、ワルツのステップを踏み始めても目を逸《そ》らせなかった。舞踏室中の視線が自分たちに向いていたが、それは気にならず、コーラの目は彼だけを見つめ、彼の目もコーラだけを見つめていた。血管の中で高揚感が音をたてている。これは地上にある天国で、コーラはその天国で生き生きとしているのだ！

彼がすばやく確実にターンを決めると、コーラのたっぷりしたスカートが心地良く広がった。貴重な、純粋な喜びが波のように全身をさらい、現実の岸辺からコーラを運び去った。こんなふうに踊ったことがあっただろうか？　こんなふうに感じたこと自体あっただろうか？　世界などどうでもよくなったかのように、この瞬間だけを生き、それを自分のものにすればいいと感じたことが？　この瞬間だけを楽しめばいいと？　高揚感があふれ出し、コーラは笑った。彼の目尻にしわが寄り、青い目の奥がきらめいた。彼も同じ魔法にかかっていて、二人はともにその中で、自分たちしか存在しない世界の中で我を忘れた。その世界の中で二人は見知らぬ者同士ではなかった。

彼の光り輝く笑顔を向けられ、コーラはそのあまりの眩《まぶ》しさに目が眩《くら》んでつまずきそうになったが、彼がしっかりした手つきですばやくコーラを支え、ウエストをつかむ手に力を込め、目で無言のメッセージを伝えてきた。〝大丈夫。僕が支えるから。君を転ばせはしない〟

自分を転ばせない誰か、自分を受け止めてくれる誰かがいるのは、何とすばらしく、心躍ることだろう。一人で重荷を背負わずにすむのは。

できることなら一晩中、彼と踊っていたかった。ワルツが終わってほしくなかったし、この時間が、生きている実感が、自由で縛られない感覚が終わってほしくなかった。ダンスだけでなぜこれほどの気持ちになるのだろう？　理由はダンスではないのかもしれない。理由はこの男性？　まだどちらも手放したくなかったし、夢を終わらせたくなかった。これに比べれば、明日からの生活は色褪《いろあ》せて見えるだろう。だが、それは阻止できることではない。音楽がゆっくりになり、ワルツはねじが切れたオルゴールのように止まった。

舞踏室中の人々が見ていても、彼の手はコーラのウエストから離れず、互いに手を握ったままで、彼もこの時間を手放すのを、コーラを手放すのを渋っているかのようだった。「お名前をうかがっても？」彼はコーラにだけ聞こえる低い声でたずねた。

「コーラ・グレイリンです」コーラはささやくように言った。ダンスフロアでの意志疎通のあとでは、名前など取るに足らないことに思えた。ワルツがダンスの中で最も親密と言われているのも不思議では待っていたとしても、コーラは自分の血管に火を放ったこの男性と庭へ行くほうを選んだだろう。

「お庭へ行きたいです」彼が差し出した腕を取る。「救ってくださってありがとうございます」

彼は空いている手で上着の袖の上に置かれたコーラの手を握り、コーラの耳にだけ言葉が届くほど近くに身を寄せた。「君が最初に僕を救ってくれたことへの、せめてもの恩返しだ」


ない。

「コーラ・グレイリン、踊ってくれてありがとう」彼が軽くおじぎをすると、群衆は拍手をした。彼にダンスフロアへ誘《いざな》われてから初めて、コーラは注目を浴びているのが恥ずかしくなった。「一緒に庭を散歩するのはどうです？　それとも、お連れの方のもとへ戻る？　ダンスのペアが作られ始めているようだから」

おばがレディ・イスリーと一緒に立っている場所をちらりと見ると、コーラが戻ったらダンスに誘おうと待ち構えている男性たちに囲まれているのが見えた。公爵と踊った女性は一瞬にして人気者になるようだ。だがそれは移ろいやすい種類の人気、一晩ももたない人気だ。教区牧師の娘はそのような機会に対して現実的にならなくてはいけない。コーラはほかの誰かと踊ることを思い、ぞっとして鼻にしわを寄せた。選択は簡単だった。たとえ国王その人が彼女は軽く笑い、その笑い声を聞いたデクランはまた笑顔になった。「それは仕方ありません。なぜあなたはあんなことができるの？　誰もが見ている前で、あれほど立派にワルツを踊るようなこと」

「君も何の問題もなさそうだったけど。見事にやってのけた」デクランはウィンクして彼女に身を寄せ、穏やかなジャスミンとバニラの香りを吸い込んだ。

「秘密を教えようか？　彼らのことは忘れていたんだ。目の前にあるもの、今この瞬間にあるものだけに集中していた」

「ええ、おっしゃる意味はわかります。あなたの目を見つめるだけで、それ以外のすべてが消えたから」彼女の正直な言葉からは好ましい大胆さが聞き取れた。ここにいるのは本心を話す女性だ。デクランにこれほど開けっぴろげに話をしてくれる人が、ほかに何人いるだろう？

「僕も同じだ」デクランは彼女の視線をとらえながら

4

春の夜のひんやりした空気がデクランの熱い体を包んだが、この女性がかき立てる情欲が、ダンスの最初の興奮が過ぎ去った今も熱く駆け巡る情欲が鎮まることはなかった。彼女は期待を裏切らなかった。何と勇敢で、勇気のある女性だろう。予告も準備もなく、舞踏室にいる全員の前でラクランの手を取り、ダンスを踊ったのだ。

デクランは庭の中央の噴水へ続く小道を進んだ。

「僕たちは互いを救ったのかもしれない。実を言うと、僕に身勝手な動機がまったくなかったわけではないんだ。君というすてきな話し相手がいるのに、自分の務めに戻る気になれなくて」

ら答え、世界がもう一度消えることを願った。彼女がどんな魔法をかけたにせよ、その魔法にもっとかかりたかった。今夜が始まったときには、こんな気持ちを抱くとは思っていなかった。

彼女が空へ顔を向けると、細くて長い首がはっきり見えた。彼女は空を見わたした。「ああ、確かに星が出ているわ。星なんてないんじゃないかと思い始めていたんです。ロンドンの空は澄んでいるとは言いがたいから。田舎では星がたくさん見えます。もっと近くにあるようにも。手を伸ばせば空からつかみ取れるんじゃないかと思うくらい」彼女はせつなげにため息をつき、ホームシックに陥った瞬間が感じられた気がした。この天使は田舎の女性なのだ。

「田舎から来たのかい？」今、つかみ取ろうとしているのはデクランだった。それが空の星であるかのように、彼女に関する情報のかけらに手を伸ばした。意識が貪欲にそれを求めていた。彼女は何者だ？　どこから来た？　田舎から来たのなら、今まで会ったことがない理由は説明がつく。「ロンドンへ来るのはこれが初めて？」

「ええ。社交シーズンも初めてだし、ロンドンへ来るのも初めて。本格的な舞踏会も初めてです」彼女には媚《こ》びたところがなかった。彼女との会話には自由で気取らない雰囲気があった。

「ロンドンはどう？　僕がロンドンを新鮮な目で見たのは、ずいぶん昔のことだと言わざるをえないので」知性と思慮がつまった美しい緑色の目。その目がこちらに向けられると、見通されている気がした。もはや妄想の域に突入しているようだ。見知らぬ人がどうやって自分の奥まで見通すというのか？

彼女はデクランの質問について少し考えてから答えた。「ロンドンは不思議です。毎日目覚めるたびに、ここにいること、新しい何かを目にすることに胸が躍ります。確かに、ここには千もの冒険がある。

でも気後れもするし、怖いとさえ思うんです。この壮大さの中に貧困と犯罪がある。極端な街です。来たるべきチャンスを逃したくはないけれど、同時に故郷の自由も恋しくて」後ろめたそうにほほ笑む。「故郷では好きな場所を歩き、好きな場所へ行くことができます。付き添いがいなくてもいい。すりの心配もない。それに、故郷も私を恋しがっていると思うんです」彼女は言葉を切り、思案するように黒っぽい眉の間にしわを寄せた。「面白いですね。私はここでは責任から解放されるけど、その自由と引き換えに人とのつながりが失われる。ここには何のつながりもなくて、誰も私を恋しく思わない。でも故郷では、誰もが私を恋しく思っている。家族はほぼ毎日手紙を書いてきます。私は向こうでは、ここ とは違う形で必要とされている。それでもそのつながりを得るためには、私は自由の一部を手放して家族に属し、家族の世話になる必要があるんです」

噴水に着くと、デクランは彼女を長い間見つめ、彼女が見事に表現した真理、デクランが日々深く実感し、戦っている真理に恍惚《こうこつ》となった。皮肉めいた笑みを浮かべる。「ミス・グレイリン、そのジレンマを雄弁に表現してくれたね。それは僕にもおなじみのジレンマ、責務と個人の欲望の間の無限の葛藤なんだ。公爵は個人の特権を無限に授けられているが、他人への責任も無限に負っている。自分らしくいられる時間も空間もほとんどないことが多い」

コーラはデクランに考え込むような笑顔を向けた。「舞踏会でも同じですね」それを理解してくれるとは、何と洞察力に満ちた人なのか。

「と、とりわけ舞踏会では。少なくとも、この舞踏会はまさにそうだ」デクランは顔をしかめた。もうすぐ中へ戻らなくてはならない。女性たちからダンスの相手を、公爵を魅了して結婚にこぎつけるチャンスを奪うことになる。デクランは小石を噴水へ投げ込んだ。「僕は今シーズン中に花嫁を選ばなければならない。この舞踏会はその行程の最初の一撃というわけだ」

「結婚したくないんですか？」彼女は噴水の端に腰かけ、水に手を入れて動かした。デクランも隣に座ると、ふくらんだスカートを脚がかすめた。

「結婚はしたいけど、誰でもいいわけじゃない。母は僕が今シーズンにデビューした女性たちの中から花嫁を選べばいい、どの女性でも構わないと考えているんだ。それは父が花嫁を選んだ方法で、それで問題はなかったと母は僕によく言ってくる。でも僕が求めるのは、生地見本のような女性以上の存在だから」デクランは咳払《せきばら》いをした。自分を抑えて公爵らしい分別を発揮しないと、緑色の目と青いドレスのこの女性に秘密をすべて明かしてしまいそうだ。

「でも僕が君をここへ連れてきたのは、自分の運命を嘆くためじゃない」にっこりする。「君のことをもっと知りたかったからだ。田舎では何をするのがいちばん好き？」

個人的な質問をされて怖《お》じけづいたのか、コーラは一瞬スカートをもてあそんだ。あるいは、自分に注意が向いたのが気に入らなかったのだろうか？

「ときどき乗馬や釣りをしますが、釣り餌を使うのは好きではありません。私たちが住んでいるのは、ウィンボーン・ミンスターの近くのアレン川がストゥール川に合流する地点です。ストゥール川には良い鱒《ます》がいて、夏には鱒がよく食卓に上るんです」

彼女の言葉から想像される場面に、デクランはほほ笑んだ。「それはまさに僕が考える天国だ……川辺で串刺しの鱒を炙《あぶ》る。気をつけないと、僕は君に招待されていると勘違いしてしまいそうだ」デクランは茶化すように言ったが、コーラの目の中で何かが閉じるのを感じらた。デクランの冗談が彼女を一歩引かせたのだ。

デクランは適切な話題を、会話を安全な地点へ引き戻す話題を探した。

「今座っているのは、イタリアのトラバーチンという石材なんだ。この噴水はローマ郊外の村から買い取って、三つに分けてここへ輸送させた。〝ラ・フォンタナ・デイ・デシデラ〟すなわち、願い事の噴水」デクランは無意味なことを喋《しゃべ》り続けた。

「願い事の噴水には効果があるのかしら？」コーラは再び目に光を浮かべ、ほほ笑んだ。

「あると思いたいけど。試してみないかい？」デクランは上着のポケットに手を入れ、硬貨を二枚取り出した。一枚を彼女の手のひらに置く。「目を閉じてそれを投げ入れ、願い事をするんだ」手本を見せ、願い事をする。「さあ、君の番だよ」

コーラはにっこりして目を閉じ、願い事を考えた。あまりに熱心に、まじめに考え込む彼女の姿に、デクランの血液が熱くなった。一瞬、無謀さに誘惑されてすばやくキスしたくなったが、思《おも》い止《とど》まった。彼女が考えている間に襲いかかりたくない。コーラは硬貨を放り、少し待った。そして目を開けた。

「朝になって噴水の中にお金が落ちていたら、誰かが変に思わないかしら？」

「全然。お茶会や晩餐《ばんさん》に来た客がしょっちゅう硬貨を投げ入れていくからね。母がパーティを開いたとき、夕食後の娯楽にすることもあるくらい。シーズンの終わりには噴水の中をさらって、硬貨を慈善団体に寄付しているんだ」デクランは噴水の底で輝く二枚の硬貨を目で示した。「僕たちのは今シーズン最初の二枚だ。余分な幸運がついてくるかもしれない」

「公爵には空想好きな一面がおありなのね」コーラはまた穏やかにほほ笑んだが、デクランはすばやく口を挟んだ。

「デクランと呼んでほしい」彼女はさっきまで一度

も公爵とも公爵様とも呼んでおらず、今さらそう呼ばれたくなかった。あんな美しいダンスとこんな楽しい散歩のあとに、その呼び方は間違っているように思えた。

彼女はそれが大胆な頼み事であることをよく知っていて、一瞬ためらった。断られるだろうか？　デクランは思わず息を止めたが、やがて彼女はデクランがそんな頼み事をした理由を理解したかのように、小さくうなずいた。「わかりました。デクラン、どんな願い事をしたの？」

「君こそ、どんな願い事を？」デクランはそうかったあと、彼女が黙り込むと知ったふうにうなずいた。たしなめるように笑う。

「願い事を人に話してしまうと、叶《かな》わないのよね」彼女は穏やかにほほ笑んで言った。

コーラと一緒に笑い、ありのままの自分でいることは、実にたやすかった。デクランはその発見に夢中になり、彼女のほうへ身を寄せ、彼女とつながりたい、彼女に触れたいと思い……。

「ここにいたのか。公爵夫人が君を探していたよ」アレックス・フェントンが二人のもとへ、自分が近づいていることがわかるように大声で言いながらすたすたと歩いてきた。デクランは体を引き、自分とコーラの間に再び距離をとった。

「母が君に使い走りをさせたなんて言わないでくれよ」デクランは上機嫌な顔でアレックスを出迎えたが、実際には上機嫌とはほど遠かった。だがアレックスは親友で、母に伝令にされたのは彼のせいではない。

デクランの合図に気づいたコーラが隣で立ち上がった。「私も戻らないと。あなたの時間を独り占めするつもりはなかったの」

「独り占めなんかしていない」デクランは訂正した。「僕の記憶が正しければ、僕が君をここへ誘ったんだだ」アレックスのほうを向く。「アレックス・フェントン卿《きょう》、ミス・コーラ・グレイリンを紹介させてくれ。ミス・コーラ・グレイリン、こちらは僕の親友、アレックス・フェントン卿だ。想像もできないくらい長い間、僕に耐えてくれている」

アレックスはおじぎをした。「中までお送りしてよろしいですか、ミス・グレイリン？　次のダンスが始まるところなので、私がお相手を務めさせていただければ光栄です」

「ありがたくお受けしますわ、フェントン卿」コーラは優雅にアレックスにほほ笑みかけた。デクランがコーラに感じた知性は勘違いではなかった。彼女はこのやり取りの裏の意味を完全に理解している。コーラはデクランと一緒に舞踏室に戻るべきではない。デクランは一人で戻るべきで、これ以上誰かを怒らせる前にダンスカードに名前を書かれた相手と踊る業務に戻ることができればなお良い。だが彼女の手がアレックスの袖に置かれているのを見ると、喪失感が胸を刺した。コーラがアレックスと踊るのが気に入らなかった。アレックスは容姿端麗で、愛嬌《あいきょう》があって優しい。デクランの関心は分散させなくてはならないが、アレックスはコーラだけに関心を向けることができる。

「ちょっと待って」デクランは二人を呼び止めた。「ミス・グレイリン、僕と母は明後日からリッチモンドの地所でハウスパーティを開くんだ。君にも来てもらいたい」こんなのは狂気の沙汰だ。それはよく考えて発した言葉ではなく、舞踏室を突っ切ってコーラをダンスに誘ったのと同じ無謀さが生み出した言葉だった。

コーラはぎょっとしていた。そのことが目に表れていて、初めての不安が浮かんでいるのもわかった。なぜためらうのだろう？　自分はこの状況または彼女の興味を読み間違えたのだろうか？

「おばと妹も連れていくことになりますが」

「誰でもお好きな人をどうぞ」コーラにまた会えると思うと、彼女がアレックスとともに舞踏室へ姿を消しても少しだけましな気分でいられた。

その希望のおかげで、真夜中の晩餐までの三回のダンスを乗り切ることができた。彼女と一緒に食事をするという大胆な発想が浮かび、姿を探したが、コーラ・グレイリンはもうどこにも見当たらなかった。まるでシンデレラのように、真夜中の隙間へ姿を消していた。

5

今ではいつ、もう片方のガラスの靴が脱げてもおかしくないとコーラは知っていた。この種の幸せは長続きしない。自分はかぼちゃに変身し、夢は覚める。そうなると、地上にふわりと舞い降りることはできず、海に落ちたイカロスのように全速力で墜落するだろう。だが舞踏会の翌日の昼近くになっても、コーラは昨夜の幸福感で浮ついていた。ドレス、ダンス、公爵……デクラン。射るような青い目と、ダンス中に体へ衝撃波を送り込んだ熱い手の感触。コーラはスキップ混じりに、おばとおじとエリースが遅い朝食のために集っている日当たりの良い朝食室に入った。

「来たわよ、青いドレスの淑女が！」エリースが顔を輝かせて歓声をあげた。「お姉様はすっかり有名人よ。新聞の社交欄はどれもお姉様のことを書いているわ。読み上げるわね。〝H公爵は自身が主催した舞踏会で、ある無名の客の虜《とりこ》になった。青色こそが今シーズンの流行色となるだろう。今シーズンに結婚することを公言している公爵が、お決まりのデビューしたての育ちの良い娘たちの列を遠ざけ、新顔の美女を最初のワルツに誘ったあと、すぐさま彼女と庭へ姿を消したのだ。結婚式の鐘、いや、青い鐘が鳴る日はそう遠くないのか？〟」

エリースはうっとりとため息をついた。

「見た目どおりすばらしい時間だった？　ワルツを踊るお姉様はとても幸せそうで、ドレスは最高だったわ。まるでお伽話《とぎばなし》みたい……いいえ、お伽話以上だった。公爵はお姉様を舞踏室の反対側から見つけたのよ。ああ、何て甘い目つきだったことでしょう。舞踏室中の女性がお姉様になりたがっていたわ」

コーラはテーブルに着いた。「すばらしかったわ。公爵はすてきな方だし、庭でのお喋《しゃべ》りも楽しくて」

その言葉は、あの散歩を形容するのにじゅうぶんとは思えなかった。話した内容をどう説明すればいいだろう？　自由と責任。自分たちが言葉以上のものを共有したことをどう説明すればいい？　コーラはデクランに親しみを感じ、一度会話をしただけとは思えないほど彼をよく知ることができた。普段は何でも話す妹にも、急いで適切な言葉を見つけてその経験を語る気にはなれなかった。これは……デクランとの時間は個人的なものだ。自分だけのものにし、大切な宝物のようにしまい込みたかった。

ベネディクタおばがコーラを長い間見つめ、短くほほ笑んだ。「今夜はスタンウィック家で夕食をいただいたあと、みんなでテンプルトンの大夜会へ行く予定よ」それは昨夜が例外的な一夜であり、今後は求婚者を、教区牧師の娘のスタート地点へ来てくれる男性を真剣に探す通常業務に戻らなくてはならないことを優しく思い出させる言葉だった。「明日はダンフィールド家。きっとすてきよ。レディ・ダンフィールドが舞踏室を改装したばかりだから」

明後日、デクランはコーラがリッチモンドへ来るものと思っている。コーラは手元の卵から顔を上げた。「ダンフィールド家とは別の提案をしてもいい？　私たち、公爵のハウスパーティが開かれるリバーサイドに招待されたの」おばを見る。「参加してみない？」まだその招待を承諾していないかのような、無造作な調子で言った。

「まあ」エリースが甲高い声をあげ、目を丸くしてベネディクタおばを見た。「ミスター・ウェイドも妹さんのフィリッパの付き添いで参加するのよ」

「ウェイド？　グレイヴ子爵の息子か？」ジョージおじが初めて新聞から顔を上げ、会話に参加した。「良い一家だ。物静かで、一年のほとんどを田舎の屋敷で過ごしている」コーラはおじとおばが目配せしたことに気づき、そのおおよその意味を理解した。

おばはナプキンを脇へ置き、コーラに視線を定めた。コーラたちをロンドンに行かせるよう父を説得したときと同じ抜け目のなさが、この次の一手の費用対効果を測っていた。「コーラ、散歩に行きましょう。雛菊《ひなぎく》が咲きたてのうちに見てほしいの」

二人の背後でフレンチドアが閉まるのを待ってから、おばはコーラと腕を組み、大事に育てている花々の中を歩きだした。

「お伽話のページをめくったのね」おばは簡潔に言った。「あなたは一晩だけきれいなドレスを着て上流階級の人々の中で踊るはずだったけど、ずっと先へ進んだんだわ」

デクランにダンスを申し込まれた瞬間にずっと先

へ進んでいたのだ。だがダンスを踊り、散歩をして、お喋りをして、そのうえで新聞に書かれる以上の余波を起こさずに彼を諦めることもできたはずだと、コーラは自分に反論した。新聞など、ほかの誰かにスポットライトが当たればすぐに遠ざかっていく。彼がハウスパーティに招待し、コーラが承諾するまでは取り返しがついた。今だって取り返しはつくだろう。

「おば様は断るべきだと思っているのね」その言葉を発するだけでも、普段は実際的なコーラの心が小さく痛んだ。もっと心を鍛えているつもりだった。だが、今までこんなふうに試されたことはない。誘惑がいっさいなければ、実際的でいるのは簡単だ。断ることは、彼に二度と会えないことを意味した。

おばは鋭い目つきでコーラを見て、首を横に振った。「新聞に出た以上、今さら断れないわ。あなたが黙って姿を消せると思うなら、考え直しなさい。今、あなたは公爵と踊った女性よ。公爵から逃げた女性になってはいけないの。もしあなたがいなくなったら、公爵はどうなるかしら？」その場合、コーラは謎めいた異彩を放ち、公爵は面子を失うだろう。公爵に目をかけられた女性が身を隠せば、公爵に何か問題があるのではと人々は考える。こういう詮索をされる苦労を、昨夜彼は言っていたのだろう。

おばは雛菊の前で足を止め、庭師が見落とした雑草を数本引き抜いた。

「まじめに質問させて。あなたは公爵に何を求めているの？　そのハウスパーティに何を求めているの？　慎重に考えて。あなたたちの関わりが長く続けば続くほど、ほかの男性があなたに言い寄ることはできなくなるわ。公爵はあなたを口説いているのだと皆思うでしょう」おばは言葉を切った。「確認したいのは、あなたは公爵を仕留めるつもりなのか、自分にそれができると思っているのか、ということ。

これはゼロサムゲームよ。公爵を狙うのなら、あなたはほかの男性には求婚してもらえなくなる」

「公爵は狩りの獲物のように思われたり、そういう表現をされたりするのをいやがると思うけど」コーラはおばの言い分に居心地の悪さを感じていた。このことをそんな観点から考えてはいなかった。ただ、お伽話をあと一日でも長引かせられたらと思っただけだ。願い事の噴水に硬貨を投げ入れたときにコーラが願ったのはただ、公爵とあと少し一緒にいられることだった。

「公爵はそう思われることに慣れているはずよ。公爵というのはそういう立場だから」

「私はただ、このハウスパーティがエリースが花婿候補と出会ったり、舞踏会で出会った誰かと再会したりするチャンスになると思っただけよ。ミスター・ウェイドというのは良さそうな人だし」

「公爵と再会するという代償と引き換えにね」ベネディクタおばは指摘した。コーラの手を優しくたたく。「ここにある雛菊を見てちょうだい、咲いたばかりで白くて、中心の黄色が鮮やかよね。咲いたばかりの雛菊はきれいだわ。でも、一本の薔薇《ばら》がいつだってそれをしのぐ。ここへ座って」おばは顔を振って、花々に囲まれた石のベンチを示した。「公爵との間に何が起こると思っているの?」

魔法。月明かりの下、角灯に照らされた庭でのダンス。敷地内での朝の乗馬。長い散歩、うっとりするような笑顔、再びウエストに置かれる彼の手の感触、思慮深く熱い彼のまなざし、彼に見られるたび、触れられるたびに血液が熱くなる感覚、全身を駆け巡る喜び。生きている実感をもう一度味わいたかった。私はどうしてしまったの? まったく私らしくない。コーラは実際的になり、現実を受け入れるよう自分を鍛えてきた。この夢見がちな思考はエリースのものであって、コーラのものではない。公爵に対して望んでいることにも、彼との間に起こりえると思っていることにも、実際的な部分は少しもない。

　おばがコーラの手を取った。「コーラ、私は意地悪はしたくないけど、正直ではありたいの。公爵夫人は今ごろ、あなたの素性をいぶかっているはずよ。あなたは公爵夫人が立てたあの舞踏会の計画と、自分の娘を公爵の花嫁にと目論《もくろ》んでいたほかの母親たちの計画をひっくり返した。公爵夫人はあなたが何者で、どこから来たのかと思うでしょうね。きっと公爵も同じことを思っているはず。もしあなたがドーセット出身の教区牧師の娘で、質素な准男爵の姪《めい》でたいした持参金もなく、これといった人脈もないことを知ったらどうなるかしら?」

　デクランはそんなことを気にしない、彼は田舎が好きで、ストゥール川での釣りを最高だと思っているような人なの、とコーラは言いたくなった。だがおばとは口論したくなかったし、おばが伝えようとしている重要なメッセージに気づいていないわけでもなかった。公爵は教区牧師の娘とは結婚しない。そこに未来はない、あった試しもない。昨夜まで、そこに未来はなくて構わなかった。だがその後、デクランと踊り、話をしたら、すべてが変わった。いや、本当に変わったのだろうか? 今も未来はないままだ。

　二人はしばらく黙って座り、鳥の鳴き声に耳を傾け、それぞれのジレンマに沈んだ。招待を承諾したのは愚かだった。コーラはあの瞬間、舞踏会のロマンスに絡め取られていた。デクランと再び会うのは避けられない事態を先送りにすることであり、そこには真実を知られるリスクがついてくる。コーラは公爵の交友範囲に含まれていない。そこに属する人々に拒絶されるだろう。コーラは直感的にそう思った。それが当然の反応だ。

　ベネディクタおばが息を吸った。「わかったわ、こうしましょう。ハウスパーティには行く。たった一週間のことだし、その間にあなたと私たちの関係以上のことを突き止められる人がいるとは思えないから、あなたは単に准男爵の姪でいられる。誰かがそれ以上のことを知るころには、あなたを取り巻く騒ぎは鎮まっているわ。エリースはパーティを利用してミスター・ウェイドと親しくなるチャンスを得られるし、あなたはあと数日間は注目を浴びることになる」あるいは、そうはならない可能性もある。

そのリスクは理解していた。デクランは救われる必要のない昼間にはコーラにさほど好意を示さないかもしれない。コーラに割く時間はないかもしれない。互いに惹《ひ》かれ合っているとコーラが感じたものは、一時的な現象だったかもしれない。そもそも、それはどうでもいいことかもしれない。おばの言うことは正しい。たとえ二人の間に本物の何かがあったとしても、そこから良い結果が生まれるのは不可能だ。それでも、またデクランと会えると思うと、コーラの全身をぞくぞくする感覚が駆け抜けた。

ベネディクタおばが立ち上がり、スカートのしわを伸ばした。「荷造りを始めなさい。残りのドレスも持っていくのよ。必要になるわ」

コーラは首を横に振った。「いいえ。決めたでしょう、あの青いドレスだけ、一晩だけって。それ以外のドレスはほかの誰かのものよ」

「仕立屋に問い合わせたの。あの配送業者はあと四軒の仕立屋と共同で使っているそうよ。だから社交シーズンのピークには毎日大量のドレスを発送していて、取り違えが起きても追跡するのは難しいんですって」おばはため息をついた。「マダム・デュモンは親戚の世話のために呼ばれてロンドンを離れているの。責任を任された助手は注文をさばくだけで手いっぱいでこの取り違えに対応できないし、それが彼女が対応すべき取り違えなのかどうかもわからない。うちに届いたドレスは同じ配送業者を使っているほかの仕立屋が発送したものかもしれないの」

「でも、あの空色よ！　私、あの生地をあのお店に行った日に見たわ」コーラは反論した。

「空色の布を扱っているのはマダム・デュモンの店だけではないわ」おばは優しくほほ笑んだ。「きっとこれも一つの幸運よ。あの日、あの絹のドレスを着たあなたを私は見たもの。運命があなたに恵みをくれたんだと素直に受け入れたら？　この数年間のことを思えば、あなたにはそれを受け取る資格があるわ」

「おば様、世の中はそんなふうにはなっていないわ」コーラは抗議した。コーラが知る誰よりも優しく、誰よりも愛情深い女性である母に対し、世の中はそんなふうにはなっていなかった。あれだけの美徳を持ちながら、母の人生は悪いほうへ進む一方だった。天秤《てんびん》は決して母のほうへ傾いてくれなかった。

「あなたの気が楽になるなら言うけど、おじ様がドレスの代金を払うと申し出ても、マダム・デュモンの店は問題のドレスが自分の店のものかどうかわからないからと、お金を受け取ってくれなかったの。私たち、正式な形にできるよう手は尽くしたのよ。今日、私から公爵夫人に手紙を書いて、招待を受けるとお返事するわ」


「彼女を招待した？」デクランの母は新聞を置き、朝食をとっている長いテーブルの反対側から苦悩を隠そうともしない目で息子を見た。母にこんな目で見られるのは、十歳のころ、仕組みが知りたくて母のスイス製のオルゴールを分解したとき以来だとデクランは思った。二十年経《た》っても母の口調は変わっていない。だが、デクランは変わった。もう母の目つきや叱責で言いなりになるつもりはない。

デクランは落ち着いてコーヒーをゆっくり飲み、

味わい、飲み込んでから返事をしたが、母が自分の言葉をすでに聞き取っていることはわかっていた。

「ミス・コーラ・グレイリンをハウスパーティに招待した。それが問題になるとはまったく思わない。彼女はおば様と妹さんと一緒に参加するそうだ」最後の一文に公爵らしい威厳を込め、従僕がコーヒーのお代わりを注《つ》ぐ間、母の目を険しい目で見つめ返した。

「勝手すぎるわ。侮辱と言ってもいいくらい」母の口調は恐怖と不信感から驚きと怒りへ変わっていた。

「誰に対する侮辱？」デクランは甘いパンに手を伸ばした。

「ほかの娘さんたち、ほかのご家族たちよ。私たちの友人たちよ。最初のワルツにまったく知らない女性を選んだだけでも最悪なのに、そのあとほかの娘さんたちに肘鉄を食らわせたのよ？　あの知らない女性を庭へ誘い出したせいで、ダンス三回分も席を外したんだから。三人の女性があなたをあてにしていたのに」いつも誰かがデクランをあてにしている。

「あの舞踏会の目的は、僕が気に入る誰かに出会うことだったはずでは？　僕はミス・グレイリンをかなり気に入った。ハウスパーティへ招待したのは、彼女をもっとよく知りたいと思ったからだ」デクランはパンを咀嚼《そしゃく》した。「この知らせにお母様は喜んでくれると思ったのに。お母様の努力が実ったんだから」昨夜の成功を母は誇りに思うべきなのだ。

「そのせいで私たちがどう見られるかを考えなさい」母は自分が正しかったとほくそ笑むべきなのだ。だが母はそのどちらもせず、たとえデクランにはそれが見当違いに見えても、母の怒りは本物だった。ハウスパーティのために整えた人数のバランスが崩れること以外に、何か問題があるのかもしれない。

デクランは眉間にしわを寄せた。「僕は全員を喜ばせることはできないし、あの中から誰か一人を選ぶのは避けられないんだから、がっかりする人が出るのは当然だよ。全員と結婚はできないんだから」デクランが興味を引かれるのはコーラ一人であるため、それはありがたい設定だ。「昨夜いた女性たちは全員、同じスタート地点にいる。生まれがいい人もいれば、裕福な人、地位が高い人、三つを兼ね備えた人もいる。お母様のリストがそれを保証している。誰もそこに引け目を感じる必要はない」

「一人を除いてね」母がぴしゃりと言った。「ミス・グレイリンはあのリストにはのっていない。私が彼女のことを何も知らないのに、あなたは彼女を選んだの。伯爵の娘のレディ・メアリー・キンバーでも、女相続人で子爵の孫のクララ・ブライトンでもなく。まだ続けましょうか？　私たちは今挙げた女性たちを知っているわ。私たちがどういう人を口説こうとしているか、一人一人について正確に知っているの」

「僕が、だろう。僕がどういう人を口説こうとしているか、正確に知っていた」デクランは訂正した。「お母様、この問題に〝私たち〟は存在しない。彼女たちの誰かと結婚し、一緒に暮らし、隣で眠り、子供を作るのは僕なんだ」そしてデクランは、レディ・メアリー・キンバーにも、欠席したレディ・エリザベス・クリーヴズにも、裕福なミス・クララ・ブライトンにも、母が感じているような魅力は少しも感じなかった。だが、正直で大胆なコーラ・グレイリンは新鮮そのものだった。

「下品なことを言わないで」母は叱った。「論点がずれているわ。あなたはミス・グレイリンのこともその家族のことも何も知らないのに、彼女を私たちの家へ招待したの。もっと多くを与えてくれる女性たちより彼女のほうがいいと態度で示したのよ」

　母は間違っている。デクランはコーラ・グレイリンを知っている。ロンドンに来るのが初めてであること、この街の二極化を理解していること、そこにデクラン同様に偽善を感じていること。まるで雲に乗っているかのように踊ること、デクランの肩の向こうへ視線を逸《そ》らす時間が長いほかのダンスパートナーと違い、デクランの目を臆さず見ること。率直な物言いで、デクランを公爵ではなく生身の男性であると感じさせてくれること。ああ、どれほど彼女ともっと一緒にいたかったことか。彼女にぶつけたい質問がたくさんあった。

「彼女を知らないなら、なおさら彼女を招待する理由はあるだろう。ハウスパーティに来てもらえれば、よく知ることができる。お母様も好きなだけ彼女を調べられるよ」デクランはきっぱりほほ笑み、決着がついたことを伝えた。議論は終わりだ。コーラ・グレイリンが母の精査に耐えられない心配はない。彼女が着ていたドレスは安価では仕立てられない。確実に、子爵の娘や伯爵の親戚であることが判明するだろう。身元がわかれば母は満足するだろうが、そのことを思うと少しがっかりした。デクランはコーラの謎めいたところが気に入っていた。その謎を急いで解きたいとは思わない。コーラは母のリストにのっていなかった。それを知ったことで、彼女への興味がいっそうかき立てられた。

「お父様も話を終わらせたいとき、あなたと同じ顔で笑ったわ」母は憤慨した。「社交欄がこぞって昨夜のあなたたちのことを書き立てた以上、彼女を招待しないわけにはいかないわ。でも私は気に入らない。あの女性は知らない人で、まさに青天《せいてん》の霹靂《へきれき》よ。彼女のドレスの色を思えば、文字どおりに」

「僕は彼女のドレスの色が気に入ったよ。ほかとは違う。彼女はほかとは違うんだ」デクランはコーラを、そして自分を擁護するために言った。自分には正しい決断をする分別がないかのように意見に反対されるのが気に入らなかった。デクランと母はそこが似ていた。二人とも生来の頑固者で、それは共有するには厄介な性質だった。

母は不本意だが諦めたような目つきになり、最後の一撃とともに戦場から退いた。「ほかと違うのは危険な場合もあるのよ。彼女を招待したらどうなるか、今にわかるわ」言い換えれば、コーラ・グレイリンを自由に泳がせ、自滅を期待するということだ。だが今のところ、勝利はデクランの手にあった。

テーブルの前から立ち上がる。「失礼、ハウスパーティのための荷造りがあるので」ハウスパーティはとつぜん非常に興味深い課題となった。母の間違いを証明できそうだからかもしれないし、単にミス・コーラ・グレイリンにまた会えるからかもしれない。デクランは冷ややかにほほ笑んだ。「今にわかるのは、お母様のほうかもしれないよ」

6

コーラは今までリバーサイドのような屋敷を見たことがなかった。クリーム色のすべすべした石造りのパラディオ建築が私道の突き当たりに堂々と立ち、青々として手入れの行き届いた広い敷地に女王のように君臨している。その光景を見たコーラは畏怖の念に襲われ、今回は緊張で胸がどきどきした。ハーロウ邸の庭をあとにしてから一度ならず、自分は何ということに関わってしまったのかと考えていた。一瞬の無分別が度を越してしまったのだろうか？ベネディクタおばの助言に耳を貸すべきだったのだろうか？コーラは自分の夜を、自分のお伽話《とぎばなし》を生きた。それがやりすぎだったのだろうか？このような無謀さは、コーラには未知の領域だ。そこを進むための地図は持っていない。お伽話を改変したどころではなく、それを追い越した……もう後戻りはできない。だがコーラの緊張はさておき、これはエリースにとって価値ある機会になるはずだった。

馬車用の黄色のツーピースを着た美しくさわやかなエリースに目をやる。これは妹には大きなチャンスだ。公爵に最上級の女性を推薦するために、このハウスパーティの招待客リストは完璧なまでに磨き上げられている。だが、ここにいる花婿候補は公爵だけではない。女性たちのエスコート役を務めている兄弟やいとこという立場で、好ましい若い男性がほかにもいる。エリースは舞踏会で知り合った人々と交流を続けることができるのだ。

天気の良い日で、ベネディクタおばは幌《ほろ》を閉じたバルーシュ型馬車でリッチモンドへ向かうことを選んだ。今、その馬車は円形の私道でほかの馬車とともに列を作っている。近侍やメイドがそれぞれの馬車から慌ただしく飛び出しては、トランクを下ろし始める。上品な淑女たちが紳士たちの手を借りて馬車から降り、ハーロウ公爵夫人が客を一人一人出迎えている階段の上へとエスコートされていく。

馬車が荷下ろし場へと少しずつ近づいていく間も、エリースは身を乗り出して笑みを浮かべ、近づいてくる感じの良い茶色の髪の男性に手を振った。「ミスター・ウェイド、またお会いできて嬉《うれ》しいわ」エリースは心から嬉しそうに叫び、手を差し出した。

ミスター・ウェイドはエリースの手を取っておじぎし、やはり笑顔を見せた。「この大騒ぎの中であなたを見つけられるとは、何という幸運でしょう。午後にベランダでお茶会が行われます。あなたが落ち着きしだい、そこへ探しに行きますね」そう言うと彼は立ち去ったが、エリースは笑顔のまま、屋敷に入っていく姿を目で追った。なるほど、これが朝食の席でジョージおじが言っていた、物静かで上品な子爵の父親がいる男性なのだ。コーラもフェントン卿《きょう》と踊ったあと舞踏会に残っていれば、ミスター・ウェイドと顔を合わせていたのだろう。

「非の打ちどころのない殿方ね」ベネディクタおばが静かに励ますように言った。「物静かだけど、歴史あるご一家よ。公爵夫人があるいう慎重なご家族を好ましく思うのは当然だわ」階段の上にいる公爵夫人を目で示す。「ハーロウ公爵家は何世紀もの間、醜聞を出していないの。公爵夫人はこれからもそうありたいのよ」だからこそ従順で上品で、醜聞とは無縁のデビューしたての娘たち、連綿と続いてきた醜聞のない生き方を破ろうとは夢にも思わない娘たちを揃《そろ》えるのだ。その事実が、コーラはコーラであるだけで、公爵とのダンスを取りつけた生まれの卑しい女性であるだけで醜聞を起こすことになるのだと思い出させた。しかもコーラはすでにゴシップ欄に目をつけられている。

荷物を下ろす番が回ってくると、コーラは従僕の手を借りて馬車から降りた。デクランを探したが、見つからなかった。デクランはまだ私に会えるのを喜んでくれる？　舞踏会の魔法なしに彼に会うのはどんな感じかしら？　コーラはあたりを見回し、再びデクランを探した。この混雑のどこかにいるはずでは？　だがデクランは見つからなかったので、彼には主人としての務めがあるのだと自分に言い聞かせた。ベランダに出て、すでに到着した客をもてなしているのだろうか。あるいは、馬屋やその他いくつもある建物のどこかを案内しているのかもしれない。デクランの客はコーラ一人ではない。彼をほかの客と、ほかの若い淑女たちと共有しなくてはならないことを思うと、気分が沈んだ。デクランがコーラを招待したのは単なる礼儀からで、彼と踊ったお礼と、舞踏会で予告なしに逃げられない立場にコーラを置いたお詫《わ》びがしたかっただけかもしれない。

「心配しないで」エリースが背後からささやいた。「もし公爵がここにいたら、みんなが突っ立って彼に視線を送って注意を引こうとして、誰もドアの中へ入れなくなってしまうのだと思うわ」

きっと妹の言うとおりだ。コーラは少しましな気分になり、階段を上って公爵夫人に挨拶しに行った。

階段を上りきると、ベネディクタおばがその場を引き受けた。「公爵夫人、姪《めい》を紹介させてください。ミス・グレイリンとその妹、ミス・エリースです」

公爵夫人の視線が自分をとらえると、その目が考え込むように細められ、口元に冷ややかな笑みが浮かんだように見えたのは気のせいではないだろう。公爵夫人は単に女主人として階段の上で人々を出迎えているだけでなく、場違いな人間を寄せつけないと決意した門番でもあるのだ。「レディ・グレイリン、お会いできて嬉しいわ。私たちが顔を合わせるのは珍しいことですものね。ミス・グレイリン、ようやくあなたにお会いできて良かった。リバーサイドで楽しい時をお過ごしになってくださいね」公爵夫人はどこまでも礼儀正しかったが、その礼儀正しい言葉には手厳しい含意があった。顔を合わせることが〝珍しい〟のは、公爵夫人が准男爵の交友範囲に含まれないからで、〝ようやく〟は、グレイリン家が前回、公爵夫人が客を出迎える列に並んでいなかったことへの不快感を仄《ほの》めかしていた。

「楽しませていただきますわ」ベネディクタおばも同じように、礼儀正しく冷ややかな口調で答えた。

「僕も大いに楽しませてもらいます」女性たちの冷ややかさとは対照的に、デクランが温かなテノールで言いながら、大股で歩いてきた。彼を見たとたん、コーラの心臓は興奮に飛び跳ねた。夜同様、昼もデクランによく似合っていた。淡い黄褐色のもみ革のズボンに暗緑色の上着を着た彼は、自信に満ち、くつろいで見えた。青い目を向けられると、コーラはしばらく紹介することを忘れ、息をすることさえ忘れて、デクランの姿を改めて目に焼きつけた。

「公爵、おばのレディ・グレイリンと妹のミス・エリースです」

「お会いできて嬉しいです。来てくださってありがとうございます。急なお誘いで、ご予定を狂わせてしまったのではないですか？」デクランは細やかな心遣いとともにコーラの家族に挨拶した。それは公爵夫人から受けた出迎えとはまったく違っていた。

「庭が見えるお部屋を用意しました。どうぞくつろいでください」コーラのほうを向き、腕を差し出す。

「ベランダに飲み物を用意しているので、ご一緒しませんか？　ほかのお客様にも紹介したいですし」

「ご婦人がたはお着替えをなさりたいのでは？」公爵夫人の顔には非難の色がはっきり表れていた。

青い目が青い目とぶつかる。「僕にはご婦人がたは完璧に見えるが」デクランはコーラが公爵夫人の申し出を断らずにすむようにしてくれた。「着替えたいとおっしゃるなら別ですが？」コーラに問いかける。

「私はあなたとご一緒して、お客様にお会いしたいです」コーラはほほ笑んでデクランの腕に手をすべらせたが、自分たちに向けられた玄関ホール中の目と、ホール内に走ったさざ波には気づいていた。

〝あらあらまあまあ、例の人よ。青いドレスの女〟

〝何者なの？〟

〝どこから来たのかしら？〟

〝どうして今まで見たことがないの？〟

「無視して」デクランがコーラの隣でささやいた。

「君が来てくれて嬉しい。待っていたんだ」

デクランの言葉に、コーラの心臓が危険で無謀な鼓動を刻んだ。遠ざかる自分たちの背中に公爵夫人の視線が突き刺さっていることも、多少の敵ができそうなことも気にならなかった。ここでデクランと一緒にいられて、彼が自分を待っていたと知れただけでじゅうぶんだ。噂《うわさ》はさせておけばいい。誰がどう言おうと関係ない。コーラの心臓がまたも大胆に跳ねた。ああ、怖い。デクランと一緒にいるといつもこんなふうに恐れ知らずな、非現実的な考えが湧いてくる。確実に、負けたら払いきれない賭をしようとしている。一《いち》か八《ばち》か、やるしかない。

デクランは単に何かの配達を待つようにコーラを待っていたわけではなく、興奮と期待が混じった気持ちでコーラを待ち焦がれていて、彼女が来るまでハウスパーティに集中できずにいた。不安も感じた。月明かりの下では魅力的に映ったものが昼間の光の中では色褪《いろあ》せて見えるのではないか、舞踏会ではやけになって軽率な行動をとり、コーラの中に実際には存在しないものを見たのではないかと心配だった。デクランは父親が放蕩《ほうとう》息子を見張るように、必要とあれば走って助けに行ける態勢でコーラを見張っていた。簡単には通過させまいと決意している母の前を、コーラが突破するのに自分の助けが必要になるかもしれないと思ったのだ。

両方の点でデクランの心配は杞憂《きゆう》に終わった。コーラが公爵夫人の前で怯《ひる》むこともなければ、二度目に見た彼女にデクランが失望することもなかった。

コーラは落ち着いて自信に満ちた様子で、ウエストの細さと女性らしい曲線を強調する青の旅行用ツーピースを着て、頭に斜めにのせた粋な帽子の中に濃い色の髪をしまい、上質な白いリネンのブラウスを上着の下からのぞかせていた。ミス・コーラ・グレイリンは人に感銘を与える装い方を心得ている。彼女はデクランを見るとほほ笑み、デクランはここにいるのが着ている衣装すべてを合わせたより価値のある女性であることを、自分が惹《ひ》かれたのは彼女の舞踏会用ドレスだけではなかったことを再認識した。

デクランは日陰になった裏庭に面した、大勢の客が気楽に紅茶を飲んでいるベランダへコーラを案内した。「友人たちを紹介させてほしい」実際には、デクランがしたいのはそれ以上のことだった。コーラとともにこのベランダから逃げ出したい。迷路を抜けてタウンハウスにあるのと同じ願い事の噴水へ行き、そこに座って冷たい水に手を浸し、誰にもじゃまされずに話をしたい。そんな冒険をするのはもう少し先のことになりそうだ。今そんなことをすれば、客の話題はそれに集中し、母は激怒するだろう。デクランはじゅうぶんに公爵らしく、駆け引きの才もあるため、自分の欲望と客の欲望のバランスをとる必要があることは心得ていた。

二人が近づいていくと、階段近くにいた小さな集団が広がって二人のために場所を空けた。「皆さん、ミス・コーラ・グレイリンをご紹介します」少し間を置いて、何か言い添えるべきかと考えたが、何を言えばいいのだろう？　ウィンボーン・ミンスターの出身？　お父様は誰それです？　だがデクランがそれ以上のことを知らないため、何も言えなかった。そのことがコーラの神秘性を高め、おそらく母の懸念も高めていた。この極上の青い旅行用ドレスを着た女性は何者なのか？　デクランはためらいを隠すようにほほ笑んだ。「ミス・グレイリン、フェントン卿はすでにご存じですね」

アレックスがコーラの手を取り、普段はどっちつかずの表情を笑顔に変えた。「ミス・グレイリン、またお会いできて嬉しいです」

「こちらこそ」コーラは心のこもった返事をし、アレックスに笑顔を向けた。「正直に言って、お友達の顔を見つけられたことに感動していますわ」

「ミス・グレイリン、ここではみんな友達ですよ」熱心そうな若い男性がそう言いながら前に出てきた。

「特に、あなたのように美しい方であれば」男性らしい戯れの言葉を口にする。「僕がロンドンを離れていたせいで、舞踏会ではお会いできなかったのが残念です。ジャック・デボーズといいます。こちらは妹のミス・エレン・デボーズ。妹もあなたの友達になるでしょう、ミス・グレイリン」

　日ごろから押しの強いジャックだが、この態度は少し厚かましいのではないかとデクランは思った。少々怪しいと言ってもいい。ジャックの目的は何だ？　コーラに心から興味を持っているのか、それともっと大きな狙いがあるのか？

　エレンは社交界デビューして二年目の美しい娘で、もっと上を目指すために昨年の春に三人の求婚者を断ったことが何よりの自慢だ。その〝もっと上〟とはまさに自分のことではないかとデクランは思っていた。ジャックの父親は子爵で、家族の財産は少ない。デクランとジャックは乗馬への興味を通じて仲良くなった。出会いは数年前、馬市場のタッターソールズだ。ジャックは妹をコーラと仲良くさせることで、妹の勝機を高めようと思っているのか？　兄の交友関係を通じてデクランとつながりがあるぶん、エレンはほかの女性より有利だ。あるいは、何の意味もないのかもしれない。単にジャックがジャックらしくふるまっているだけかもしれない。

　これこそが公爵であることの呪いだ。友人からどう思われているのか確信できない……アレックスを除いて。アレックスは誠実だが、ジャック・デボーズのような友人はつねに何かを欲しがっている。この集団に魅力を振りまくコーラを横目で見る。コーラはアレックス寄りの人間だと思いたい。誠実で正直で、デクランが公爵であることを気にしない唯一の女性で、計略のために行動することも、他人の計略を押しつけられることもなく、ただ自分らしくふるまっていると。それは一瞬の直感に基づく仮説だ。

舞踏室で初めて二人の目が合ったあの一瞬、二人が惹かれ合い、一人の女性が一人の男性に反応したときのぞくりとする感覚があった以外は、コーラがデクランの正体を認識していなかった一瞬の直感。

「公爵」デクランの注意を引く控えめな咳払《せきばら》いが聞こえた。「紹介したい人がいるんだが、よろしいかな？」その男性に連れ去られながら、デクランはアレックスに〝彼女を頼む〟と伝える視線を送り、それに気づいたアレックスはコーラの隣にできたばかりの空間をただちに埋めた。デクランが用心深く見守っていると、コーラがほほ笑むのが見えた。彼女はくつろぎ、アレックスとのお喋《しゃべ》りを楽しんでいる様子で、うなずいて同意の笑みを浮かべた。

デクランはなかなか戻れなかったため、アレックスの存在をありがたく思った。最初の紹介が次の紹介へと続き、やがて母が隣に来て、到着が遅れた数人の客に挨拶するよう穏やかに命じた。その中に熱心な植物愛好家のレディ・メアリー・キンバーがいて、母に勧められるままに薔薇園《ばらえん》の見学を希望し、デクランは大いに落胆した。

「レディ・メアリー、喜んでご案内します」デクランは礼儀正しく申し出て、母と険しい視線を交わし、母の意のままにはされたくないことを伝えた。だが礼儀知らずの行動をとって、レディ・メアリーに自分と母の口論の責任を負わせたくもなかった。

こんな小競り合いが今週何度も起こるであろうことはわかっていた。デクランも作戦を立てておかなければ、女性たちに薔薇園だの馬屋だの、母が思いつくあらゆる場所を見せて回るのに忙しくなり、コーラと二人きりで過ごす時間がなくなってしまう。

いくつかの理由からそんなことは許されないとデクランは思いながら、コーラをアレックスのもとに置いたまま、レディ・メアリーをエスコートして階段を下りた。幸運なアレックス。不運な自分。

夕食前にコーラにまた会えるとは思えなかったし、夕食中も彼女はデクランの近くには座らないだろう。最後にもう一度、ベランダにいるコーラとアレックスを見る。二人は集団から離れた場所へ移動していた。少なくとも、コーラを任せた相手は有能だ。アレックスは彼女の良き友人となるはずだ。見知らぬ人々の中にコーラを置いてきてしまったと心配しなくていい。コーラ・グレイリンにはさまざまな美点があるが、とりわけ最初の晩にデクランに対してそうだったように、一緒にいる人をくつろがせるのが得意なようだ。思いがけない考えが、熱く、勝手に頭の中に浮かんだ。そのように人と仲良くなれる性質が公爵夫人にあれば役立ちそうだ、と。

「あなたは敵を作ったわ」ベネディクタおばは姉妹に与えられた広いパウダーピンクと白の部屋の室内全体を見わたせる椅子に陣取り、辛辣に言った。

コーラはおばの侍女に髪を結ってもらっている鏡台から振り返った。「私が作ったのは味方よ、おば様」少し信じられない気持ちで訂正する。「みんなすごく優しかったわ。ジャック・デボーズも、ファーンハースト卿も、タウンゼンド卿も、それからもちろん、フェントン卿も」コーラは笑った。「でもそれは当然ね、前にも会ったことがあるんだから」

ベネディクタおばは鋭く片眉を上げた。「公爵に加えてここで人気のある若い男性たちを独り占めすれば、あなたがほかの若い女性に好かれることはないでしょうね」そう警告する。

「ミスター・ウェイドは別よ」ベッドで身支度の番を待っているエリースが陽気に指摘した。ベネディクタおばの侍女が三人分の支度をしていたが、それはおばが、自分たち家族が雇っている以外のメイドはこの寝室で起きたことをすべて階下に報告するから信用してはいけないと言ったからだった。

ベネディクタおばは一瞬表情を和らげ、優しく言った。「ええ、そうね。ミスター・ウェイドはあなたに夢中みたいだもの。今夜は白い晩餐《ばんさん》用ドレスにピンクのサッシュを巻くといいわ」

「エレン・デボーズは優しそうに見えたけど」コーラは引き続き自分の意見を述べた。

「エレン・デボーズはあなたを通じて公爵に近づこうとしているのよ。彼女の母親ときたら、去年三人に求婚されたことばかり話すんだから。三人ともあの一家にはふさわしくなかったそうよ」姪たちをロンドンに連れていく権利を主張したときと同様の、ベネディクタおばの痛烈さにコーラは驚いた。

コーラはほほ笑んだ。「おば様は優しい心を持った、親切な普通の人のように見えるけど、結婚のことになるとアマゾネスと化すのね」この喩《たと》えをおばは笑ってくれると思ったが、実際にはおばは目に真剣な熱意を浮かべた。

「コーラ、ロンドンの結婚市場は気弱な人間には向かないわ。ここにはお伽話も幸せな偶然もない。公爵夫人は息子を結婚させたいし、上流社会の母親たちも公爵に結婚してほしいの。公爵が結婚市場から消え、デビューした娘たちが公爵以外に目を向けるまで、ほかの男性たちに勝ち目はないから。断言するわ、社交界は夏が来る前にハーロウ公爵を祭壇へ連れていく。公爵の手帳には結婚式の日取りが書き込まれているようなものよ。唯一の問題は誰が彼の隣に立つかだけど、その答えは限られている。今週ここにいる若い女性たちの一人よ。母親たちはそれを知っているし、父親たちも知っている。そうすることで自分と公爵の関わりに進展があるのでない限り、ここにいる誰もあなたの味方にはならないわ」

それも、ベネディクタおばがこのハウスパーティを許してくれた理由なのだろう。公爵はコーラから手を引き、花嫁候補の女性たちの中から一人選ばざるをえない。これほど人がひしめき合う中では、コーラは背景へと消えていくだろう。

　ベネディクタおばの演説が、室内に充満していたエネルギーを止めた。「ごめんなさい、おば様。私、傲慢にふるまったつもりはなかったの。私たち全員にとって、このパーティに何がかかっているかはわかっているわ」コーラは冷静になった。デクランが命綱を見るように自分を見ていたのも無理はない。おばからデクランの状況を聞いて、コーラは彼に同情した。デクランは避けられない結末へ向かう止められない流れにさらわれている。それはコーラも同じだ。今から十二週間で人生を変える決断をしなくてはならないのは、デクランだけではない。だが、コーラの流れは今のところもう少し穏やかに見えた。

　侍女がコーラの了承を得るために二着のドレスを持ってきた。「お嬢様、白とブロンズ色のどちらになさいますか？」コーラはおばをちらりと見た。白いドレスはコーラのものだが、ブロンズ色は間違って届いたものだ。そのドレスは絹で、豪華で洗練されていて、目立つようデザインされていた。コーラは指でブロンズ色の絹をなぞり、それが自分の濃い色の髪にどれだけ合うか、目の深みをどれだけ引き立ててくれるかを考えた。だが、それは虚栄から出た言い分だ。コーラはためらったが、今さらごまかすのは馬鹿げている。これらのドレスを荷物に入れたのは着るためであり、外面を維持するにはそれらが必要だとよくわかっていた。策略を維持するためには。

　それが引っかかり、コーラはこの二日間考えを巡らせていた。私は策略を続けているの？　これらのドレスを着るとき、自分ではない誰かのふりをしている？　デクランの判断を誤らせている？　自分の判断も？　あるいは、これらを着ることで自信を強めているだけだろうか。それは紙一重の差であり、自分がそのどちら側にいるのかはわからなかった。

「こういうドレスを着ると別の誰かになった気がするの」あの青いドレスを着たとき、世界を手中に収め、幸せをつかみ取れそうな気がした。収支を合わせることに気を揉《も》み、それを切り抜けられただけで幸せを感じるコーラ・グレイリンに代わり、何でもできるし、してもいいと信じている誰かが現れたのだ。コーラはすがるようにおばを見て助言を求めた。

ベネディクタおばは考え込むように首を傾《かし》げた。

「つまり、これらはドレス本来の役割を……向上させる役割を果たしているのね。服は私たちを変身させ、最高の自分にしてくれる」二着のドレスを目で示す。「ブロンズ色を着て、大胆な自分になりなさい。ドレスを甲冑《かっちゅう》にするの。今夜のあなたにはそれが必要になるわ。公爵に関心を向けられることは、あなたには何の得にもならないんだから」

7

ベネディクタおばの言うとおりだった。夕食のテーブルは戦場で、軍司令官のごとき緻密さで兵が配置されていた。それは慎重にベールをかけられた競争で、秘密裏にことが進むよう調整されていて、表向きはすべてが理にかなっていた。例えばコーラの席は公爵からできるだけ遠くへ離されていたが、それはおばの肩書きを考えれば当然だった。コーラとエリースは別々に配置され、表面上はエリースが隣のミスター・ウェイドと話ができるような配置だったが、冷笑的な人であれば、それをコーラを孤立無援にするための分断攻略と見なしただろう。コーラのまわりには知らない人しかいなかった。

エレン・デボーズとその兄もフェントン卿《きょう》もテーブルの上座近くに配置され、コーラは父親たちに囲まれていた。左隣は爵位のないクララ・ブライトンの父親で、右隣は数合わせのために土壇場で呼ばれた地元の郷士《スクワイア》だった。なぜ数合わせが必要になったのかは、特に察しの良い人でなくともわかる。コーラが招待されたせいで秩序が狂ったのだ。コーラは今や広大なテーブルの中間地帯へ、公爵と公爵夫人のどちらにも近くない下位中流層が集まる席へ追いやられていた。そこにいる客は忘れ去られるか、無視されるかだ。

それでも食事は快適で、有益でもあった。コーラはそんな状況に怖《お》じけづく性格ではないし、どんな機会も無駄にはしない。距離があるおかげでデクランを観察できたし、観察したところで彼の母親に非難されることもなかった。レディ・メアリー・キンバーがデクランの右側に、コーラの知らない若い女性が左側に座っていた。デクランの黒っぽい髪は後ろになでつけられ、ろうそくの灯《あか》りが顔の力強い骨格を際立たせている。だがその顔に笑みはなく、礼儀正しい相槌《あいづち》を打つ以外に表情は変わらず、視線は一度だけコーラがいる側のテーブルの端へとさまよい、コーラの視線をとらえた。

夕食が終わると、慣習どおり男性たちが残ってブランデーを飲む前に皆で音楽の夕べを楽しむことになっていたため、全員が立ち上がったが、コーラは誰にもその催しへ誘われていなかった。ピアノフォルテに最も近い席には女性たちが群がり、コーラはおばとともに後ろの席に座るしかなかった。エリースはミスター・ウェイドと並んで座り、静かに話している。二人が一緒にいるところを見ると、コーラの心は温かくなり、エリースには今年の社交シーズンから得られるものがありそうだという期待が早々に生まれた。

フェントン卿がコーラの隣の空席に座った。「ミス・グレイリン、今夜はあなたも演奏を？」上着の二つに分かれた裾を払いながら、感じ良くたずねる。

「いいえ」コーラは笑った。「今夜はほかの方々の才能を楽しませていただくわ。私の技能は野外のために取っておくつもり。今週の後半には屋外の娯楽も予定されていると聞いているから」

「では、あなたは運動選手というわけだ？」フェントン卿はたずねた。

「それは良く言いすぎだわ。私は野外活動が好きなだけ」フェントン卿は話しやすかった。デクランと話すときほどの活気はないが、自分を飾らずにいられるし、大胆さを非難されずにすむ気楽さがある。

フェントン卿の薄茶色の目がきらめいた。「ミス・グレイリン、あなたこそ謙遜が過ぎるんじゃないかな」一組目の演奏者である二人姉妹が、一人は歌い、一人はハープで伴奏をするために持ち場につくと、彼は身を乗り出してきた。「二人で組んで、アーチェリーの試合に出場するのはどうだい？」

コーラは考え込むようにフェントン卿を見つめた。「その約束をする前にきくけど、あなたは優秀なの？　私は優秀だし、勝つつもりでいるわ」コーラはハープをかき鳴らすことはできなくても、三十メートル、弓と天候が味方してくれればそれ以上でも離れた的の中心に矢を命中させることができた。

フェントン卿が低い声で笑った。「やっぱりあなたはたくましい」ウィンクする。「僕は期待を裏切らないよ」

だが、その夕べには期待を裏切られた。どの演奏も中途半端で、音楽会はうんざりするほど長く感じられた。あまりに多くの女性があまりに必死すぎるとコーラは思った。デクランの注意を引くための競争に自分が参加しなかったことに、二重の意味で安《あん》堵《ど》した。もし母親たちが自分の娘を押し出し、コーラを押しのけるためにこれを計画したのなら、その努力は裏目に出ていた。白いドレスの娘たちは全員同じに見え、バッハやイギリス民謡の平凡な演奏はどれも同じに聞こえ、母親と長椅子に並んで座っているデクランに視線を送る顔は一様に白かった。デクランはピアノフォルテの前で楽譜をめくる役目を何度か任されていた。夜が漫然と過ぎていくと、母親たちは扇を取り出し、父親たちは落ち着きを失って椅子の上でもぞもぞ動きだした。

「今までの人生で、ティーワゴンを見てこれほどほっとしたことはないと思う」ミス・クララ・ブライトンが今夜の終曲を調子外れに歌い、使用人がティーワゴンを押してくると、フェントン卿がそっけない口調でささやいた。

ほかの女性たちが集まって演奏を褒められている間に、コーラはコンスタブルの風景画を見に行った。ベネディクタおばは間違っていなかった。今夜の催しの計画には多くの意図が含まれていたが、その一つがコーラに自分の立場を思い知らせることだった。それに関しては、公爵夫人の味方は何人もいた。面と向かってコーラを侮辱する人はいなくても、コーラをのけ者にすること自体にメッセージが込められていた。これで少なくとも彼女たちの人となりがわかった。コーラはブロンズ色のドレスが与えてくれる自信をありがたく思った。

「コンスタブルの絵を見つけたようだね」デクランがティーカップを手に隣に現れた。「僕が紅茶を持っていくとアレックスに言ったんだ。構わなかったかい？」コーラが自分よりフェントン卿と一緒にいたがることを心配しているのか、デクランの目には疑問の色があった。「彼といたら楽しいだろう」

「フェントン卿はじゅうぶん時間を割いてくださったわ。ありがたいことに」コーラはティーカップを受け取り、脇の小さなテーブルに置いた。

「それは謝らせてほしい。こんなことになるはずではなかった」デクランが身を乗り出してくると、その近さに、その親密さにコーラの脈が速くなった。「僕が好きにしていいなら全員家へ帰らせるのに」

コーラは首を横に振った。「謝ることではないわ。あなたは公爵よ。責任がある。私があなたを独占することはできない。実際、そんなことをすれば私が嫌われることになるとおばに言われたの。ここにいる女性の多くがすでに私の背中を狙っていると思うわ」コーラは笑いながら言ったが、デクランがひそかに合わせてきた視線から、彼がその言外の意味を理解したのがわかった。〝私たちがしていることが何であれ、私の扱いには気をつけて〟

「僕の態度のせいで君が目をつけられたのなら、それは僕の責任だ。君の忠告どおり、これからはもっと慎重に行動するよ」ごく一瞬、スカートのひだの陰でデクランが手を握ってきて、手のひらに何かが押しつけられるのを感じた。デクランは目で絵を示した。「この絵がどこかわかる?」

「ストゥール川よ。コンスタブルはウィンボーン・ミンスターへ来て、一連の田舎の風景画を描いたの。彼がそこにいる間に開かれた歓迎会で、私の家族がコンスタブルに会うチャンスがあったのよ。そのコレクションでいちばん有名なのが《乾草の車》。この絵も同じコレクションの一部よ。類似点があるのがわかるわ」コーラはため息をついた。「私、コンスタブルの描く雲はどこで見てもわかると思う」

デクランがほほ笑み、コーラは今夜初めて彼の顔を見た気がした。「すごいね。コンスタブルのことをもっと話してほしい」それは、コンスタブルが安全で一般的な、二人が話していても誰にも責められない話題だからだ。だが、コーラは安全さなど求めてはいなかった。ブロンズ色のドレスは大胆になるためのものだし、自分がデクランと過ごせる時間は短いだろうから。

「私はあなたの話をしたいわ。ハウスパーティは舞踏会よりまし？　ひどい？」コーラは笑いながら話題を変えた。もう少しで一晩中アレックス・フェントン卿といるところではあったが、コーラがデクランを見失うことはなかった。彼が集団から集団へ、厚かましい母親から厚かましい母親へとつねに礼儀正しく、つねに自分の務めを果たしながら移る様子を目で追っていた。

「ひどいよ」デクランは笑いながら答えた。「何日も続くし、逃げ場がない。でも、もっとひどいパーティも経験してきた。ハウスパーティは退屈なだけだ」デクランは一蹴したが、退屈さこそが彼の人生の特徴であり、彼がいないときのコーラの心も同じだった。それはコーラがドーセットで送っていた、文句を言わず次々と仕事をこなす日々とよく似ていた。とにかくそれらはやらなくてはならないことであり、ほかにそれを処理してくれる人がいないから自分が処理した。だが時々、その冷静な外面の裏で、自分に向けられる要求にひそかに反発していた。だからといって、何がどうなるわけでもなかったが。

コーラはその絵に切望のまなざしを向けた。「この川に出て、船でどこかへ行くことを夢見ていたこともあるわ。時々、腹が立たない？　それほどの責任があることに」静かにそう言った。

「ああ」デクランの言葉はコーラの耳元でささやきのように、懇願のように、祈りのようにさえ聞こえた。コーラはスカートのひだの陰でデクランの手に手を伸ばした。手をつなぎたい……彼の手を握り、彼に手を握られたいという衝動が熱く、思いがけず全身にこみ上げる。デクランがコーラの手をつかんだ。一瞬、見知らぬ人だらけのこの部屋で二人きりになった気がした。逃避を求める二人の人間だけがそこにいる気がした。

フェントン卿が戻ってきた。デクランを送り出す時が来たのだ。コーラはデクランに最後の笑顔を向けた。「レディ・メアリーにバッハのメヌエットト長調の演奏がとても良かったと言ってあげて」静かに助言する。「紅茶をごちそうさま」

やがて夕べはお開きとなり、デクランに押しつけられた紙片をコーラが開いたのは、上階の自分の部屋へ無事に戻ってからだった。

〈明日の朝七時に迷路で会いたい〉

つまり、分別とはこういうものなのだ。お伽話《とぎばなし》の先にある人生とはこういうものなのだ。逢《あ》い引《び》き。人目を忍んで会うことは確かに、デクランがコーラと過ごす時間に憤る人々を鎮める一つの方法だ。

コーラは紙片を折りたたんだ。怒れる監視役の目から逃れて二人きりで会うことを喜びたかった。表面上は喜ばしいことだ。誰にもじゃまされずにデクランと過ごせるのは贅沢《ぜいたく》であり、コーラがここへ来たのもそれが目的だった。あと一日、あと一回でも、彼と一緒にいる魔法を経験すること。コーラを悩ませているのは、その奥にどんな事態が潜んでいるかということだった。

現実として、二人が人前で一緒にすることはすべてが臆測の材料になり、あらゆる臆測がなされるとおばに警告されている。〝彼女はどこから来たの?〟〝何者なの?〟〝お金はどのくらい持っているの?〟公爵が危機に瀕《ひん》し、デビューしたての女性が落胆するとなれば、人々は出しゃばってくる。公爵夫人はすでにそれらの質問をして回っているし、おばの言うとおり、一週間も経《た》てば誰もがコーラの正体を知るだろう。コーラたちはそれを隠しはしないが、言いふらしもせず、社交界がその性質どおりの経過を辿《たど》るのに任せるつもりだ。いずれコーラは上流社会の社交シーズンには無用になるだろう。

だがそれまでは従うべき規則があり、そこからこの疑問が生まれる。デクランはこんなふうに逢い引きすることのリスクをわかっているの？　二人きりでいるところを見つかれば惨事になる。コーラは一瞬、デクランを守るためにこの誘いに乗らないことを考えた。それが、本人は自覚していなくてもコーラとエリースにこれだけのことをしてくれた彼のために、コーラができるせめてものことかもしれない。

コーラはホールの時計が朝七時を告げるまで、待ち合わせに行かないことの利点を熟考していた。すでに遅刻している。だが結局、勝ったのは魔法だった。デクランと永遠に一緒にいることはできないが、あと一日、あと一度の会話の間は一緒にいられる。そのためならすべてをリスクに晒《さら》しても構わないと、コーラは思っているようだった。

8

デクランは迷路の中心にある噴水のまわりを歩きながら懐中時計を取り出した。日は昇っている。空は青く、雲一つない。鳥たちがすばらしい声で歌っている。それは田舎の美しい春の朝で、待ち合わせに指定した時刻から十分が過ぎていた。コーラは遅れているのか、あるいは……。〝あるいは〟の先は考えたくなかった。

砂利道を踏むすばやい足音が聞こえた。コーラが来てくれた！　彼女の姿にデクランは安堵《あんど》のため息をつき、彼女がまとうさわやかな空気を吸い込んで、唇に笑みを浮かべた。小枝模様があしらわれた緑色のモスリンのドレスをまとい、胡桃《くるみ》材のような深い色の髪を陽光で輝かせたコーラは、朝が具現化したかのようだった。「来ないかと思っていたよ」

「来ないつもりだったわ」コーラは声を潜めて打ち明け、迷路の中心の正方形の中庭をそわそわと見回した。「こんなふうに二人きりになるのは危険よ。もし誰かに見られたら――」

デクランは笑い、コーラの手に手を伸ばした。「見られないよ。ハウスパーティの基準からすれば夜明け同然の時間に迷路の真ん中にいるんだ。女性はほとんどがあと一時間は部屋で寝ているだろうし、男性は起きていても庭から離れた場所で馬に乗っている」デクランはコーラを噴水近くのベンチへ連れていった。「大丈夫、僕たちはここにいれば安全だ。君はここにいれば安全だ」そう言い直す。「僕といればいつでも安全だよ。それを信じてほしい。ここへ招待したのは身勝手だったかな?」デクランはコーラのスカートの脇で長い脚を伸ばした。「君を誰かと共有することに飽き飽きしたんだ」

コーラがアレックスといるのを見ることに、彼女がその笑顔で、視線で〝私を独り占めしていいのよ。私はこの会話のことだけを考えていて、今はそれ以上に大事なことは何もないの〟と言わんばかりに腕に軽く触れる手で魔法をかけてもらえないことに飽き飽きしたのだ。

昨夜コンスタブルの絵の前でコーラが責任と逃避願望について話したとき、デクランは大きな衝撃を受けた。コーラはどうして僕の頭の中の考えを拾い上げ、自分の考えとして表現できるんだ?

コーラは目を輝かせてデクランの視線をとらえた。「それなら私も身勝手だわ。あなたを誰かと共有することに飽き飽きしていたもの。ハウスパーティはそういうものだし、私の人生もそういうものなのに。そういうことには慣れていたはずなのに。私は五人姉妹で、いつも何かを共有しているんだから」その言葉はするりと出てきたため、デクランはこのチャンスを利用してコーラの宝箱をもう少しこじ開け、これほど短い時間で自分の頭をいっぱいにした女性についてもう少し知ることにした。

「兄弟は？」デクランはたずね、パンをグレイビーソースに浸すように、コーラの人生にまつわる小さな事実を吸い上げようとした。コーラは顔を曇らせて首を横に振り、デクランはすぐにその話題を出したことを後悔した。

「今も生きている兄弟はいないわ。でも父が言うには、五人もかわいい娘がいる男に息子はいらないって」コーラが妹たちを愛していることが、その声でわかる。

「エリースのことは知っているが、ほかは？　姉妹のことを話してほしい」二人はベンチに身を寄せ合って座った。噴水がぶくぶくと音をたて、鳥がさえずり、デクランがこれ以上いたい場所はほかになかった。そこには単純な、率直な会話があった。デクランは身構える必要がなく、ただ耳を傾け、ただそこにいれば良かった。舞踏会のときもそうだった。コーラの気質そのものがデクランをくつろがせ、爵位の重荷と政治を肩から下ろすことができた。

「故郷に妹があと三人いるわ。キャサリンは、私たちはキティって呼んでいるけど、十五歳で、メリーは、正式にはメリサンダーは十三歳と半年よ」コーラは楽しげで自然な笑い声をあげ、デクランは自分の感想が顔に出ていたことに気づいた。「計算をしているならそのとおり、メリーはキティが生まれたあと間を置かずに、思いがけず授かったの。それから末っ子のヴェロニカ。七歳よ」

「変わった名前だな」デクランは別の種類の計算をしながら感想を述べた。メリーとヴェロニカの間に男の子の赤ちゃんが生まれたに違いない。

コーラはうなずき、緑色の目に穏やかな回顧の色を浮かべた。「父は聖書学者なの。ヴェロニカの名は、ゴルゴタの地へ向かう道中にイエスの涙を拭いた女性にまつわる古い教会の伝説から取ったのよ。家族はヴェロニカが生まれる前に大きな悲しみを経験したの。あの子の誕生は幸せな出来事で、命が再び始まることの証《あかし》だった」

やはり予想したとおりだ。それはコーラの大家族に関する興味深い手がかりだった。これで母の心配も和らぐかもしれない。コーラの父親は准男爵の下の息子として生まれ、今は現准男爵の弟だ。聖書学者になって五人の娘を育て、うち二人をロンドンに送り出し、舞踏会で着ていたような上等なドレスを長女に着せる財力がある。昨夜のブロンズ色のドレスはその証拠だったのだ。

「デクラン、あなたは？　きょうだいはいるの？」

コーラが静かに、何気なく自分の名を呼ぶことをデクランは好ましく思った。彼女といる間は普通の男でいられる。「姉が二人。二人とも結婚して子供がいる」

それを聞いてコーラは嬉《うれ》しそうな表情になった。温かな笑顔をデクランに向ける。「じゃあ、あなたはおじさんなのね。お姉様たちにはよく会うの？」

デクランは口を開く前からこの答えがコーラをがっかりさせるのはわかっていた。「いや、実を言うと、会っていない」自分の家族を愛しているのが明白なこの女性に、その事実を認めるのが恥ずかしかった。「二人とも田舎に住んでいるし、姉たちの夫の地所は僕の地所とあまり近くないんだ」

「それは残念ね」コーラは心から悲しそうに言った。「もし私に姪《めい》や甥《おい》がいたらしょっちゅう会いに行くわ。私や妹たちが結婚しても、近所に住めたらいいなと思っているの。自分の子供はいとこたちと一緒に育ってほしいから」コーラの口調にはうっとりするような憧れがにじんでいて、デクランは心を打たれた。

「ウィンボーン・ミンスターに一生住むことになっても構わないのか？」それは何と新鮮な発想なのだろう。デクランは大規模な移動をしながら生きてきた。春から夏の前半はロンドンで過ごす。夏の後半から秋は公爵領を巡り、雷鳥狩りのシーズンには北部を訪れる。クリスマス休暇の前に短期間ロンドンへ戻ったあと、冬の一、二カ月をサセックスの地所で過ごし、そのサイクルをまた最初から始めるのだ。

「家族がいる場所ならどこだって満足よ」コーラは静かに言った。彼女の口調の正直さに、つき合いはまだ短くても信頼できるという感覚が、彼女が自分をまずは男性として、次に公爵として見ているという感覚が戻ってきた。

「家族と仲が良いんだね。そこは羨ましいよ」

一方、デクランは家族と会うことがほとんどない。姉の一人はウェールズとの境に、もう一人はコーンウォールに住んでいる。姉たちは年に三、四通手紙をよこすが、手紙で知らされる出来事にデクランは大きな距離を感じていた。もちろん、春には母と会う。社交シーズン中は同じタウンハウスで暮らす。それも今年で最後になるのだと気づいた。デクランが結婚すれば、母は自分の家へ移るだろう。デクランが母と会う回数は明確に減り、それは必ずしも悪いことではないが、子供のころから続く家族との強い結びつきの最後の一つが断ち切られることになる。その事実には確かな悲しみがあった。

「君には、僕がずっと憧れてきた本物の家族が……継承ではなく互いのことに注力している家族がいるんだね」ウィンボーン・ミンスターでのコーラの生活を頭の中で想像し、デクランは考え込むようにほほ笑んで彼女を見た。大家族の夕食。馬で狩猟に出かけ、田園地帯で垣根を飛び越え、晴れた日には川辺でピクニックをし、串刺しにした魚を焼く、騒々しい家族。毎日がコンスタブルの絵にありそうな、のどかな田園詩のようだ。

「私にとって家族は世界でいちばん大事なものよ。家族はいつもそばにいてくれる。喧嘩《けんか》したって構わない。一日の終わりには家族の愛は不変だとわかるから」コーラは皮肉めかした笑みを浮かべた。「家族の寛容さも不変よ。五人姉妹が一緒に暮らしていて、誰かの機嫌を損ねないはずがないもの」

デクランは笑った。「混沌《こんとん》としていてすてきだ」

故郷にいるコーラを見たい、ドーセットでの生活の只中《ただなか》にいる彼女を見たいという切望でいっぱいになる。それ以上に、自分もコーラとそこに参加したい、ロンドンでの責務を置いていきたいと思った。

「たいていはそうね。ほかの妹たちに会いたくてたまらないわ。エリースと一緒に来られて良かったと思っているの。あの子がいなければ、ロンドンでやっていけなかったと思う」コーラは言葉を切り、自分の手元をじっと見た。「でも、エリースと一緒にいられる日も残り少ないのかも」

「妹さんが結婚するから？」デクランはミスター・ウェイドの好意にも、それが一方通行でないことにも気づいていた。ほかにも三、四人の紳士たちがエリース・グレイリンのかわいらしい魅力に興味を持っている。「でも、君も結婚するんだろう」

コーラはため息をついた。「ええ、たぶん。そもそも、それがロンドンへ来た目的だもの。誰もがたった十二週間で相手を見つけなくてはならない。でも、そのことについて深く考えたくはないの。あまりに欲得ずくで、あまりに必死すぎるもの。私たち全員がきれいな服であたりをうろついて、互いに気に入られようとしながらも、心の底では隣の人と同じくらいせっぱつまっているんだから」

「とても的を射た評価だ。でも、あまり一般的ではない。ほかの人の前では口にしないほうがいいと思うよ」二人は一緒に笑い、デクランは首を傾《かし》げながらコーラの状況に初めて思いを馳《は》せた。「君も十二週間で結婚しなくてはならないのか？　たとえ気に入った人がいなくても、来年また来れば、ロンドンというものを知ったうえで再び挑戦できるだろう」そう、コーラには時間がある。公爵の跡継ぎを作るような義務はないのだ。

コーラの視線がデクランから逸《そ》れて噴水へ向かい、彼女は適切な言葉を探そうと、その言葉で何か、あるいは誰かを守ろうとしているように見えた。「エリースのじゃまをしたくないの。妹より先に姉が結婚するべきだと考える人もいるわ。エリースには、私を待って幸せな結婚を逃すリスクを冒してほしくないのよ。キティのことも考えなくてはならないし。来月には十六になるから、じきにシーズンに参加したがるはずだもの」それは筋の通った言い分で、社会的に受け入れやすい理由だったが、デクランにはそれが完全な真実とは思えなかった。コーラが隠し事をしていると思うと、一瞬心がちくりとした。

「それでも、結婚は焦ってするものじゃない」デクランはコーラが秘密にしようと決めていることの周辺をそっと探った。

「あなたの場合は別だわ」コーラが遠慮なく言い、デクランは笑った。彼女といるとよく笑う。笑うよりも頻繁にすることがあるなら、それはほほ笑むことだけだ。デクランはそれを好ましく思った。

「僕の場合は別だ」デクランは同意した。「でも、僕には斟酌《しんしゃく》すべき事情がある……子供部屋は空で、兄弟はおらず、七年も会っていない推定相続人が一人いるだけ。アッパー・カナダに住むよく知らない親戚だ」言葉を切り、コーラの視線が自分に戻るのを待つ。「君の状況はどうなんだ？」静かにたずねた。「ウィンボーンに誰かいるのか？」想像すると胸が締めつけられたが、それはありえない気がした。

故郷に求婚者がいるなら、なぜロンドンへ来る？

コーラが首を振り、デクランは心が軽くなるのを感じた。「私が結婚したいと思える人はいないという意味よ。求婚してきた男性は一人いるけど……妻が欲しいというより、子供たちと家の世話をする人が欲しい男やもめだから、断ったわ」だが、その男性がしつこいことをデクランは察した。

「でも、もしロンドンでもっといい相手が見つからなければ、その人を検討し直すのか？」この美しく生き生きとした、愛に満ちた女性が愛のない結婚を強いられることを思うと、怒りが小川のようにデクランの全身を駆け巡った。

コーラはデクランに暗く皮肉めいた視線を向けた。「私でなければ、妹の誰かが結婚することになるわ。五人の娘は父が世に出すには大人数だもの」

デクランは顔をしかめた。「でも、それがお父様の仕事だろう。息子だろうと娘だろうと、子供を一人前にするのが父親の仕事だ」デクランの父はそう信じ、娘たちの結婚が決まると、母とともに手はずを整えた。婚前契約を結ばせ、夫がその寛大な契約を破らないよう、娘たちとその子供たちが今後ずっと経済的に守られるよう保護した。デクランもその時が来れば自分の子供にも同じことをするつもりだ。

「わかってちょうだい」コーラは熱心にデクランの手を握った。「二年前に母が亡くなったとき、父はひどく苦しんだの。父には抱えきれなかったのよ」

彼女は父親を守ろうと、父親を非難からかばおうとしている。自分の幸せが、自分の未来が犠牲になろうとも、父親を愛しているからだ。デクランが思い描いたドーセットでのコーラの暮らしにやや影が落ちた。デクラン自身の保護欲が湧き起こった。

「僕の父が亡くなったのはそう昔のことじゃない。僕たちはこの一年間を喪に服し、体制を変えることに費やした。僕たちは父が恋しい、僕は父が恋しい」自分の告白にデクランは驚いた。ほかの人に父の話をすることはめったになかった。「でも僕を頼みにしている人々がいる以上、僕はここにいて、前へ進むつもりだ」デクランの言葉には、会ったこともないコーラの父親への、娘が与えられるべき愛情を注げない陰気な男に娘を差し出してもいいと思っている父親への叱責がにじんだ。

「デクラン、父に腹を立てないで。父もせいいっぱいやっているの」コーラはなだめるように言った。

「それでも正直に言うと、私をかばってくれる人がいるのは嬉しいわ」

「ウィンボーンに君をかばってくれる人はいないのか？」デクランはコーラの指に指を絡めてその手を持ち上げ、自分の手の中に収まった彼女の手を眺めながら、結びついているという例の感覚を確信し、そのことに驚いた。家族を愛し、結びつきの強い自分の家族を欲するこの女性は、デクランの心に、夢に、可能とは思えなかった形で訴えかけていた。

「いないわ。でもありがたいことに、私は自分で自分をかばえるの」コーラはデクランに温かな笑顔を向けた。ほかの人もだ、とデクランは確信した。コーラは父親をかばい、妹たちの欲求を察知する。自分よりほかの人を優先している。デクランと同じだ。

〝僕たちは似ている。君も僕も、まわりの人々のために、自分を必要とする人々のために、自分自身と自分の希望を犠牲にしている〟

コーラと長くいればいるほど、彼女のことをいっそう知るようになり、自分のこともよくわかるようになった。すでに、彼女ともっと長くひそかに過ごすにはどうすればいいか考え始めていた。

「アーチェリー競技会でアレックスと組むそうだね。どうか僕とも、明日の馬で行う宝探しで組んでもらえないだろうか？」それははるか先のように思えた。

「母は季節に関係なく狐《きつね》を殺すことに耐えられない

から、それぞれの季節に適した形の狩りを考案したんだ」迷路のどこかから植木ばさみのパチンという音が聞こえ、時間が経過していることを思い出させた。屋敷の人々が起きてくる……二人の時間は終わりだ。

「いいわね」コーラはからかうような笑みを浮かべて立ち上がった。「でも気をつけて、私は勝ちに行くから」

「僕もだ」デクランはウィンクして請け合ったあと真顔になり、最後に一度コーラの手を取った。「会いに来てくれてありがとう。帰り道がわかるなら、先に帰ってほしい」

デクランは緑色のスカートが迷路の中へ消えるのを見守りながら、すでにコーラを恋しく思っていた。二人で笑い、会話をした……希望と夢について、家族と喪失について、本物の会話をした。二人の希望に共通点があるのがわかった。今日アーチェリーで組む予定のレディ・メアリー・キンバーとあのような会話をするところは想像できなかった。レディ・メアリーと一緒にいると、人生全体が一つの長く終わりのない仮面劇となり、デクランはつねに紳士の役を演じることになるだろう。冷静で自制が利いた、心配事のない紳士を。

デクランが仮面を外せば、レディ・メアリー・キンバーはショックを受けるだろう。彼女は確実に、デクランの感性に影響を与える気などないはずだ。デクランを否定することを恐れ、心の内を正直に話すこともしないだろう。デクランが黄色の薔薇《ばら》を白だと言えば、明白な真実が目の前にあっても心から同意するだろう。だが、コーラ・グレイリンは違う。デクランが受けた第一印象は間違っていなかった。

コーラはさわやかな一陣の風で、その風がデクランの世界を混乱させ、窓から入る風がテーブルの上に放置された紙を吹き飛ばすように、もともとあった概念を大きく揺るがしている。コーラと一緒にいると、デクランは花嫁探しの〝ゲーム〟から離れ、ありのままの自分でいられる。責任は脇へ置いて、自分の考えを話すことができる。コーラも自分の考えを話せる。彼女のデクランへの接し方は今まで出会った誰とも違っていた。

デクランは小道の砂利を蹴りながら屋敷へ引き返し始めた。この状況を取り巻く皮肉はわかっている。なぜこうなったのだろう？　十二週間では愛に似た何かはおろか、友達を見つけることすらできないと思っていた。それでも、コーラが自分の片割れであり、妥協と条件にのみ込まれていないましなほうの片割れだと感じるのに、時間はさほど必要なかった。今の問題は、それに対して自分はどうするのか、ということだ。数日前ならありえないと思っただろうが、今はキューピッドの矢が命中していてもおかしくないと思っていた。

9

チーム対抗アーチェリー競技会は最後の二組を残すのみとなり、どちらにつくかを全員が選び終えたようだった。デクランは〝紳士の〟賭が公爵夫人に聞こえないところで行われる様子を眺めていたが、自分が主催した上品な催しが賭博の種にされていることを知れば母は愕然《がくぜん》とするだろう。

「これを留めるのを手伝ってくださいませんか？」デクランの隣でレディ・メアリーが手袋と揃《そろ》いの濃い薔薇《ばら》色に染められた革製の装具を掛け、紐《ひも》が垂れ下がった腕を持ち上げた。レディ・メアリーは非常に優秀で負けん気の強い射手だった。彼女のおかげで、二人は最後の二組まで勝ち残ることができた。

二人は決勝戦でアレックスとコーラの組と対戦することになり、客たちはその試合のために芝生の前列に席を取ろうとしていたが、それはこの競技が人気だからというだけではない。公爵の花嫁の座を巡って先頭争いをしている二人が一戦交えるところを見たいのだ。コースの突き当たりにある的が単なる干し草の俵ではなく、公爵の心であるかのように。

デクランはレディ・メアリーの装具の紐を淡々と手際良く結び、この要求は自分の注意を引くための策略だろうかと考えた。もしそうなら、レディ・メアリーはアーチェリーほど男女の駆け引きが上手ではない。「楽しんでいますか?」デクランは最後の紐を結びながらたずね、一歩下がった。「今日のあなたは腕が冴《さ》えている」

「では、注意は向けてくださっていたのね。私が月へ矢を放ってもあなたは気づかないんじゃないかと思い始めていたの」レディ・メアリーは抜け目ない笑みをデクランに向けた。「楽しんでいるかどうかということなら、自分がふられることがはっきりしていないほうが楽しめた気がするわ」

おっと。その真実は堪えた。自分で思っていたほど心の内を隠せていなかったらしい。「上の空に見えたのなら申し訳なかった」デクランは口を開いた。

「あなたのせいではない」レディ・メアリーは反論するだろうか? そんなのは嘘《うそ》だと言う? まさか。そうするには彼女は育ちが良すぎる。

レディ・メアリーはデクランに悲しげにほほ笑みかけた。「私は〝青いドレスの女〟を、あなたが矢を射るとき以外は目を離せない女性を負かすつもりよ。それを、二度のシーズンで二人の公爵に目をかけられなかった私の残念賞にするわ」体の脇の小さなポケットから矢を一本抜き、ベルトから下げた飾り房で矢尻を磨いて、結婚ゲームなど少しも気にしていない無頓着な雰囲気を装った。

とたんにデクランは罪悪感を覚えた。自分の態度のせいで他人を傷つけるのはいやだった。レディ・メアリー・キンバーはデクランの母の花嫁探しの無実の犠牲者になりつつあった。

「〝ふられる〟というのは言葉が強すぎるな」

レディ・メアリーはポケットに矢を戻し、険しい口調で言った。「確かにね。ふられるという言葉を使えるのは、ある種の共通認識がある場合だけだもの。両親に押しつけられた二人の公爵が、私と単なる世間話以上の言葉を交わしていた場合だけ」

デクランは申し訳なく思った。クレイトンがレディ・メアリーに真剣になったことはなく、自分も同じだとわかっていた。自分が誰と結婚するにせよ、彼女ではないだろう。レディ・メアリー・キンバーは驚くほどの胆力と必要な資質をすべて備えた女性だ……ほかの誰かにとっては。だがデクランにとっては、火花も、情熱も、結婚させたがっている親から互いを押しつけられていること以外に共通点もない。それだけでは人生の土台にならない。

レディ・メアリーは皮肉めいた笑みを浮かべ、デクランの腕に腕を絡めた。「私の残念賞をとりに行きましょう」考え込むようにほほ笑み、薄茶色の目に険しい表情を浮かべる。「彼女とフェントン卿《きょう》に手加減しようなんて考えないで。私はあなたにこの勝利まで取り上げさせるつもりはないの」

デクランはうなずいた。「負けず嫌いはあなただけではない。僕はアレックスに、マントンの店でしたアーチェリーの報復をしなくてはならない。非常に議論を呼ぶ判定により、僅差で僕が負けたんだ」

レディ・メアリーはほほ笑んだ。「良かった。ではそれを頼みにするわね。私は勝てる場所で勝たなくては」的の方向へ歩きながら二人きりで話をする様子が、年長の客たちの注意を引いた。結婚戦争における大古参兵であるデクランがそれらの視線を、中でも母がレディ・メアリーの母親と交わした満足げな視線を見逃すはずがなかった。だが、母からその希望を奪うのはあとでいい。今は勝たなくてはならない試合がある。それはレディ・メアリーに差し出せる、せめてもの別れの贈り物だった。

デクランは実際、最善を尽くした。アレックスよりうまく矢を放ち、アレックスは陽気に悔しがった。

「最後の一射は僅差で僕が勝っていた」射場から出て待機場所へ向かいながら、アレックスがぶつぶつ言った。レディ・メアリーとコーラが、片や白と薔薇色、片や白と青の衣装で競技場へ向かう。

「僕もマントンの店での最後の一射についてそう言っただろう」デクランは友人の背中をたたいた。

「僕の一射はあの日の君よりも近かった」アレックスは言い返した。

「でも、今日の僕はもっと近かった」デクランはにやにや笑った。「さあ、あとは女性陣しだいだ。少なくとも君はコーラに戦うチャンスを与えた」

「コーラ？　ミス・グレイリンだろう」アレックスは片眉を上げ、その親密な呼び方を訂正した。「まあ、確かに。彼女は腕の良い射手だ。故郷にアーチェリー同好会があるに違いない。どこだと言っていたかな？」彼の詮索にさりげなさはなかった。

「ドーセットだ。ウィンボーン・ミンスターという、コンスタブルが去年の夏に絵に描いた場所だよ」デクランはその三点の情報が自信たっぷりに口から飛び出すままにした。〝ふふ、彼女は今やさほど謎めいてはいないんだ。人はいつまでも、私たちは彼女のことを何も知らないと言い続けることはできない〟と言わんばかりに。デクランはコーラについて知ったすべての事柄をじっくり検討し、朝の会話を、昨夜の会話を、あのダンスを反復することに今日の大半を費やしていた。コーラと会う機会が積み重なり、それとともに欲望も積み重なっていた。

アレックスはデクランを横目で見た。「田舎娘なのか。ドーセットは羊だらけだ。そこが魅力か？」

「君が思う以上に」デクランは低い声で言った。問題はコーラの生活がデクランにとって魅力的かどうかではなく、デクランの生活がコーラにとって魅力的かどうかだ。僕は彼女を幸せにできるだろうか？　コーラはドーセットで、妹たちの近くで暮らしたがるだろう。たえずパレードのように大仰に地所から地所へと移動し、どこにも根を張るほど長くは滞在しない生活をいやがるだろう。

人が伯爵や公爵を田舎の共同社会の顔と呼ぶとき、それは完全に文字どおりの意味で言っている。単なる顔。その共同社会の直接的な、日々の運営に本格的に注力しているわけではない。ただ小切手を数枚書き、命令と検印を交互に与える誰かにすぎない。本当に物事を動かし処理しているのは、教区牧師と郷士《スクワイア》だ。そこもコーラがほかの女性とは違う点だ。ここにいる女性は誰も自分が公爵夫人になりたいのか、自分がその役目を気に入るかのかを考えてはいないだろう。

デクランは二人の女性が的の前に並ぶのを見守った。一人は金髪、一人は黒貂《くろてん》のような髪で、二人が着ている白のアーチェリー用ドレスは、弓が何かに引っかかる危険がないよう、身頃には蝶結《ちょうむす》びも装飾物もついていない。二人とも真剣な表情を浮かべ、的に狙いを定めた。レディ・メアリーは冷ややかにコーラを一瞥《いちべつ》したあと、最初の矢を放った。

「何という目つきだ」アレックスが感想を述べた。「あの女性は本気だ。美人二人に取り合いされるのはどんな気分だ？」デクランをからかうように肘でつつく。「全男性の夢だろう？　君の相棒が僕の相棒に勝つほうに賭けるか？　賭を面白くするために、僕はミス・グレイリンがレディ・メアリーに勝つほうに五ポンド賭ける。実際のところ、勝ち目は君にあると思うけどね」アレックスは肩をすくめた。「君はぼろ儲《もう》けできる。ただし、自分の相棒が負けるほうに賭けるなら別だが？」

デクランは首を横に振った。「わかっているだろう。皆に深読みされることなく、僕がどちらかに賭けることはできない。みんな、それを宣言だと受け取る。こんなに早く宣言すれば、このあとのパーティをしらけさせるだけだ。母は僕に選ばせたいのと同じくらい、自分が書いた芝居も上演したいんだ」

二人は動きを止め、レディ・メアリーの最初の矢が的の中心に最も近い円に刺さったのを見た。ぱらぱらと起こる拍手にデクランたちも加わる。決勝戦なので、二人の女性は同じ的に交互に矢を射る。コーラが弓を掲げると、デクランは体が緊張するのを感じた。彼女の矢は中心に命中し、観客の間にささやき声が走った。第一ラウンドはコーラが取った。

「君はミス・グレイリンに惚《ほ》れているのか。彼女が矢を放つ間、息を止めていた」レディ・メアリーが二射目の準備をしている間に、アレックスが静かに感想を述べた。「そんな君は見たことがないな」もっともな指摘だ。デクランもこんな自分を見たことがない。少なくとも、かなり長い間。

「惚れているんじゃない。興味を引かれているんだ」デクランはアレックスにさえ心の内を明かしたくなくてそう言い張った。「それは認めるよ。僕は興味を引かれている。彼女の望みは僕の望みと同じだ」それは必ずしもデクランの手に入るものではない。公爵の場合、望むものと手に入るものが異なることは多い。「僕たちには表面的でないところで似ている部分がいくつかある」

「それは何て都合が良く、魅力的なんだ」アレックスのそっけなさに、デクランは彼をじろりと見た。

「何が言いたい？」

アレックスはなだめるようにデクランの腕に触れ

た。「意地悪じゃない、警告だ。ミス・グレイリンと知り合ってまだ数日なのに、口には出さなくても彼女を完璧だ、自分が探していたとおりの人だと思っているなら……彼女がどこからともなく現れたのは妙だと思わないか？　ミス・グレイリンのことは誰も何も知らないのに、彼女はなぜ君のことを何でも知っていて、君をうっとりさせる話ができる？　君の目には彼女が現実とは思えないほどすばらしく見えるんだろう？　少なくとも、公爵の目には」

アレックスは力になりたいだけなのだろうが、デクランは気に入らなかった。「コーラはそんな女性ではない。彼女は僕を見るとき、爵位ではなく僕を見てくれている。説明するのは難しい。ただ、僕は彼女をもっとよく知るチャンスが欲しいだけだ」

「興味があるだけじゃなく惚れたらどうする？」アレックスは少し棘《とげ》のある言い方をした。「公爵が愛のために結婚してもいいのか？」

「だめではない、珍しいだけだ」デクランはむっつりと答え、コーラの二射目がレディ・メアリーの一射目と同じ程度に中心から逸《そ》れる間、想像力を羽ばたかせた。ハーロウ公爵家史上初の恋愛結婚をした公爵になるのだ。ドーセットから来た射手と結婚した公爵に。愛はそれだけで醜聞になる。初めて愛のために結婚し、初めて醜聞を起こしたハーロウ公爵。それは、息子のハーロウの遺産への貢献として母が思い浮かべる〝初〟とは違うだろう。デクランも自分がその立場になると思ったことはない。

的を数メートル奥へ移動させるための小休止が宣言された。「相棒を励ましに行かないと」アレックスはデクランに笑顔を向け、我が物顔でコーラのほうへ大股で歩いていき、陽気な応援の言葉をかけた。「親愛なるミス・グレイリン、僕たちをがっかりさせないでくださいよ。僕はアーチェリー競技会でハーロウを打ち負かすために生きているんだから」その言葉に、観客から笑い声が起こった。

体裁を整えるために、デクランもレディ・メアリーのもとへ行って励ましの言葉をかけたが、アレックスがコーラと笑い合う様子をこっそり見ているときに胸を刺す羨望はねじ伏せられなかった。アレックスはコーラに指示を与えたが、彼女はそれを必要としていないし、耳を貸そうともしないだろう。コーラは自分の規則に従って我が道を行くタイプで、自分自身と自分の望みを理解している女性だ。彼女といると、デクランはいつもより自分を理解できた。生身の人間ではなく立場を命じられた存在である公爵にはなかなか許されない、珍しい現象だ。

この一射を外すことは許されない。コーラは的を観察した。心配なのは距離ではなく、風だ。試合が始まってから風が強さを増していた。風は抵抗を生み、矢が長距離を勢いよく飛ぶのを難しくする。軌道を保つのはもっと難しい。そよ風ですら吹けば矢は的の中心から逸れるし、中心以外は許されない。レディ・メアリー・キンバーは必ず中心をとらえる。さっき外れた一射は例外だ。

コーラはレディ・メアリーを一日中観察していた。彼女がデクランと組んでいたからでもあるが、腕が良いのも理由だった。始まった瞬間から、競技会がこのような経過を辿《たど》るのは必然だと思っていた。公爵夫人が息子を下手な射手と組ませるはずがなく、レディ・メアリー・キンバーは公爵夫人が知る中で最も、射手としても花嫁としても優れていた。裕福な伯爵の娘なのだ。裕福な公爵の妻として完璧だ。

似た者同士が結婚する。それが現実世界の物語の結末だ。アーチェリー競技会で勝ったり、迷路の中で会ったりしただけで結末が変わると思うほど、コーラはうぶではない。待機所にいる妹とおばを見ると、ミスター・ウェイドが妹の隣に立っていた。コーラが勝てば、パーティでの自分たちの立場も向上するだろう。人はつねに勝者に群がる。だがそれは疑問も、きっとある程度の敵意も生むだろう。

　コーラが勝った場合、誰もが喜ぶわけではない。慎重にふるまいたいなら、わざと的を外して〝適切な〟女性を勝たせたほうがいいかもしれない。そうすれば、これ以上敵を作ることは避けられる。コーラはどこからともなく現れて公爵とのダンスをかすめ取った青いドレスの女ではなく、一人の人間として扱われるだろう。

　あのダンスが思いがけないもつれ合いの始まりであり、それが次のもつれ合いを招いた。コーラの中で時々、あのドレスを試着しなければ良かったという思いが湧き起こる。あのドレスがコーラを自分だけのお伽話《とぎばなし》のお姫様に、自分ではない誰かに、良い出来事が起こる誰かに、夢を叶《かな》えられる誰かに変えた。あのドレスが事態を複雑にしたのだ。そして今、叶わなかった夢を手放すのが前より難しくなっている。それでもコーラの心は、このあとどんな痛みを味わおうとも、どうしてもこの時間を失いたくないと叫んでいた。

　レディ・メアリーを一瞥し、心を決める。勝つために矢を射るのだ。ドーセットのコーラ・グレイリンは誰が相手でも手加減しない、優れた射手だ。今日は自分のドレスを着ている。完全に自分自身なのだから、どこまでも自分らしく矢を射ればいい。フェントン卿が快活な足取りで歩いてきた。「僕たちをがっかりさせないでくださいよ」冗談を言い、指を立てて風を示す。「風を計算に入れないと」

「風ならすでに気づいているわ」コーラは笑った。

フェントン卿は技能だけでなく会話の面でも優れた相棒だった。矢を射る合間に気軽に話ができた。もしコーラに兄がいれば、こんな感じだったのだろうか。アレックスと呼ぶよう彼は強く勧めてきたが、それは受け入れられなかった。デクランとレディ・メアリーがわずか数メートル先にいるのを意識しながら、彼はどんな助言をしているのだろうと考えた。嫉妬してはいけない。コーラにデクランを独占する権利はないし、その権利を得ることもできない。この物語の結末はわかっている。今週の終わりには、コーラは自分の交友範囲へ戻り、デクランは彼の範囲にい続ける。二人の交流は終わるのだ。

レディ・メアリーが毅然《きぜん》とした落ち着きと安定感を漂わせ、コースの先をゆっくり慎重に見据えたあと矢を放つと、それは的の中心に命中し、彼女がかすかに吐いた息だけが安堵《あんど》を伝えた。その一射が彼女にとってどれだけの意味を持ち、そこにどれだけ公爵との関係の進展がかかっていたかが察せられた。

「同点なら優勝決定戦になるから、二度目のチャンスがつかめる」フェントン卿がコーラの肩越しにささやいた。「彼女の矢の隣をとらえるだけでいい」

コーラはすでに心を決めていたため、首を横に振った。二度目のチャンスなどない。これが唯一のチャンスだ。自分が今もコーラ・グレイリンであることと、上流社会のハウスパーティと公爵のダンスを経ても自分は変わっていないし、変わるつもりもないことを自分自身に証明するチャンス。それを思い出させてくれるものがどうしても必要だった。これが終わっても自分はコーラ・グレイリンで、射手で、馬の乗り手で、娘のロンドン行きの資金も出せないほど貧しい教区牧師の娘であり続けるのだ。

「どうするつもりだい？」フェントン卿は自分の戦略が無視されたことに少し動揺したようだった。

コーラは矢を一本抜いて弓にセットし、フェントン卿をちらりと見た。「重ねるつもりよ」

「ロビン・フッド方式か？　それはいらぬリスクだ」フェントン卿は反論を始めた。「必要がない」

「必要なら大いにあるわ」コーラは鋭く言い返した。

「下がって、フェントン卿」考える時間は終わった。実行する時が、いとも簡単にこなせる動きを体にさせる時が来たのだ。レディ・メアリーが矢を射る前にゆっくり慎重に狙いを定めるのとは対照的に、流れるような一度の動作で弓を掲げ、息を吸って、矢の羽根が頬をかすめるのを感じながら、何も考えずに矢を放ち、的の中心に刺さったレディ・メアリーの矢の羽根目がけてまっすぐ飛ばすと、観客から熱烈な歓声があがった。

「公爵夫人のアーチェリー競技会に不朽の名声を与えたと思うよ」フェントン卿が小声で言ったが、コーラは自分のほうへ向かってくるデクランに気を取られていたため、その言葉は耳に入らなかった。デクランは笑顔で、その笑顔が自分にしか向けられないものであるとコーラは気づき始めていた。

「おめでとう、ミス・グレイリン。今のはすばらしい一射だった。君が優勝を狙っていることは確かな筋から聞いていたが、本当にやってのけたね」デクランの目のきらめきが二人だけのメッセージを、迷路の中での会話を念頭に置いていることを告げていた。賞品を持った従僕が近づいてきて、即席の表彰場の向こうでは屋外で行われる午後のお茶会の準備がされていたが、コーラには自分を見つめるデクランの青い目しか、畏怖と賞賛に満ちたそのまなざししか目に入らなかった。

デクランはフェントン卿に大会名と日付が刻まれた銀のフラスクを、コーラには裏に日付が刻まれた金の矢の形のピンを贈呈した。それをドレスの身頃に留めるデクランの手は温かく、頼もしかった。これこそ、女性たちが狙っていた本当の賞品だろう。公爵の手で触れられ、彼の清潔な柑橘系《かんきつけい》の香りを嗅げるほど近くに公爵がいて、重い爵位を帯びた男性に関するこれほど親密な詳細を知れる特権こそが。ピンは公爵に触れてもらうための策略にすぎない。

だがそれは形式的な、通りいっぺんのものだ。デクランが迷路の中でコーラと指を絡め、人に見られることはないと請け合ったのとはまったく違う。

群衆がお茶会のために散り散りになると、デクランは腕を差し出した。「一緒に散歩へ行ってもらえるかい？　今は君が勝者なのだから、みんなそれを当然だと受け取るはずだ」

「レディ・メアリー・キンバーがあれほど勝ちたがったのも無理はないわ。本当の賞品はこのピンなんかじゃない。あなたと時を過ごし、あなたを独り占めするチャンスよ」二人は注意深くお茶会会場の端を歩き、二人きりではあるが客からもよく見える位置を保った。姿は見えるけれど、声を聞かれることはない。誰も文句のつけようがないはずだ。

デクランは薄くほほ笑んだ。「彼女は勝つのが好きなだけだ。レディ・メアリー・キンバーは僕と一緒にいる時間に興味などないよ」

「まさか」コーラは反論した。「興味はあるはずよ、それをうまく隠しているだけで。軽く見られて得することはないから」散歩中のほかのカップルに会釈されて足を止める。「あの晩、私が到着する前、あなたはレディ・メアリーと踊るつもりだったと聞いたわ。これで私は彼女の勝利を二度も奪ったことになる。恨まれるでしょうね」

「レディ・メアリーは人を恨むタイプではないと思うけど」デクランが異議を唱えた。

「それは、あなたが女性をあまりよく知らないからよ。忘れないで、私には家いっぱいの妹がいるの。教えてあげるわ、女性は記憶力が良くて、復讐《ふくしゅう》を好む傾向があるのよ」コーラはデクランに笑いかけた。「キティのよそいきの上等なサッシュをメリーが勝手に〝借りて〟汚したことがあったの。キティはその仕返しに、メリーが蛙《かえる》を大嫌いなことを知っていてベッドに蛙を入れた。メリーはとにかく蛙が怖いの。その結果、メリーは自分の部屋に戻る勇気が出るまで何週間も私のベッドで寝ることになったわ。あの子はいびきをかくのよ、エリースもだけど。要するに、私たち全員がキティの怒りに苦しめられたの。レディ・メアリー・キンバーが二度の敗北に動じないなんて、一瞬でも思ってはだめ」

デクランは笑い、芝生の端に立つオークの木の下へコーラを連れていった。あと二、三歩歩けば、その巨大な幹と太い根が二人をお茶会の参加者から隠してくれる。迷路で過ごした時間に戻るようなものだ。二人きりになれる。「確かに、教訓になる話だ。妹さんたちを怒らせてはいけないことがよくわかった」まるでメリーたちに実際に会うことがあるかのように、デクランは言った。何と斬新な考え、不可能な考えなのだろう。そんなことは決して起こらない。雨漏りする屋根と雑草だらけの庭、シーツが干された牧師館をデクランに見せたくはなかった。

「今は笑えばいいけど、この話は真剣に受け取ってね」コーラは助言した。「どの女性もあなたと過ごす時間を欲しがっている。ピンでも銀のフラスクでもなく、あなたこそが本当の賞品なのよ」

デクランは笑った。「どうも君はそれを褒め言葉として言ってはいない気がするんだが」

コーラは穏やかな目でデクランを見て、木の幹にもたれた。「そのとおり。実を言うと、あなたをかわいそうに思っているの」このぶしつけな評価をデクランはどう受け取るだろう？　人は公爵を哀れまない。それはきっと、どこかに書かれている規則だ。

「僕は自分を哀れんではいない、少なくとも今は」

デクランは片腕を木の幹につき、彼の体の近さがコーラの血を熱くざわめかせた。「君と一緒にここへ来た。それが僕の賞品だ。今朝がすでに何年も前のことに感じられるよ」デクランの青い目がコーラの目をとらえ、二人のまわりの空気が爆《は》ぜ始めた。二人がここへ来たのは、単にまたお喋《しゃべ》りをするためではない。デクランの親指がそれとなく何かを伝えるように唇を愛撫《あいぶ》し、彼の声は低くて誘うようだった。「君さえ良ければ、もう一つ賞品が欲しい」

「それは賢明かしら？」言葉とは裏腹に、コーラは息ができなくなった。実際的な自分はその答えを知っている。賢明ではないと。デクランとキスすればすべてが変わる。二人とも、今まで逃げてきた質問と何とかして避けてきた真実に向き合わざるをえなくなる。ここから生まれるものは何もないという真実に。お伽話の中では、キスは問題を解決し、蛙を王子様に変身させ、呪いを解く。だが、今キスをすればそれとは逆の結果を招くだけだ。

「僕は今、賢明さには興味がない」デクランは手を伸ばしてコーラの髪をなでた。「君は良い意味で僕の世界をひっくり返した。君と一緒にいると、今までになかったくらいありのままの自分でいられるんだ。ほかの人には言わないことでも君には言える」

「デクラン、そんなこと言わないで、あなたは私のことをほとんど知らない……」コーラは言いかけたが、その抗議は弱々しかった。真実に反論するのは難しく、反論したくもなかった。今この瞬間だけを生きたかった。実際性も現実も知ったことではない。

デクランはコーラの唇に指を当てた。「君の目を見ると、自分の心が反射して返ってくる。君もそれを感じているはずだ。感じていると言ってくれ」

二人は今や、体が触れ合うほど近くに立ち、コーラの心臓は真実に高ぶっていた。抵抗できない。骨の一本一本が、思考と脈の一つ一つがデクランをせがみ、彼に応えていた。「ええ」コーラがささやくと、デクランの唇がコーラの唇を求めて傾いた。「私も感じているわ」この瞬間を、このキスをつかみ取れと体が言っているかのようだ。余波が襲ってくるならどこからでも襲えばいい。

10

キスに没頭している間も、コーラの中ではその先への切望が生まれていた。キスは満たすと同時に駆り立てた……渇望を、欲求を、情欲を。コーラはこれが単なる一度のキス、短時間の控えめな唇の触れ合いではなく、口と体が一つになり、互いに絡み合う行為だと気づいた。コーラの腕はデクランの首に巻きつき、彼を近くへ引き寄せた。コーラの体は彼の体に押しつけられ、口は完全に密着し、舌は互いを味わい、満足感を求めてもつれ合った。

マッチで火をつけた導火線のごとく、野火が血管を激しく破壊的に焼き尽くしていった。いったんキスが始まると、終わってほしくない、デクランの腕の中という聖域から、彼の体という避難所から離れたくないとコーラは思った。

ついにデクランが息を荒らげながら唇を引きはがした。コーラは木に頭をもたせかけてオークの大枝の隙間から空を見上げ、二人は息継ぎのために水面に顔を出したかのように息をついた。「キスってこんなふうに感じるものなの？」コーラにできるのは感じることだけだった……膝の脱力感を、鼓動の速さを、血液の熱さを。考える力を消し去るほど強烈な何かを感じたのは初めてだった。

呼吸を落ち着かせようと息を吸うデクランの目から、彼が畏怖を、驚きを、思いがけない熱を感じているのがうかがえた。「いや、普通は違う。少なくとも、僕の場合は」

デクランの告白にコーラはほほ笑み、おずおずと自分も告白した。「私の場合もそうよ」

ジョン・アーノットに一度キスされたことがある。

あれは強引で執拗《しつよう》だった。デクランのキスが自分の中に呼び覚ましたどんな反応も呼び覚ましはしなかったし、その先を求める気持ちにもならなかった。

「こんなのは予想していなくて……」何と続ければいいのかわからず、コーラの言葉はとぎれた。自分は何を予想していたのだろう？「でも、予想できたのかもしれない。あなたはいつもほかの人とは違うし、何も型どおりなところがないもの」デクランの幅広ネクタイ《クラヴァット》をいじって整えながら、自分の告白に柄にもなく恥ずかしさと大胆さが混じった気持ちになった。余計なことを言いすぎただろうか？

「ミス・グレイリン、今のはどういう意味でしょうか？」デクランがからかうように言い、身を屈《かが》めてすばやくキスした。

コーラは首を傾《かし》げ、デクランの手を取った。「ほら、私たちって逆回しのお伽話《とぎばなし》でしょう？」デクランの手を持ち上げて指を絡め、上品でほっそりした手をまじまじと見る。「たいていのお伽話が終わるところから私たちは始まった……王子様とのダンスから。そして今、物語から飛び出して未知の海域へと漕《こ》ぎ出《だ》したの」

「そのシナリオでは僕が王子様？」デクランは笑った。キスが落ち着いた今、その余韻の多幸感が二人を包んでいた。

「ええ」コーラが笑うと、デクランにまた軽くキスをされた。

「僕の記憶が正しければ、お伽話のお姫様はたいてい召し使いのように扱われていた。白雪姫は洗い場メイドだったし、シンデレラもだ」デクランはコーラの首のそばで笑い、耳をついばんだ。「君は自分が洗い場メイドだと言いたいのかい？」

〝いいえ。教区牧師の娘よ〟

その言葉は口にしなかった。コーラはぺてんを働いている気分になり、唇を噛《か》んだ。コーラに実体がないことを知ったら、デクランはどう思うだろう？　彼が見たと思ったものはすべて仕掛けのある手品だったと知ったら？　コーラは准男爵の姪《めい》だが、それ以外に公爵が価値を見出《みいだ》せるものは何もない。レディ・メアリー・キンバーのような血統はない。二人のお伽話にほころびが生じるのはそこだ。いばら姫は王の娘だった。シンデレラは貴族の娘、白雪姫も王の娘。だが、コーラは違う。コーラが辿《たど》る道は逆になる。昇格ではなく降格するのだ。

オークの木の下でキスをし、ハウスパーティを一週間楽しむことはできても、それだけだ。その後はロンドンへ戻り、それで終わる。長引かせればすべての真実が明るみに出る危険があり、そうなったらお互いに気まずい思いをするだけだ。今、コーラは妹たちを守りたいのと同じくらい、デクランのことも守りたいという衝動を感じていた。公爵に保護が必要だという発想は何とも妙だが、人が思う以上に彼にはそれが必要なのかしれない。誰もが公爵を見張っている。彼はつねに細かいところまで見られている。自分がデクランをつまずかせたくはなかった。

「戻ったほうがいいわ。そろそろ私たちがいなくて変だと思い始めるでしょうから。公爵との〝ウィニングラン〟に割り当てられた時間は過ぎたはずよ。ほかの女性たちが次は自分の番だと思っているわ」

コーラは心のこもらない笑い声をあげ、たいしたことではないふりをしようとしたが、二人でお茶会の会場へゆっくり戻り始めると、残酷な想像が頭に浮かんだ。デクランのキスをずっとは独り占めできない。デクランが必要に駆られ、例えばレディ・メアリーとの間の情熱を確かめるためにキスをする時が来るだろう。そのとき、彼は何を感じるだろう？　女性は誰もが膝から力が抜けるのだろうか？　誰もがコーラと同じ熱量で彼にキスを返すのだろうか？　その可能性があると思うだけでもいやだった。

デクランの目の中で何かが静止し、視線が険しく、口調が厳しくなった。「違う、コーラ。君が今考えていることには、違うと答える」デクランはコーラに憤慨していた。彼の手の感触までもが硬くなり、二人で歩く間、コーラが手を添えていた腕がこわばった。彼は足を止めてコーラと向き合い、その目に侮辱に対する青い火をくすぶらせた。「僕は見境なく女性をオークの木の幹に押しつけ、二人とも情欲に我を失うまでキスしたりしない」

コーラはそのことで言い合いたくなかった。意味がないからだ。コーラの心は二人のキスに意味があることを願い、彼が森の中で発した一言一句を、愛の宣言に危険なほど近い言葉を信じたがっていた。デクランの青い目には心があらわになっていて、おそらく二人ともこの瞬間にのみ込まれていた。だが、現実は逆を示している。デクランが今コーラをどう思っていようと、最終的にコーラを選びはしない。選べないのだとじきにわかるだろう。それは、今この瞬間にデクランが何を思おうともいずれは別の女性にキスしなくてはならないことを意味した。

二人はお茶会に合流した。デクランはミスター・ウェイドと一緒にいるおばと妹のもとへコーラを連れていったあと、その場を辞した。コーラははらはらしながら彼の後ろ姿を見送った。

何もかもがめちゃくちゃだった。まさにコーラは、キスによって引き起こされるこの事態を怖れていたのだ。あと一度のお喋《しゃべ》りを、あと一日を楽しみにするだけでは、もう足りなかった。あのキスはさまざまな感情への入り口で、それ自体が一つの宣言だった。二人が互いに対して言ったこと、二人が行い、感じたことはすべて不可能との戯れだった。双方にとって、これはとてつもない大博打《おおばくち》となった。二人はただ相手を誘っているのではない。醜聞を誘っている。これぞまさに、人が恋に落ちてはならない理由だ。コーラがベネディクタおばに頭痛を訴えると、とたんにそれは紛れもない現実となり、コーラは自室へ逃げた。

コーラがちょうどドレスの紐《ひも》をゆるめたとき、不意に心配顔のエリースが入ってきた。「大丈夫？　おば様から頭が痛いって聞いたけど」

「大丈夫よ、考える時間が欲しかっただけだから」コーラはベッドの上で手足を伸ばし、妹を安心させるようにほほ笑んだ。だが、どうやら一人きりにはしてもらえないらしい。

ベネディクタおばが二つの部屋をつなぐドアから入ってきて、定位置になりつつある椅子に身を沈めた。「パーティは順調よ。カップルがいくつもできて、公爵夫人はご満足でしょうね。このペースでいけば、一八二四年の社交シーズンは結婚式の多さで知られることになりそうよ」

コーラは無理に笑った。「おば様は抜け目ないけど、心の中はロマンティストだって信じているわ」

おばは満足げにほほ笑んだ。「実際的なロマンティストだけど、それでもロマンティストには含まれると思うわ。愛はすばらしいけどすべてじゃない」

エリースがベッドに座って脚を組み、麦わら帽子からピンを外した。「お父様とお母様は恋愛結婚だったわ」自信ありげに言う。

おばの笑顔が優しくなった。「ええ、そうね。二人の結婚式を覚えているわ。私たちが結婚して数年後のことよ。ロンドンから二人の結婚式へ向かったの。五月の気持ちのいい日で、空は晴れていたわ。お母様は雛菊《ひなぎく》の花冠をかぶって髪を下ろしていた。後ろに垂らした髪はウエストまであって、長いつやつやした胡桃《くるみ》色の糸のようだった。コーラ、あなたの髪みたいにね」おばは懐かしむような優しい笑い声をあげた。「お父様は祭壇の前に立って、顔を輝かせて花嫁を待っていた。お母様を見ると、世界を征服した男性の顔になったわ。欲しいものはすべて手にした。美しい妻を娶《めと》り、ちょうど聖職禄《ろく》も手に入れたところだった。世界は自分の足元にひざまずいていて、そのことを知っている顔だったわ」

コーラは自分の手をじっと見て、強くまばたきして涙を押し戻した。父はもうそんな男性ではない。もう何年もそんな気持ちにはなっていない。母が病気になる前から生活を照らす灯火《ともしび》は弱まり、消えかけていた。養う子供が多すぎ、資金が少なすぎた。愛が与えられるものを現実が追い越していた。

「お母様に一度ドレスを見せてもらったことがあるの」エリースがにっこりし、生来の活発さでベッドの上で小さく飛び跳ねた。「リネンで、ローン生地のオーバースカートがついていて、裾に自分で雛菊を刺《し》繍《しゅう》していたわ。おば様とおじ様は？　二人は恋愛結婚なの？　政略結婚なの？」

「エリース」コーラは静かにたしなめた。「詮索しないの」だが、コーラも気になっていた。今回のロンドン行きで思いがけず得られたのが、おばを知るチャンスだった。ベネディクタおばとジョージおじは長年、牧師館へはたまにしか来なかった。もちろん、その理由は理解できる。二人とも忙しく、あの家に魅力はほとんどない。客を迎えるにはあまりに住人が多く、あまりに手入れが行き届いていない一方で、家族を宿に泊まらせるのは礼儀に反するのだ。

ベネディクタおばは手を振ってコーラの懸念を一蹴した。「いいのよ。家族の歴史を聞くのはためになるものね。自分が何に足を踏み入れようとしているのかがわかるし。私は女性が結婚の備えをしないことには反対なの。夫婦の契りのことだけではなく、結婚全体について。夫婦の営みと跡継ぎ以外にもたくさんのことがあるんだから」

デクランのキスの記憶は今も唇に温かく残ってい

て、コーラは頬が熱くなるのを感じた。

「おじ様と私には、どちらの要素も少しずつあったわ」おばは続けた。「出会ったのはシーズン中よ。私は彼を、無口だけどハンサムだと思ったの。でも彼については、いずれおじい様の爵位を継ぐことくらいしか知らなかった。爵位と土地、快適に暮らせる収入を得ることしか。借金で首が回らなくなる男性は多いけど、そうではなかったし、優しそうに見えた。私に感じ良く接しようとしてくれたの。私は彼の家族が求める条件を満たしていた。父は子爵の次男で、婚前契約の条件も良い。オックスフォードシャーに小さな土地を持っていて、マナーを身につけていて、おじ様は私をかわいいと思った」おばがその発言にふさわしく顔を赤らめると、エリースが笑った。「始めるにはじゅうぶんな状況で、その他のことはあとからついてきたわ。結婚相手を決めるのに十二週間しかないとなると、それ以上のことはなかなか期待できないものよ」

エリースがうっとりと言った。「おば様、すてきなお話ね。静かなお伽話という感じ」コーラは妹の視線が自分に向けられるのを感じた。「お姉様はどう？　公爵とはどうなっているの？　静かなお伽話？　それとも、めくるめくロマンス？」

「選択肢はその二つだけなの？」コーラは話を逸《そ》らそうとした。自分とデクランの間に起こったことについて大っぴらに話したくなかった。「それに、これは個人的な問題よ」

ベネディクタおばはたちまち警戒態勢に入り、背筋を伸ばした。「個人的な問題なものですか。舞踏会やハウスパーティで起きた出来事に個人的なことなんて一つもない。互いが互いを見ているんだから。一つの巨大なチェスゲームなの」叱るように言う。「今日はあなたが先頭走者よ。アーチェリー競技会で優勝して、公爵と散歩をしたんだもの」

「ええ、でも競技会の間はレディ・メアリー・キンバーが相棒として公爵に関心を向けられていた。私より彼女のほうが公爵と一緒にいた時間は長かったわ」コーラははぐらかすように言った。

おばはコーラに抜け目ないまなざしを向けた。

「レディ・メアリーは公爵といる間ずっと人目に晒《さら》されていたけど、あなたにはそうでない時間があったわ。公爵が彼女の背後に立って弓の調整を手伝うような、本当に互いに興味のある人たちが触れ合うために考え出す馬鹿げた動きをしている様子もなかったし」身頃にピンを留めるような。オークの古木の裏でこっそりキスをするような。「レディ・メアリー・キンバーにとっては大博打なの。去年はクレイトン公爵夫人の第一候補だったのに、クレイトンにないがしろにされてしまった。このパーティはレディ・メアリーが不参加のレディ・エリザベス・クリーヴズに差をつけるチャンスのはずだったのに、彼女は部外者に敗北した……あなたにね」

「レディ・メアリーが私のせいで不安になる必要なんてないわ。私は先頭走者にはなれないの。この一週間だけよ。ロンドンへ戻れば、自分にふさわしい求婚者を見つけることに集中しなくてはならないんだから」

「公爵がそれを許すと思う?」おばが問いかけた。「公爵がこの一週間を単なるお遊びと見なしているとは思えない。彼は真剣に花嫁探しをしているし、あなたしか目に入っていないわ」

コーラは頭を振った。その言葉を信じることはできない。信じれば、すべての真実がデクランの耳に入ったときに落胆するだけだ。「一時的に興味を引かれているだけよ。私がほかの女性と違うから」

エリースがベッドの上で鼻を鳴らした。「今日、公爵の目に浮かんでいたのは〝興味〟ではなかったと思うけど」

妹の言葉にコーラははっとした。自分もそれを見たし、彼の言葉を聞いた。「興味に決まっているわ。それ以上のものはずがない。もし公爵が私の素性を知ったら……」こめかみを指で押す。おばのほうへ助けを求める視線を送った。「パーティに参加したのは単に舞踏会の魔法をあと少し引き延ばして、エリースがほかの場所では出会えない求婚者に出会うチャンスのためだったはずでしょう。実際、エリースは出会えたわ。ミスター・ウェイド――」

「やめて！ もういい」エリースがベッドから飛び上がった。「お姉様、そういうのはもうやめて。これを私の話にしないで。お姉様はいつも私や妹たちのことばかり。ドレスの箱を開けているときだって、お姉様が最初に思いついたのはピンクのリボンをメリーとキティに送ることだった。あの青いドレスを見たときも、お姉様の最初の反応は持ち主を見つけなきゃということだった。良いことをただ自分のものにできない？ いつも自分の幸せを諦めなきゃいけないの？ お姉様に恋をしてはいけないの？ 公爵がお姉様ほどお伽話にふさわしい人はいないわ」エリースはコーラの手を握った。「私たちはお姉様のためにここにいてはいけない？」

エリースの爆発にコーラは一瞬あっけにとられた。どう反応していいかわからなかった。だが、エリースの言葉は自分たちのことをよく言い表していた。

「お母様が亡くなってから、お姉様はすべてを引き受けてきた。家のこと、生活費、お父様の世話、お父様が忘れたときの教区の世話。あまりに多くを犠牲にしてきた。絵も描かなくなったわ、あんなに好きだったのに。コンスタブルが来たあとまた描き始めるかもしれないと思ったけど、お姉様は時間も画材を買うお金もない、それよりもキティとメリーが新しい靴を欲しがっているからと言って先送りにした。でも、この時間は私たちのものよ」エリースは懇願するように言った。「お姉様の時間なの」

「妹たちが身を立てるのを助けてくれる夫を見つけるための時間、お父様が何不自由なく暮らせるようにするための時間よ」コーラが続きを言った。エリースの爆発にどう答えればいいかはわからなくても、自分がやるべきことはわかっていた。

エリースは首を横に振った。「そして、愛を見つけるための時間よ。おば様の話を聞いたでしょう。実際的なロマンティストになるの。公爵が相手なら両方手に入るわ。彼はお姉様のことが好きだもの」

「そんな単純な話ではないの。公爵は教区牧師の娘とは結婚しない。彼は私のことを知らないし、おば様は愛だけではじゅうぶんではないとも言ったでしょう?」デクランがコーラの卑しい出自を知れば、確実に愛だけではじゅうぶんでなくなる。デクランが正式にコーラを口説いたり、あろうことか求婚したりすれば、愛は醜聞のない状態を保つ妨げになる。何度これを言わなくてはならないのだろう? コーラは自分が風の中で吠《ほ》えているような気がした。

ベネディクタおばがスカートの衣《きぬ》ずれの音をさせて立ち上がり、二人に強いまなざしを向けた。「姉妹で話さなくてはならないことがたくさんありそうね。私は失礼するから、あとは二人で自由に話してちょうだい。私が必要なら、隣の部屋にいるから」

エリースがベッドに仰向けに倒れ、片手を目の上に当てた。「時々、お姉様にいらいらしちゃう。何でそこまで善人でいられるのかわからないわ」

その言葉に悪意はなく、コーラはため息をついて妹の隣に寝転んだ。「我が家の状況がどれほどひどいか知っているでしょう。一本だけ残った糸にしがみついているようなものよ。私たちは良い結婚を、しかも今すぐしなくちゃいけないわ。このハウスパーティに来て幻想に浸っているだけで、私はじゅうぶん身勝手なの。唯一の罪滅ぼしが、あなたがミスター・ウェイドと出会って気に入ってもらえたことよ」

　エリースがコーラのほうへ顔を向けて笑った。

「しかも、私も彼のことを気に入っているわ。私、ミスター・ウェイドのことが好きよ。一緒にいると楽しいの。彼は私を笑わせてくれるし、私たちが楽しいと思うことは同じで、長時間の散歩や野外の娯楽、好きな作家も何人か共通しているわ。ミスター・ウェイドは自分の地所で学校を始めようと考えているの。私はそういう仕事が好きよ。彼は静かに暮らしていて、ロンドンに魅了されてはいない。私はそれで構わないの。ロンドンを見物するのは良いけど、毎年来る必要は感じないから」

「まだ数日だし、数回ダンスを踊っただけじゃない。それは誰かを知るのにじゅうぶんな時間かしら？」

　コーラはエリースを失いたくなかった。それでも、妹が言わんとしていることは理解できた。自分もデクランに同じことを感じているのでは？　一度のワルツと一度の散歩で得られるよりはるかに多く彼のことを知っていると。デクランが言うように、自分たちは心で通じ合っていると。

「ミスター・ウェイドと私は一緒にいる時間を有効活用してきたのよ、お姉様が気づかないうちに」エリースはいたずらっぽくほほ笑んで言った。「おば様が言っていたでしょう。おじ様との相性が良いことは、長い時間を過ごさなくてもわかったって。実際的なロマンティストになることはできるのよ」

「絶望的なロマンティストになるよりは、実際的なほうが良いと思うわ」コーラは長いため息をついた。

　エリースがコーラの手を握った。「絶望的じゃないわ、お姉様と公爵は。公爵とずっと一緒にいることはできなくても、少なくともあと数日は一緒にいられるでしょう？　愛は貴重で得がたくて、脆《もろ》いものよ。一瞬で失われるし、ごくわずかな力で粉々になる。世間は必ずしも愛を、それにふさわしい繊細さでは扱わない。世間が口出ししてくるまで、選択を迫られるまで、楽しめる間は楽しむしかないの」

エリースがそう言うのは簡単だ。妹は選ぶ必要がない。ミスター・ウェイドはエリースに両方を与えてくれるのだ。だがデクランがコーラに与えられると思っているものは、誤った前提に基づいている。コーラとエリースでは状況が違う。コーラはデクランの家族にも自分の家族にも責務を負っていて、その二つの責務が一致することはないのだ。

「お姉様？」エリースが午後の眠けに誘われながら言った。「公爵はキスがうまいの？」

「どうして私がそんなことを知っていると思うの？」コーラの目がぱちりと開いた。

「だって、今日森の中でキスしたんでしょう。お姉様が散歩から戻ってきたとき、唇が腫れていたし、髪も少し乱れていたもの。ほかに気づいた人はいないと思うけど」エリースは横向きになり、枕をたたいて快適な形に整えた。「相思相愛の男性と一緒にいられるのがたった一週間なら、私はそのチャンスに飛びつくわ。目の前にあるものを無視する理由を探したりしない。そうすれば少なくとも、自分が務めを果たすことになったときに浸れる思い出が作れる」

エリースは自分の意見を言ったあと、ほどなくして眠りに落ちた。コーラはその後も長い間起きていて、自分が妹の言葉をこれほど抗《あらが》いがたく感じなければいいのにと思った。おかげで頭の中があらゆる種類の企《たくら》みでいっぱいになってしまう。おそらく幸せをつかむ唯一の道は、それを短期間に留《とど》め、いずれ終わると知ることなのだろう。

11

母が夕食前に話をしたいと言ってきた。デクランはグラスにブランデーを注《つ》いだが、このブランデーが砂時計の役割を果たすため、量は少なめにしておいた。ブランデーを飲み終われば、会話も終わりだ。母が意見を言うのは構わないが、本格的な熱弁を聞くつもりはない。デクランは火が入っていない暖炉の前の二台のチェスターフィールド・ソファの片方に座り、母が反対側に座った。

「私がどう力になればいいのかを知るために、あなたと話をして、女性たちの印象を聞きたかったの」デクランが一口目を飲むと、母は話を切り出した。

母が自分なりの方法で力になろうとしているのはわかっている。これが母の一生の仕事だという現実には同情していた。公爵の地位を継承させることは、デクラン同様に母の責務でもある。ただデクランが選ぼうとしているのは配偶者だが、母には自分の後継者を選んでいるという意識もあるはずだ。デクランの妻が母に代わって母の地位を継ぐ一方で、母は公爵未亡人という新たな地位を担う。だが同情は母の選択、母の希望に完全に屈する理由にはならない。

デクランは考え込むようにブランデーを回した。

「女性たちは全員、よく考えて選ばれていると思う。お母様は本当によくやってくれたよ」名家出身で、イギリスでも指折りの優れた女性たちを二十五人も一つ屋根の下に集めるのは、並大抵の所業ではないとデクランは感心していた。

褒められて気を良くした母の表情が和らぐ。「ミス・ブライトンのことはどう思う？　夕食の席をあなたの隣にしたの。ほかの女性たちほど一緒に過ごせていないようだから」

デクランはうなずき、結果はさておき母が自分のために尽力してくれていることには感謝した。「隣ならミス・ブライトンと話ができるね」だが、どうでも良いことだった。会話を五十回したところで、自分がクララ・ブライトンを気に入るとは思えなかった。彼女は金持ちの父親を持つ美しい女性で、音程を少し外して歌う癖がある。

「レディ・メアリー・キンバーはどう？　昨夜の夕食、音楽会、今日のアーチェリーと、長く一緒にいたけど。あなたたちが優勝できなくて残念だった」

デクランは二口目を飲んだ。「ほかの女性に思うことと同じだよ。全員同じに見える。まるであの中でいちばん不快感がなくて、退屈じゃない女性を選ばされているみたいだ。いちばん興味を持てる女性ではなく」デクランの心の中も頭の中もたえずいっぱいにしてくる女性、意見が違うときは反論する女性ではなく。森の中で野火のようなキスをする女性、オークの木の幹に押しつけられた体が、二人の交流のすべてがその瞬間につながっていたかのようにデクランの体に反応する女性ではなく。コーラはいつもありのままの自分を保ち、発言も行動も正直だ。彼女を知ってから時間が経《た》つほどに、そのことがいっそう確信できた。

「ロンドンに帰ればレディ・エリザベス・クリーヴズが待っているわ。ここに参加できなかったのが残念」母はため息をついた。「レディ・エリザベスは紛れもなくダイヤモンドよ。彼女がいなければほかの女性たちが見劣りせずにすんで、輝きを増すだろうと期待していたんだけど。実際、レディ・メアリーにはその効果が少しあったわ」母は語気を強めた。「お父様が乗り気なの。もしレディ・エリザベスがあなたの好みに合わなければ、レディ・メアリーと結婚するのが良いと思うわ」

「僕の好みに合う？」デクランは険しい口調で言った。「これは茶葉を混ぜて完璧な紅茶を作るのとはわけが違う」次の一口を飲む。残りはあと二口で、会話はデクランが予想していた道筋を正確に辿《たど》っていた。候補者リストを選《よ》り分《わ》け、デクランに一つの選択肢を押しつけながらも、デクラン自身に主導権があるように見せかけるのだ。そろそろはっきり言ったほうがいい。「僕の好みに合っていて、僕が興味を持っている人が一人いる。ミス・コーラ・グレイリンだ」

母の顔が険しくなり、あごがこわばって、デクランがよく知る頑固さがあらわになった。「ミス・グレイリンは部外者よ。私たちは彼女のことをほとんど知らないわ」

「いろいろ考え合わせると、その主張には意味がない。僕はここにいる女性の誰もほとんど知らないんだから。彼女たちは僕より十歳は若い。僕が同じ年齢のころ、彼女たちは十歳かそこらで、まだ人形遊びをしていた。僕は家庭教師たちとヨーロッパを旅行していたのに」世界の偉大な芸術や悪徳をきっちり管理された形で味わい、大人の男になった。十八歳のデクランはそんなエプロンドレスの少女たちには興味がなく、それは三十代になった今も同じだ。時間が経ってもその部分は変わらなかった。

「彼女たちは大人の女性の入り口に立っているわ。学校を出たばかりの女性ではないほうがいいなら、レディ・メアリーは二十歳よ。洗練されているし、レディ・エリザベスも同じだわ」

それを聞いて、デクランは鼻を鳴らした。「レディ・エリザベスは三十年経っても変わらないだろうね。今と同じくらい器が小さいはずだ。本当の大人の女性なら、ドレスが届かなかったくらいで癇癪《かんしゃく》を起こさない。その行動からは彼女が成熟しているとは思えないよ。今日、僕はミス・コーラ・グレイリンと一緒に過ごして楽しかったんだ」デクランは会話を自分が望む方向へ向けた。母はすぐに自分が選んだ候補者を引き合いに出すが、デクランはもう彼女たちについて話し合う気はなかった。「ミス・グレイリンは本音で話してくれる」

「ミス・グレイリンは図々《ずうずう》しすぎるわ」母は言い返した。「自分の立場をわきまえていない。上流社会の一員でもないのに、分不相応なことをしているの。舞踏会のことは仕方ないと思うわ。あれはレディ・イスリーの落ち度だけど、ミス・グレイリンがここへ来てダイヤモンドの中へ入り込んだのは賢明ではなかった」

「僕はそれを勇敢だと思う。勇気があることの証《あかし》だよ」デクランは母をじっと見た。「僕が必要としているのは、僕に反論できて、僕が間違っていたら指摘してくれる妻だ。お母様はお父様にとってそういう存在だった。自分の意見をためらわずに言えただろう」母に思い出させるように言う。「そこから良い結果がたくさん生まれた。お母様のおかげで村に小さな図書館ができて、誰もが本を読めるようになった」デクランはあまり説教じみて聞こえないよう、母に笑顔を向けた。「お母様は僕の花嫁に多くを求めすぎている。なぜ僕はお父様が結婚したような女性を妻にできないんだ？」

「もしミス・グレイリンが本当にそういう女性なら、考え直してもいいけど」母はゆっくり言った。「でも、会ってまだ二、三日よ。彼女は美人で快活で、豪華なドレスを着ている。あなたがのぼせ上がるのも無理はないわ。ここにいる男性のほとんどが彼女にのぼせ上がっているし、そうでない男性はその妹の虜《とりこ》になっている」母はデクランに迎合したあと、自分の言い分を述べた。「でも私たちは、ここにいるほかの家族のことを何世代も前から知っているの。家族を知っていれば、女性本人を知る必要はない」

「何を知りたいんだ？」デクランは少し前進したのを感じ、椅子にもたれて脚を組んだ。「ミス・グレイリンは准男爵の孫で、現准男爵の姪《めい》だ。父親は聖書学者で、学問と知性を備えた男性だよ」

「たかが下級地主層《ジェントリ》じゃない」母は嘲った。「当然ながら、あなたはもっと良い相手と結婚できるの。私が伯爵と子爵と公爵の娘を紹介したでしょう。ミス・グレイリンの父親について、私たちが何を知っているの？　彼は名の知れた学者なの？　本を出版している？　オックスフォードで論文を発表している？」母が頭を回転させ始めたのがわかった。少なくとも、息子が意地を通した場合にそれを社交界に提示する方法を検討し、考えているのだ。たとえ小さな世界の中だけでもコーラの父親が有名であれば、名声の持ち主だと触れ回ることができる。自分の息子が平凡なジェントリの娘と結婚するようなことがあってはならないのだ。

「それは知らない」デクランは認めた。「でも、疑問に思うよ……父親が何者だろうと、それが何だというんだって。公爵の特権と地位があっても、その特権を時には自分個人の利益のために使えないなら、持っていて何の得がある？」デクランは問いかけた。

「あなたがその権力をあまりにも自分勝手に使えば、それを長い間持ち続けられなくなるの。そういう決断はあなたの権威を損なうわ。乳搾り女と結婚した公爵がいつまで尊敬されると思う？　公爵であることは、何よりも責務と譲歩を意味するの。お父様に教わったでしょう」

コーラは乳搾り女ではないと指摘したい衝動を押し殺す。なぜ譲歩はいつも自分自身と引き換えに行われるんだ？　なぜいつも自分の欲求と希望が犠牲になる？　デクランは何も言わなかった。時に、人にできるせいいっぱいの反論は沈黙なのだ。酒を飲み干し、グラスを脇へ置く。

「では、私たちが何に足を踏み入れようとしているのか確かめるために、少し調べさせてもらうわね」

母は立ち上がった。「もちろん、この一週間で決める必要はないわ。それができると思うなんて、私が少し急ぎすぎたのね。ロンドンに戻ったら小規模の催しをいろいろと開いてもいいし。何よりも、レディ・エリザベス・クリーヴズの不参加が想定外だったわ」その〝想定外〟の中には、ジェントリの娘が息子の目を引いたことも含まれている。

「ありがとう、お母様」デクランは謙虚になることができた。二つの勝利を収めたのだ。母はコーラについて警告しただけで拒絶はしなかった。そして花嫁探しは延長された。その両方の成果が希望を与えてくれた。「またあとで、応接間で会いましょう」

今起こったことが持つ意味の大きさにデクランは気づいていた。デクランはさらなる執行猶予を、結婚を決めるまでの延長期間を与えられた。ロンドンへ戻ってからも候補者の検討を続けられるのだ。それはひとえに、デクランが母のお眼鏡にかなわない女性を選んだから。〝選んだ〟何と力強い言葉なのか。〝選んだ〟自分は今夜コーラを選んだのか？

デクランはブランデーを少しだけ注いだ。母が譲歩した理由はわかっている。各所へ手紙を送り、コーラを徹底的に調べる時間が欲しいからだ。デクランを思《おも》い止《とど》まらせる何かが明らかになることを期待しているのだ。もし不名誉な事実が何も出なかった場合、母がどうするのか見ものだ。何も出ないのはわかっている。生まれてこのかたウィンボーン・ミンスターで暮らしてきた若い女性にどんな不名誉があるというのだ？　それに、コーラは隠し事をするには正直すぎる。

ブランデーをまじまじと見る。コーラを母に推薦することで、花嫁選びに一歩近づいた。そう思うと警戒心が生じるはずだったし、数週間前ならそうなっていただろう。だが今夜、不安に思うのは、コーラが承諾してくれるかどうかという一点だけだった。

〝もちろん承諾してくれる〟デクランの良心が励ましてきた。〝結婚しなければ、ドーセットでその報いを受けるのだから〟

だがデクランはそのような形で、単に必要に迫られた結果の選択としてコーラを手に入れたいわけではなかった。ほかにどれだけ選択肢があろうと自分を選んでほしかった。再びあの疑問が浮かび上がる……コーラは公爵夫人になりたいのか？　そのために必要な譲歩をする気があるのか？　その時が来れば、質問したいことはたくさんある。それでも、このような願い自体は現実離れしていても、愛があればじゅうぶんなのかもしれない。二人のキスと二人の会話がそう告げていた。

デクランは二杯目に手をつけないまま、グラスを脇へ置いた。コーラ・グレイリンに関する思考は複雑で、ブランデーは役に立たない。デクランは心を奪う側のはずなのに、自分が心を奪われていた。

コーラは心を奪われていた。そうならないように努力したのに。こんなことになるはずではなかった。ハウスパーティの只中《ただなか》にオークの木の陰で公爵とキスし、心を持っていかれるはずではなかった。愛は過大評価された感情だと固く信じてきた人間にとって、これは居心地の良いものではない。そしてあのキス……ああ、あのキスに骨抜きにされてしまった。

一度のキスでこんなふうに消えない効果が残り、同じ部屋にいるデクランを目で追い回したくなったり、長いダイニングテーブルの端へ視線も思考もさまよわせたくなったりするとは想像していなかった。

〝あのおいしい唇は今、何と言っているのかしら？〟

その好色な想像にコーラはワインでむせた。

「ミス・グレイリン、大丈夫かい？」フェントン卿《きょう》がコーラの右側で誘いかけるように言った。

「大丈夫よ、ありがとう」コーラは礼儀正しくほほ笑んで嘘《うそ》をついた。少しも大丈夫ではない。あのキスから時間が経つと、思考が退廃的になった。コーラはみだらになった。だが、あれは単なる一度のキスではない。連続したいくつものキスで、回を重ねるごとに熱さを増し、コーラの感覚は完全に囚われた。あの瞬間でさえ、それらのキスは単独で存在したわけではない。発見に満ちた会話、さまざまな瞬間と触れ合いが二人の間に歴史を築き、それが頂点に達したのだ。

コーラの視線が再びさまようと、今回はデクランの目がその視線をとらえ、新たな一瞬が二人の歴史に加わった。彼の青い目はコーラの唇から離れず、この部屋から抜け出し、詮索の目から逃れてコーラの唇を奪い、体を密着させる以上に望むことはないと言わんばかりだった。コーラもそれを望んでいた。つかのま現実を、ほかの人々に対して自分が負っている責任を忘れたい。デクランと素肌を重ねて横たわり、彼の剥《む》き出《だ》しの力強さを指先で感じ、触れ、味わいたい……。

自分の妄想のあまりの無謀さにぎょっとする。コーラは大胆な性格だが、このように軽率なことは決してしない。家族にそんな余裕はないのに、コーラは今、この状況にある女性にできる究極の無謀さを想像していた。だがこれが無謀なのは、万が一誰かに知られた場合だ。誰もいない森の中で木が倒れたら音はするのか、という問いに似ている。もしコーラが公爵とキスをしても、誰にも知られなければ、それは本当に起こったと言えるのか?

テーブルの下座で公爵夫人が席を立ち、女性たちに退出するよう合図をしたため、コーラはしぶしぶ立ち上がった。今夜はもうデクランの近くへは行けない。男性たちがポートワインを飲み終えると、トランプが始まる。ペアは公爵夫人がすでに決めていた。コーラはジャック・デボーズと組むことになっている。そのとき、フェントン卿と軽く手が触れ合うのを感じた。

「あなたと話ができて喜ぶ男性はほかにもいるよ」

フェントン卿は静かに言った。それは励ましでもあり、穏やかな叱責でもあった。彼はコーラがデクランを凝視していることに気づいたのだ。コーラの本心が透けていること、そしておそらくはそれが叶《かな》わぬ思いであることを警告してくれたのだ。

コーラはフェントン卿に軽くほほ笑みかけた。

「そうね、ありがとう。あなたはお食事を一緒にする相手としてとてもお優しいわ」

「トランプでは優しくしないけどね。今夜の幸運を祈るよ。あなたがアーチェリーほどトランプも強いのか、お手並み拝見だね」フェントン卿は勝ち誇ったようにほほ笑み、その黄褐色の目には温かいと同時に警告するような何かが浮かんでいた。コーラはフェントン卿に友情以上のものを抱いてほしくなかったが、もう手遅れなのかもしれない。フェントン卿はチャンスさえあれば、彼が存在を仄《ほの》めかした男性の一人になりそうだった。

その可能性も検討したほうがいいのだろうと思いながら、コーラはほかの女性たちに続いて応接間へ入った。無謀な幻想を脇へ置き、デクランと味わった情熱を忘れ、爵位や爵位に強い結びつきを持つ紳士を見つけることにこの機会を利用するべきなのかもしれない。情熱と愛だけではじゅうぶんではないことを、コーラ以上に知る人がいるだろうか？　実際的であることだけが勝利し、家族を守るのだ。

応接間では窓辺に陣取り、誰も近づいてこないことを願った。フェントン卿以上に厄介な男性に捕まるかもしれない。

とはいえ、フェントン卿もデクランの親友であるという点では厄介だ。

　そこには永遠に続く気まずさがある。今後一生、顔を合わせ、想像し、〝もし……〟を考えることが続けば、やがて友情は、ことによると結婚もだめになるだろう。誰もそんな目に遭わせてはいけない。

　薄いピーチ色のドレスが似合っているエレン・デボーズが笑顔で近づいてきた。「今夜、トランプで兄と組むそうね。きっと勝てるわ。兄はトランプが得意なの」一人になりたいというコーラの願望にはお構いなしに腕を組んできた。「私と歩きましょう。部屋の中を散歩するの。親しみやすく見えることは、あなたの目標のじゃまにならないはずよ」

「どんな目標？」二人で歩きながら、コーラはたずねた。最初はエレンと友達になれそうだと思ったが、今は彼女を好きかどうか決めかねていた。エレンは美しく、頭の切れる女性だが、いつも何かを企《たくら》んでいるように見える。

「あなたは大っぴらに公爵の気を引こうとしているじゃない」

「どの女性も同じことをしているし、少なくとも親たちはそうだわ。そもそも、それがこのハウスパーティの目的でしょう」コーラは訂正した。エレンの評価は実に不当だと感じた。デクランがコーラの気を引こうとしているのだ。二人の交流はすべてデクランから始めたのに、彼の注意を引いたことでコーラが責められる。男性が交戦規定を破ったとき、社交界ではなぜか女性を責める傾向がある。

「でも、誰も公爵の注意を引けていない」エレンの視線がコーラが着ているアクアマリン色のドレスのスカートに落ちた。「優れた仕立てが持つ威力はすごいわ」内緒話をするように、エレンは身を寄せた。「前に私の仕立屋の名前を教えてあげたけど、あなたの仕立屋の名前も聞かなくちゃ。あなたが公爵を射止めたら、その仕立屋は来シーズンは大繁盛よ」

デクランが外見にしか興味がないと決めつけることで、彼を侮辱していることには気づいていない様子で笑う。「明日の宝探しが楽しみね？」すまし顔でたずねる。「また公爵を独り占めするんでしょう」

「馬に乗るのも、屋外へ出るのも楽しいわ」コーラは会話の方向を逸《そ》らし、男性たちが入ってくることを願って応接間のドアへ視線を向けた。

「公爵と一緒なら、屋外へ出るのはもっと楽しいでしょうね」エレンは下品な調子でささやいた。「でも公爵夫人は反対しているみたいね。あなたには兄のような人がふさわしいと思っているのよ」

コーラはただ曖昧な笑顔を向けた。エレンのメッセージは理解していた。高く飛びすぎる鳥は翼を切られるということだ。それはコーラが自分をたしなめている言葉とそう変わらなかった。公爵と戯れていれば、コーラが選ぼうと選ぶまいと報いを受けることになるのだ。

12

頭の中の不安を整理するのに、馬を飛ばすことに勝る手段はない。コーラは大きな不安を抱えていた。一晩中デクランのキスとエレン・デボーズに言われたことについて考えては、眠れずに寝返りを打った。そういう意味では、午前中に馬に乗って行われる宝探しはぴったりだった。問題はコーラの相棒だ。不安の対象がこれほど近くにいて、考えを整理できるだろうか？　それでも、春の終わりのよく晴れた一日を分かち合いたい人はほかにいなかった。

馬屋の囲いの中で動き回る人々にコーラが合流すると、デクランが馬用の踏み台の前でコーラを待っていた。彼はブリーチズとブーツと乗馬服を心地良さそうに身につけ、その姿は完全に田舎の紳士で、そのことに心底満足しているようだった。「君の馬を選んでおいたよ」デクランが見せてくれた雌馬はマジックという名の漆黒の小型の狩猟馬で、左の後ろ脚に白い靴下を履いているような模様があった。

コーラは雌馬の鼻をなでて肩をさすり、自分にもデクランの切り替えの早さがあればいいのにと思った。彼も私を見て、キスのことを思い出しているの？　単に反応を隠すのがうまいだけ？　彼が今もそのことを考えていると仮定すればだけど。コーラは間違いなく考えていた。デクランを見るたびにあのキスのことしか考えられなくなり、視線が自然と彼の唇へ向かってしまう。昨夜の夕食中もそうだったし、その問題は今朝も解決していない。それどころか、今朝はデクランが近くにいるせいでいっそう強く彼を意識している。デクランはコーラの隣に立ち、コーラが雌馬を検分しながらあのすてきな唇を見ないよう、彼の腕の鋼のような強さを思い出さないようにしている間、気楽な調子で喋《しゃべ》っていた。

「この子で問題ないかな？」デクランはたずね、踏み台に上るコーラに手を差し出した。

「問題なんてとんでもない。最高よ」コーラは片鞍に座り、手綱を取った。雌馬は頭を振り、おそらくコーラと同じくらい、騒がしい馬屋の囲いの中から出ていきたそうな様子を見せた。コーラは同意するように雌馬を軽くたたいた。出発が早ければ早いほど、心の平静も早く取り戻せるはずだ。馬を飛ばして頭の中から不安を追い出そう。

公爵夫人が声をあげて皆の注目を集め、宝探しの説明をした。リストが配られる間に、大きな栗毛《くりげ》の馬の背に乗ったデクランが野外で過ごす一日への期待に目を輝かせてこっそり近づいてきた。「母が合図を出したら西へ行こう」小声で言う。「僕から離れないでくれ。馬たちは走りたがっているし、僕はそれができる場所を正確に知っている」

公爵夫人が旗を振り下ろすと、興奮した客と馬が入り乱れながら、笑い声とともに有利な位置を争った。コーラとデクランは馬屋の囲いの外へ出るとすぐに馬をゆるやかな駆け足で走らせ、一同の先頭に躍り出た。コーラは難なくマジックをなめらかなリズムに乗せ、デクランの栗毛と歩調を合わせた。

「こっちだ！」ほかの乗り手たちがスピードを上げ、ばらばらの方向へ分かれて宝探しを開始する中、デクランは右へ逸《そ》れる小道を手で示した。コーラは彼についていき、小道が広がって牧草地になる部分で垣根を飛び越えた。「ここを思いきり走ったあと、静かな場所を探してリストを確認しよう」デクランが肩越しに叫んだ。「準備はできてるか？」

「とっくに！」馬を思いきり飛ばすことこそ、頭の中をすっきりさせるのに必要なことだった。コーラが手綱をつかんで雌馬を蹴ると、二頭の馬は走りだし、牧草地を駆け抜け、コーラは顔に温かな春の空気を感じた。デクランがずるいぞと叫んだあと、大きな栗毛の蹄《ひづめ》の音が聞こえ、差が縮まりつつあるのがわかった。「行くわよ、お嬢さん、男性チームに追いつかれないように」コーラは雌馬に呼びかけた。マジックはスピードを上げた。雌馬も同じ気持ちだったのかもしれないし、ただ暖かな春の日を生きることの熱狂的な喜びを感じたのかもしれない。コーラの中を高揚感が駆け巡り、競走に関係ない思考をすべて消し去った。

ついにデクランが追いついた。「引き分けだ！」そう宣言して呼吸を整え、馬の歩調をゆるめる。

「気持ち良かった」デクランは笑った。「ずっとこれが恋しかったんだ」髪を風に乱し、目を躍らせ、満面の笑みでゆったりと笑い声をあげるデクランは、新たな発見だった。コーラはデクランを、本当のデクランを初めて見た気がした。目の前のデクランは本来いるべき場所にいて、あらゆる束縛から解き放たれていた。デクランが馬をたたく手には心からの熱意がこもり、彼の喜びには気持ち良く酔わせる効果があって、彼の姿を見ていると、血管内でシャンパンの泡が弾けるような刺激を感じた。「この子はどうだった？」デクランは目で雌馬を示した。

「かわいい子だわ、粘り強いし」コーラは褒めた。長く満足げに息を吐き、ほほ笑まずにいられなかった。「私もこれが恋しかった。その気持ちに今朝まで気づいていなかったわ。ロンドンにいると忙しすぎて、簡単に忘れてしまうのね」

「故郷ではどんな馬に乗っているんだ？」デクランはたずねた。二頭の馬は隣り合い、生い茂る葉が天蓋のようになった乗馬道に向かって進んでいる。

コーラはほほ笑んだ。「デリラという糟毛《かすげ》の雌馬よ。もう十七歳だけど、ずっと前から私の馬なの」

続けて、デリラが牧師館へ来たいきさつを語った。

「近しい家族のいない年配の教区民が急死して、その人の家畜を飼う家が必要になったの。デリラは乗馬用の馬だったから、鋤《すき》を引かない贅沢《ぜいたく》な動物を世話できる余裕のある住民は見つからなかった。そこで、私たちが引き取ったの。娘たちは淑女らしく乗馬を習得するべきだと母が主張したから。私たちは全員デリラで乗馬を練習したけど、いつしか私の馬になっていた」コーラはくつろぎ始め、再び笑みを浮かべた。不安は確かにさっきの疾走で消えていた。ここにデクランと二人きりでいるのは気が楽だった。

「あなたの馬は？　長い間乗っているの？」

「皮肉にも、この子の名前はサムソンで、十歳だ」デクランは笑った。「サムソンとデリラは会わせたほうがいいかもしれない。運命じみているように思える。ただ、サムソンという名の馬は多いけどね」

「むしろ会わせないほうがいいのかも……」コーラは冗談めかしてデクランを見た。「本物のサムソンはデリラにひどい目に遭わされたもの」

デクランは肩をすくめて譲歩した。「確かに。とにかく、君がマジックを気に入ってくれて嬉《うれ》しいよ。気に入ると思ったんだ。そろそろ宝探しに取りかかろう。リストはある？」

コーラは青い乗馬服のスカートのポケットからリストを取り出し、任務に集中した。「七品だけなのね」宝探しは〝春の兆し〟と名づけられていて、リストにある品はすべて野外で見つけられそうなものだった。「少なくとも三種類を含む野花の花束、鳥の羽根、芋虫、小枝についた地衣類、松ぼっくり、オークの葉のリース」デクランをちらりと見る。

「それからもちろん、卵の宝石箱」

今朝、各チームが馬に乗る前に公爵夫人が説明したところによると、装飾された卵形の宝石箱が地所内に隠されていて、それぞれに十二カ月分の誕生石のどれかのジュエリーが入っているらしい。

コーラはどこから始めるべきか、思案を巡らせた。「オークの葉のリースは作る作業が必要だから、少し時間がかかるはずよ」ぼんやりと指で唇をたたく。「この宝探しを急いで終わらせられる人はいないでしょうね。一日仕事になりそう」

デクランが笑った。「そこが肝だと思う。ハウスパーティの途中には普通、興味を持った人を知るための時間が設けられるんだ」皮肉な笑みを浮かべる。

「それが狙いなら、私があなたと組むことをお母様が許してくださったのは驚きだわ」

「いや、許してくれたわけじゃない」デクランは屈託のない正直さで答えた。「母は僕をエレン・デボーズと組ませようとしたけど、僕はすでに君を誘っていて撤回はできないと言ったんだ」葉が生い茂った木立の中で馬を止め、木々を観察する。「ここにオークの葉がある。僕が登って取ってくるから、それをリースにしよう」

デクランは羨ましいほど楽々と馬から降り、コーラが降りるのを手伝ったあと上着を脱いだ。それを低い枝に掛け、惚《ほ》れ惚《ぼ》れするような運動能力をまたも発揮し、小刻みに手足を動かして木を登った。デクランの言葉は嘘《うそ》ではなかった。彼は確かに野外に快適さを感じ、自分自身に、自分の体に快適さを感じているようだった。

上着を脱いだ輝かしい体が、コーラの目の前にあった。彼が木を登ると、薄いリネンのシャツの下で筋肉が収縮した。デクランを見ているうち、腹の奥底に新たな熱がかき立てられるのを、美しい男性への感嘆を超えた意識が呼び覚まされるのを感じた。もっと深い何か。情欲と欲求だ。それは原始的で、所有欲に満ちていた。デクランは私のもの。彼を私のものにし、私も彼のものにされたい。森の中でのキス以上の形で彼に触れ、彼に触れられたい。そのような発想はみだらだと思うべきなのだろうが、そうは思わなかった。それは自然で、直感的に理解でき、そのことも衝撃的で新鮮だった。

デクランが地面に足をついた。「葉は取ったけど、リースの作り方がさっぱりわからない」

コーラは笑った。「心配しないで、私にはわかるから。葉をちょうだい」

馬たちには近くで草を食べさせ、二人は根の間の空洞になった部分に座った。頭上で鳥がさえずり、葉の天蓋の隙間から太陽の光が差し込んでいる。

「もしかして、協力して作業させることがお母様の狙いだったのかしら」コーラは葉を並べながら言った。「ほとんどの淑女は木登りをしないだろうし、相棒の男性はリースの作り方を知らないだろうと予想したのかもしれないわ」

デクランは首を傾《かし》げた。「リストを見せてくれ。そういう教訓的なのはいかにも母らしい」コーラはデクランにリストを渡し、それに目を通した彼の口元に小さな笑みが浮かぶのを見守った。「君の言うとおりだと思う。この宝探しは、幸せな結婚生活の構成要素探しと名づけたほうが良さそうだ」

コーラはデクランに身を寄せ、品物の一覧を読んだ。「いくつかはわかるわ。葉のリースは協力を強調していて、誕生石の卵は家族と子供をわかりやすく仄《ほの》めかしている」眉間にしわを寄せ、残りを読み解こうとする。

「オークそのものに意味がある」デクランが言った。「オークは強さと忍耐の象徴だ。肥沃さの象徴でもあるから、ここにはかなり多くの構成要素がある」

「三種類の野花は、多様性を人生のスパイスにすることの重要性を示しているのね。人は配偶者の存在を当然だと思わないよう気をつけるべきだわ」コーラはそう提案し、新たに一つ謎を解いた。

「松ぼっくりはしばしば思想の啓蒙《けいもう》、さらに永遠の命を象徴する。結婚生活は永遠に続くものだし、教会は安定感のある結婚生活に価値を認めているから、これは宗教上の構成要素を仄めかしているんじゃないかな」デクランが言い添えた。

リストの謎解きに熱心になるあまり、コーラはさらに身を寄せ、体がデクランの腕をかすめた。「あとは鳥の羽根、小枝についた地衣類、芋虫ね」からかうような視線をデクランに向ける。「これを解明したら追加点をもらえないかしら」

「鳥の羽根には二つの意味が考えられる。これも結婚が永遠であることを意味していて、鳥がよくするように、トラブルの兆しを見たとたん飛んで逃げることはできないと言いたいのか、あるいは鳥の羽毛が生え替わることを示しているのか。結婚は季節ごとに新たな羽毛が生えるように変化し、続けるという意味だろうか」

コーラは鼻にしわを寄せた。「羽毛が生え替わるのはあまりロマンティックな想像ではないけど、新たな季節に新たな羽毛が生えるという発想はいいわね」自分が手に入れた新しいドレスとその理由を考えると、それは的を射ている気がした。「でも、地衣類はお手上げだわ」

「君には森の中で過ごす時間が足りないんだ」デクランは笑った。「地衣類は安定を表している。地衣類が木に張りついて成長するのは、木が生命維持に必要な養成分の安定した供給源になるからだ。木は家であり、地衣類が安全でいられて、繁栄できる場所なんだ。でも、地衣類も木に恩恵を与えてくれる。土壌を豊かにするのを助けてくれるんだ。木と地衣類の関係には相互利益があり、互いに与え合っている。それが結婚にも通じることは明白だと思う」

「私もそう思うわ」コーラはこのやり取りが楽しくて顔を輝かせた。これも新たに発見したデクランの一面だ。コーラが知っている男性のほとんどが野外を愛しているが、それは釣りや狩猟をするからだ。自然を理解しないまま奪っている。だがデクランは野外を愛し、自然の知識も豊富だ。「あなたってすごい」コーラはデクランを正面から見つめた。「なぜそんなにいろんなことを知っているの？」

「子供のころ父に連れ出されて、自分たちの土地のこと、それがどう機能しているか、それを維持するにはどう働きかければいいかを教わったんだ。作物や収穫物のことだけじゃなく、そこをうろつく野生動物、生えている木や植物のことも。そのすべてが、僕たちの地所の健康と繁栄の維持に役立っている。その地所の管理者になることは僕の特権であり、それには大きな責任が伴うことを教えてくれたよ」デクランは咳払《せきばら》いをして身動きし、コーラはとつぜん、自分がリストを読もうと身を乗り出しているせいで胸が彼の腕に押しつけられていることに気づいた。

「失礼、少し……体がこわばってしまった。地面に座っていたせいかな」デクランは立ち上がって後ろを向き、これ見よがしに伸びをしたが、硬いものがブリーチズをくっきり押し上げているのが見えた。コーラは赤面をこらえ、無難な言葉を探した。リースを掲げる。「完成したわよ。次は何を探す？　急がないと最下位になってしまうわ」最下位になるわけにはいかなかった。ほかの参加者から大きく遅れをとれば、人々は二人が一日中何をしていたのかと思うだろう。そんな事態になるのはまっぴらだ。コーラには守るべき評判がある。自分が公爵を罠《わな》に掛けたと思われることだけは避けたかった。ただ、コーラは彼をそんなふうには思っていなかった。彼はコーラ以外の全員にとっては公爵かもしれないが、コーラにとってはデクランなのだ。

デクランはコーラのあとを追って雌馬のもとへ行き、ウエストを両手でつかんでコーラが乗るのを手伝った。「次は野花を探しに行こう。全種類が一度に見つかる場所を知っているんだ」コーラの隣で自分の栗毛に飛び乗り、すでに立ち直った様子でコーラにほほ笑みかけた。「今日は僕たちが有利だ。ここは僕の土地だから、僕は隅々まで知り尽くしている。父が毎年夏に連れてきてくれたんだ。馬に乗って、一エーカーずつ探索したものだ。外で一晩キャンプして、星を眺めることもあったよ」

コーラは自分が想像したその光景を気に入った。デクランの少年時代はコーラの子供時代とそう変わらないように思える。デクランがポニーに乗ってあたりを駆け回り、普通の少年が普通の父親と並んで、普通の楽しみに浸る姿を想像するのはたやすかった。だが、それは彼のキスと同じくらい危険な想像だった。どちらもデクランを手の届く存在にし、これを現実の結末へ連れていってくれる本物の求愛だと思わせる。実際には、コーラが青いドレスを着て飛び込んだお伽話《とぎばなし》の一部に過ぎないのに。ドレスは人生を変えるものであり、それがつかのまコーラの人生に影響を与え、この比類なき男性と巡り合わせたのだ。

二人は野花を集め、コーラはその一つ一つの名前を挙げて、自分と妹たちがストゥール川沿いで野花を摘んだときの話をした。「ネックレスと王冠を作って、お姫様ごっこをするの。母も一緒に来て、女王様になったわ。母は花輪を作るのがとても上手で、私たちはそれを頭にかぶった。母がピクニックの用意をしてくれて、私たちは交代でお互いの髪を三つ編みにしながら、母が語ってくれる物語を聞いたのよ」コーラは懐かしさにため息をついた。

「君のお母様は僕の母とはずいぶん違う」デクランは笑った。「母が雛菊《ひなぎく》の花輪を作ったり、地面に座ったりしているところは想像できない」二人は野花が咲く牧草地の端の木陰で馬を止め、地面に座った。

デクランが自分の上着を敷いて座るよう勧めたが、コーラは手を振ってそれを断った。「私はそんなに繊細じゃないから」スカートを体のまわりにたくし込む。「草の上に座るのは少しもいやではないわ」

木の下は居心地が良く静かで、牧草地で蜂がたてる音が聞こえるほど静かで、コーラが眠気に誘われるほど静かだった。コーラはデクランの肩に頭を預け、彼は打ち解けた様子でコーラの肩に腕を回している。まるで今まで数えきれないほど何度もそんなふうにくつろいできたかのようだった。「お母様は形式を重視してきたんでしょうけど、ご両親はお互いを思っていたんだと思うわ」コーラはリストのことを考えながら静かに言った。「お母様はご自分の結婚生活の成功の秘訣《ひけつ》をもとに、あのリストを作ったんだと思う。あのリストはあなたに、自分の息子に望んでいることなのかも」

ああ、この女性は僕の心をつかみ、それを離さずにいる方法を知っている。その言葉で、その洞察力で。「確かに、両親は心から思い合っていたよ」デクランはコーラと同じ静かな声音で言った。たとえ声を聞かれる相手が鳥だけでも、今の二人は秘密を打ち明け合っていた。「両親は最初、一度のダンスと一度のハウスパーティをともにした以外、ほとんど互いを知らなかった。でも最終的には自分たちの間に大きな愛を、深く永続的な何かを育んだんだ」

「あら、リストの最後の謎が解けたわ」コーラがデクランの肩の上でため息をついた。デクランは肩に感じる彼女の重みを気に入っていた。それは正しいと感じた。「芋虫は、何もないところから何かが育ちうるという概念を示しているのよ。単純な何かから、美しい何かが形作られるの」

「母が振りかざしているやり方だと、それは諸刃《もろは》の剣になりそうな気がする。母は僕がここにいるどの女性とも結婚生活を育めると思っているんだ。相手が良家の出身なら、そのうち何もかもが自然とうまくいくと」デクランが木の幹にもたれると、コーラが身をすり寄せてきた。

「でも私の記憶では、あなたのほうが夢見がちだわ」コーラが言った。「願い事の噴水を信じているんだもの」

「そして愛には、本物の愛には力があるとも信じている」そのようなことを、春の午後にここでコーラに腕を回したまま告白するのは正しいと感じた。一週間前は知らない相手だったのに、デクランにとって非常に重要な存在になり、体がデクランの体に語りかけ、思考がデクラン自身の思考と明確に共鳴している女性。コーラはデクランを理解している。

「じゅうぶんな力ではないわ。私たちが愛があればできると思っていることが全部できるほどではない」コーラは眠そうに言った。「私たちは愛がすべてをねじ伏せると思いたがるけど、愛はそこまで強くない」

「どうしてそう思う?」デクランはたずねたが、答えは返ってこなかった。「コーラ?」そっと名前を呼んだが、彼女はすやすや眠っていた。まあいい、今はコーラも彼女の反対意見もそのままにしておこう。自分が愛しているかもしれない女性を腕に抱くのは、午後の過ごし方としてはかなり上等な部類だ。たとえそのせいで宝探しを大慌てで終わらせるはめになろうとも。

最後の一品、地衣類がついた小枝を残すのみとなったとき、コーラが木の根元の何かにつまずいた。「ここに何かあるわ」コーラは地面に降り積もった葉や枝の山を掘った。実に淑女らしからぬ動作で、デクランはそれを愛した。ここにいる女性たちの何人が、宝探しのために進んで身を汚そうとするだろう? デクランもコーラの隣にしゃがんで一緒に掘り、彼女をつまずかせた物を掘り出した。「例の卵だわ! 見つかるなんて思ってなかった」コーラは嬉しそうに叫び、その物体を持ち上げた。それは美しく作られた宝石箱で、埋めたり木に引っかけたりしても耐えられる鉛ガラスでできていた。

「どうぞ」コーラの顔に浮かぶ笑みにうっとりしながら、デクランは促した。「君が開けて」

コーラは留め金を外して卵の上半分を開けた。濃い青色のベルベットのクッションに、細い上品な金の鎖がついたオパールのペンダントがのっている。模造品でないのは明らかだ。「宝石箱は偽物でも中に隠された宝石は本物だと公爵夫人がおっしゃっていたのは冗談ではなかったのね」コーラはペンダントを掲げ、指から垂らした。「きれい」ペンダントの角度をあちこち変え、葉の上で躍る光にほほ笑む。「知ってる? オパールは出エジプト記でアロンの裁きの胸当てに埋め込まれていた十二個の宝石の一つなのよ」今度はコーラがデクランを情報で圧倒する番だった。

「いや、まったく知らなかった」デクランは笑った。「そういうことを知れるのが、聖書学者の娘であることの利点の一つだろうね。僕がつけてあげてもいい?」ペンダントに手を伸ばしたが、コーラは首を振ってそれを宝石箱の中へ戻した。

「いいえ、これは夜会用ドレスを着たときのために取っておくわ。ブラウスと乗馬服にはペンダントをきれいに見せるネックラインがないもの」コーラはためらった。「あなたのものにするなら別だけど。これはあなたがもらったほうがいいのかも」

デクランはコーラから卵形の宝石箱を受け取った。「屋敷へ戻るまでは僕が持っておくけど、これは君のものだ。君にもらってほしい」コーラに視線を向け、黒っぽい彼女の目を見つめて、自分の目に熱意を、今日は抑え込んできた欲望をあらわにした。昨日のキスのあとでコーラを圧倒したくなかったたし、二人きりになるたびにキスを期待するようになったと思われたくなかったが、キスを思《おも》い止《とど》まるには意志の力をすべてかき集めなくてはならなかった。オークの木の下にいるとき、コーラの胸が自分に触れ、意志の力が最大限に試される瞬間があった。それは今にも破壊されるところだった。「君がそのネックレスを身につけるたびに、僕たちが一緒に過ごした一日を思い出してほしい」

コーラはデクランの言葉に感激したらしく顔を赤らめたが、目は逸らさなかった。「今日を思い出すための手段は必要ないわ。すばらしかったもの。一緒にいてくれて、話を聞かせてくれて、あなたを、本当のあなたを知るチャンスをくれてありがとう」

そう、確かにコーラはそれを知った。デクランが最後に誰かの前でこれほど自分をさらけ出したのがいつだったか思い出せないほどだが、コーラにはためらわずに自分を見せられた。むしろ、見せたくてたまらなかった。知りたいという欲望だけでなく、知られたいという欲望でもいっぱいになっていた。

「お礼を言うのは僕のほうだ」デクランはコーラの手を取り、自分の口元へ持ち上げた。「こんなに楽しい一日を過ごしたのは本当に久しぶりだ。君といると僕は自分のままでいられるし、それが僕にとってどれほどの意味を持つか君にはわからないだろう。君が今日僕にくれたものを見くびらないでほしい」

二人がしたこと、言ったことすべてがデクランの意識に刻まれていた。コーラ同様、デクランもこの時間をいつまでも忘れないだろう。コーラと一緒にいると、デクランは生まれ変わる。しかも、パーティはあと三日もあるのだ。彼女はほかにどんな魔法をかけてくれるだろう？

13

その晩の夕食前、公爵夫人は応接間で扇を武器のように振りかざし、それ以外の人にはそうとわからない形でデクランに話があると伝えげた。母の考えを読むことに非常に長《た》けているデクランには、母が何を話そうとしているのか難なく予想がついた。

「宝探しは優勝しなかったわね」母は扇を大きく広げて食前酒を手に動き回り、今日のことを語らっている客と自分たちの間にさりげなく壁を作った。話題の中身は、デクランと母の会話もほかの人々の会話とそう変わらないのだろう。

「そうだね、二、三の品で少し苦労したから」苦労とは、木の下で野花に囲まれてお喋《しゃべ》りをして昼寝をした快い二時間のことだ。あの場面こそコンスタブルに描いてもらいたかった。もし平和が目に見えるものだとしたら、それは牧草地でのあの時間のことだろう。

「ずいぶん苦労したのね。最下位に近かったんだから。あなたたちのあとにはジャック・デボーズとミス・ブライトンしかいなかった。でも、彼はミス・ブライトンに求婚しようとしているという噂《うわさ》よ」

その言葉は勝利を祝う縁組みパーティの主催者らしいうぬぼれと、口やかましい心配性の母親らしい抜け目なさに満ちていた。息子に同じ主張はさせるものですか。デクランが宝探しで遅くまで引き留めていた女性に求婚するつもりだとは言わせない。

「ドーセットからは何の知らせもないのかい?」この強敵には真っ向から立ち向かったほうが良さそうだ。この話し合いが終わるのは早ければ早いほうがいい。デクランの気持ちが変わることはないのだから。じきにデクランと母は分かれ道に差しかかり、デクランはどちらの道へ進むか決めなくてはならなくなる。理性に従うか、心に従うかを。

「ドーセットはここから遠く離れているの」母は鋭く言った。「日に日に近くなっているように見えるけど。あなたはいつも彼女と一緒だし、そうでないときは彼女の一挙手一投足を追っている。みんな気づいているし、私はその波紋が広がるのが怖いの」声を潜めて言う。「息子が傷つくのは見たくないのよ。私は公爵夫人だけど、あなたの母親でもあるんだから。前回あなたが女性にたぶらかされたときのことを覚えているわ。そのせいで傷が残った。二度とあんな目に遭ってほしくないの」

デクランは身をこわばらせた。「十一年も前のことだ。僕は若くて愚かで、分別がなかったんだ」

「それでもあなたは影響を受けたわ」母がその影響を言葉にする必要はない。「あれから誰も信用しなくなったし、誰とも親しくつき合わなくなった」

「だからいっそう、お母様がミス・グレイリンの味方をしてくれないのが驚きだよ。僕は彼女との間に本物の結びつきを感じているし、僕たちには共通点がいくつもあることがわかっている。例えば、二人とも野外と田舎暮らしが好きなところ。彼女は家族に愛情を捧《ささ》げているし、そこがとても魅力的だ」

「あなたが責任を負うことになる家族よ」母が指摘した。「妹が何人いると言ったかしら？　四人？　ミス・グレイリンはその全員をあなたが世に出してくれることを期待するでしょうね。結婚が決まるまで妹たちはじゃまになるわ」いらだたしげにため息をつく。「どこからともなく現れた女性が、あなたといくつも共通点を持っている。それは警鐘ではないの？　あなたを虜《とりこ》にしたほかの誰かを思い出さない？　その女性ともあなたは結婚しようとしていた。私とお父様が彼女の真意を嗅ぎつけて、間一髪のところで阻止するまでは」

年月が経《た》ち、大人になった今のデクランから見ても、それが大人になりかけの時期の暗く恥ずかしい一章であることに変わりはなかった。「わかっているよ。その話は二度としないと約束したはずだろう」デクランはそっけなく言った。ミス・エズミ・ランドルファッドにされた仕打ちはつらく、あとには落胆し、幻滅した若者が残された。自分の活発な人となりではなく、純資産で直接評価される経験をまだしていなかった若者が。「ミス・グレイリンはそんな人じゃない」デクランは厳かに言った。「彼女は本物だ。でもお母様の助言と心配には感謝しているから、これからもその件については慎重に考えるよ」それは、デクランが自分の条件を提示しながらも母に差し出せる和平の印に最も近いものだった。

「さて、僕は失礼させてもらおう」デクランはくるりと向きを変えて応接間をあとにし、一人になる時間をとろうとした。爵位の向こうにいる自分がどんな人間かを知りもしない女性たちにほほ笑みかけ、興味があるふりをしなくてはならない夕食へ向かう前に怒りを鎮め、今日の静けさを、平和を象徴する場面を思い出したかった。

屋敷の端から端まである長い歩廊へ逃げ込む。中世には冬の運動に使われていた空間だ。今、一家がこの地所へ来るのは夏の短期の避暑のためであることがほとんどなので、ここはタウンハウスや田舎の屋敷に置き場がなくなった肖像画を飾る場所になっている。

デクランはお気に入りの父の肖像画の前で足を止めた。それは父が公爵になって日が浅いころ、父のいちばん好きな季節である秋に描かれたものだった。デクランはその絵の前にある幅広の四角いベルベットのオットマンに座り、ため息をついた。「お父様、お母様は意固地になっている。僕をあの女性たちの一人と結婚させると決意しているんだ」自分がどうすればいいのかわからないわけではない。方法はわかっている。ただ、難しいのだ。

もし一週間前に誰かに、自分がこのハウスパーティがあと一週間続くことを願うようになることや、その時点でまだ出会っていない女性に夢中になることを予言されていたら、デクランは笑い飛ばしていただろう。だが、実際にはそうなった。彼女と人生をともにすることを考えるほど深く恋に落ちた。母の言うとおりだ。それを実行するには譲歩が必要になる。准男爵の姪《めい》は建前上は許される相手だが、伯爵の娘たちが何人も推薦されている以上、現実的には理想とは言えない。上流社会を怒らせてしまわないよう、慎重にことを運ばなくてはならない。だが、それはまだ先のことだ。考えが先走りすぎている。デクランは深く息を吸い、薄闇と静寂の中で忙しい頭の中をなだめようとした。

「デクラン」スカートの衣《きぬ》ずれの音がかすかに聞こえた。デクランが振り向くと、コーラが歩廊に立っていて、長い窓から差し込む夜の灯《あか》りにブロンズ色のドレスがきらめいていた。「大丈夫？　あなたが出ていくのが見えて、私のせいじゃないかと心配になったの」言葉を切る。「おじゃまだった？」

「ちっとも」デクランはそう言いながら立ち上がった。頭より先に体が、コーラこそが今この瞬間に一緒にいたい、一緒にいなくてはならない相手だと感じ取り、デクランは彼女のもとへ歩いていった。両手で彼女の顔を挟む。「今日もっと早くこうするべきだったんだけど、君を圧倒したくなかった」そう言うと、コーラの唇をキスでとらえた。

彼女がかすかにあえいだあと、両腕が首に回され、ささやき声とともに引き寄せられるのを感じた。

「あなたに圧倒されることなんてあるはずないわ」

デクランに驚かされ、衝撃を受け、燃え上がり、今まで眠っていた感覚が目覚めることはあっても、圧倒されることなどあるはずがない。圧倒には支配が、服従が前提にあるが、二人の間にそんなものはない。もしこの暗がりにデクランといて確信できることがあるなら、それは二人がともに燃えていることだった。デクランの手はコーラの胸に置かれ、身頃の絹地の上に広げた手のひらがコーラの曲線を這《は》い回《まわ》っている。彼に触れられた胸が欲求に張りつめ、それに応えるようにデクランがこわばるのがスカート越しに感じられた。デクランからは食前に飲んだブランデーの味が、甘さと熱の、強さと希望の味が……ああ、危険な希望の味がした。思いきって信じてもいいのだろうか？

「デクラン」コーラは情熱的にささやき、もっと愛《あい》撫《ぶ》を、もっとキスを……彼に触れられるだけでなく自分も触れることを求めた。それはみだらな、まったく新しい発想だった。デクランに触れ、彼の硬さを感じたい。そこで彼に手を伸ばし、長いものに手を押しつけた。みだらな吐息がもれ、発見の衝撃が熱く、彼に触れた勝利感とともに全身を貫いた。これが男性の感触、デクランの感触なのだ。これがデクランが自分に感じていること、自分が彼にしていることなのだ。コーラは手を下へすべらせてそれを包み込み、ズボンの生地に焦《じ》れた。彼を、彼のすべてを障壁なしに感じるのはどんな感じだろう？　それは何と甘美なみだらさなのか。

　デクランがうめいた。「ああ、コーラ、君に触れられたら聖人ですら誘惑されるが、僕は、今の僕は聖人とはほど遠い」

「私もよ」コーラはささやき、唇でデクランの唇を探してさらなるキスを、もっと熱いキスをせがみ、求め、求めることがそれ以外のすべての思考を消し去るまで求めた。これが終わってほしくなかったが、それでも終わるしかない。終わらなくてはならないのだ。こんな暗がりで二人きりでいるのを誰かに見られたら、言い訳のしようがない。これを始めたのはデクランでも、もし誰かに見つかれば、彼がコーラの反応に感謝の念を抱くことはないだろう。

　デクランの目はサファイアのようで、その中で一対の炎が燃え、声は低く、誘うようにかすれた。「コーラ、僕は君が欲しい。これは確かだ。そこは誤解がないようにしてくれ」

　コーラの腕は今もデクランの首に巻きつき、指は彼のうなじで縮れた髪をもてあそんでいた。「デクラン、私もあなたが欲しい。これは確かよ。でも、私たちが夕食にいなかったら怪しまれるわ」

「まだ大丈夫だ。先に君に見せたいものがある」デクランはコーラの手を取り、彼女に見つかる前に見ていた肖像画の前へ連れていった。

「お父様？」それは一目瞭然だった。デクランは公爵夫人の目を受け継いでいるが、あごと鼻は父親に似ている。そこには画家が表現した言葉にしがたい雰囲気があり、デクランにも同じものがあった。力強さを感じさせ、人に安心感を与える、威厳と責任感を漂わせている。コーラはしばらくの間、キャンプ旅行と植物学講座で息子に大きな影響を与えた男性を見つめていた。

「君は母親似？」デクランは静かにたずねた。

「髪と目が似ているわ。人からはふるまいも母に似ていると言われるし、そう褒められるほうがずっと嬉《うれ》しいの。母は私が知っている誰よりも優しい人だった。いたるところに幸せを見つけていたし、幸せがあまり見当たらないときでさえそうだった」コーラはひとときの感情の高ぶりに圧倒され、喉がつまった。「あなたにはお父様と同じ雰囲気があるわ。肉体的な特徴ではなくて、醸し出すもの。この画家はそれをよく表現している」

コーラはデクランが考え込むように自分を見ているのを感じた。「それは画家でなければわからないことだ。君も絵を描くのか？」

コーラは首を振った。「昔は描いたけど、今はもう描いていないわ」そのような趣味に使えるお金がなくなってからは。「母が亡くなってからは、やらなくてはならないことがたくさんあったから」この話は終わりにしないと、コーラがデクランと一緒に進みたくない道へ、彼を落胆させる不安から彼には見せたくないと思っている人生の側面へ向かってしまう。それはお伽話《とぎばなし》の一部ではない。だが、今この瞬間はお伽話の一部であるため、コーラの過去はここにはそぐわない。「デクラン、そろそろ行かないと、お母様に言われてフェントン卿《きよう》があなたを探しに来るわ」

「戻りたくないと思うのは、悪いことだろうか？」デクランはコーラの腕を自分の腕に絡め、歩廊の向こうの世界へゆっくり戻り始めた。「僕はもううんざりなんだ。追い回されることに」

「あと数日の我慢よ」コーラは慰めた。「そのあとはロンドンへ戻れるわ」そのことは考えたくなかった。コーラにとって、パーティの終わりはお伽話の終わりを意味した。自分が属している世界へ戻るのだ。そうなれば、デクランは手の届かない存在になる。偶然顔を合わせることはないだろうし、デクランがコーラの背景を知ればなおさらだ。今は准男爵の姪でいるだけでいい。だがじきに、困窮した教区牧師の娘であることが知られてしまう。そうなれば、デクランは自分たちの結びつきが切れたことを喜ぶだろう。だが、今夜は違う。今夜はお伽話が続いている。

「数日じゃないよ」デクランは首を横に振った。「父が亡くなって、僕の〝公爵としての義務〟が公になってからずっとだ。父の葬式のときでさえ、握手とお悔やみのために近づいてきた男性が、会話も終わらないうちに自分には娘がいると言いだすことが何度もあった。父の葬式でだよ。連中には礼儀のかけらもない。僕の悲しみを、自分たちが公爵の地位のしっぽをつかむチャンスとして利用することで頭がいっぱいだったんだ」

「本当にお気の毒だわ。世俗的な心配事が忍び寄ってこなくても、悲嘆は扱うのが難しいのに」コーラはデクランに同情して腕をつかんだ。自分たちが同時期に親の死を悼んでいたのに、まだ互いを知らなかったとは何と不思議なのだろう。社交界の別々の階層に生きていても、二人にはこの共通点があった。

「公爵の地位にある人の心配事とは次元が違うでしょうけれど、母が亡くなったときの私たちもそんな感じだったの。本当に親切心から力になろうとしてくれた人もいたけど、そこにチャンスを見出《みいだ》した人もいた。未亡人が数人、アップルパイや缶詰を持って父に言い寄ってきたわ。ジョン・アーノットは父の無防備さにつけ込んで私に結婚を迫った。あれは本当につらい時期だったわ。誰が味方なのか見極めるのが難しかった。あなたと比べたら利害関係はずっと小さいけれど、鴉《からす》が死肉をつついているのを眺めている気がしたわ。あんな時期は二度と経験したくない」

二人は黙ったまま残りの道のりを歩き、コーラはこれをデクランに話したのは間違いだっただろうかと考えた。コーラが自分のことを話したり、自分の経験を彼と同等と見なしたりしたことを、デクランは身勝手だと思ったかもしれない。コーラにはそんなつもりはなかったのだが。ホールに着くと、デクランはコーラのほうを向き、コーラの手を自分の手で包んだ。「話してくれてありがとう」彼はほほ笑み、その目に静かな決意が灯《とも》った。「父が亡くなったときの話は今まで誰にもしたことがなかった。でも、君なら理解してくれるとわかっていたんだ」

「私もそう思ったから話したの」コーラは厳かに言った。自分を理解してもらえるとわかっていたから。その瞬間、コーラの心にデクランの言葉がこだました。〝君なら理解してくれるとわかっていた〟コーラにとって、それはこの世で最も強力な言葉だった。相手を理解し、相手に理解されることはおそらく、人が与えることのできる最も優れた、愛すらも凌《しの》ぐ贈り物で、それをあと三日間は味わうことができる。それを価値あるものにしようとコーラは決意した。

14

二人ともパーティの残りの日々を価値あるものにしようと決めていて、コーラはその理由に疑問を持たなかった。デクランはともかく自分の動機はわかっていたが、そのことを深く考えたくはなかった。考えた瞬間から、自分をお伽話《とぎばなし》から追い出すことになるからだ。今はデクランを見習い、目の前にあることに集中したかった。彼も目の前のことだけを見ているようだった。

デクランは二人の日々に予定をつめ込んだ。早朝は静かな乗馬道で馬に乗り、午後は迷路を散策して人目につかない中心部に座り、ほかの客たちと屋外のゲームに参加した。ひそやかな瞬間もあった。アルコーブの中でのキス、熱を帯びた視線、熱い触れ合い、つかのま屋敷の外で過ごす時間。そうした二人きりの時間が長くなり、コーラの目覚めた欲望がゆったりしたペースでかき立てられると、情欲が忍耐を凌駕《りょうが》した。やがては警戒心すら凌駕した。そんなとき、コーラは情欲を抑えるよりもそれが満たされることを望んだ。デクランとともに。

それぞれがほかの人と一緒にいるとき、コーラはほかのカップルが作られる様子をひそかに見守った。その中にはミス・ブライトンとジャック・デボーズもいて、コーラは妹とすてきなミスター・ウェイドもそうなることを望んだ。コーラとデクランが、ロンドンへの帰還やその後の展開について話すことはなかった。そこに何もないことをコーラはよく知っていた。二人にその後の展開などないのだ。

コーラは、相手を見つけて意気揚々とロンドンへ戻るミス・クララ・ブライトンとは違う。馬車に乗ってリバーサイドを離れれば、それで終わり。終わらなくてはならないのだ。それがデクランを守るため、彼の選択が醜聞を生まないようにするためにコーラにとれる最善策だった。そうすれば、いずれ明るみに出るであろう忌まわしい事実をデクランはまったく知らなかったと主張することができる。

そのときまでは、こうした時間を余すところなく堪能するつもりだった。それでも、砂時計から砂が落ちるのは止められない。今日は〝幻想舞踏会〟、パーティ最後の催しだ。残るはこの舞踏会だけで、あとはここを出発するだけだ。その後は現実へ戻り、事実に向き合う時が来る。

コーラは午後に庭を散歩した。一人で。デクランは男性たちと有名な丘へ登りに行っている。女性のほとんどは目前の催しのためのリボン類を買いに村へ行き、コーラはこの場所を独り占めできた……ごちゃごちゃになった思考だけを道連れに。ここを離れる時が来たら、この驚くほどのどかな時間からどうやって抜け出せばいいのだろう？　それ以上に、どうやってデクランから離れればいい？　それは自分の一部を置いていくようなものだ。どうやって彼に劣る男性に甘んじればいいのか？

答えはわかっていた。それが家族にとって必要なことだと思い出せばいい。コーラはキティとメリー、さらにはヴェロニカのことを考えなくてはならない。エリースがミスター・ウェイド家と結婚しても、三人の妹たちのデビューはウェイド家には重荷だろう。コーラも自分の役割を果たさなくてはならない。ロンドンへ連れてきてもらったのは、公爵と戯れ、傷心するためではない。誰もが恩恵を受けられる良い結婚をするためなのだ。

「一ペニーでお姉様の頭の中を見せてもらいたいけど、それはもうわかっている気がするわ」エリースが静かに声をかけ、庭の小道を歩くコーラに並んだ。

コーラは物思いに深く沈んでいて、妹が近づいてくる音に気づいていなかった。エリースは申し訳なさそうにほほ笑んだ。「屋敷からお姉様が見えて、最近は二人で話す時間がほとんどなかったから。じゃますするつもりはなかったの。いないほうがいい？」

「ううん、いてちょうだい」コーラは近くにあったベンチを示した。「ここに座って」とたんに罪悪感を覚えた。最近は自分本位すぎた。「ミスター・ウエイドのことを聞かせて。今も彼のことが好き？」

「大好きよ、時間をかけて彼のことを知れた今のほうが好きかも」エリースは顔を赤らめ、新しい黄色の午後用ドレスに身を包んだその姿はかわいらしく若々しかった。「ロンドンへ戻ったらジョージおじ様を訪ねてくれると思う。まずはお父様と相談しなくてはならないことがあるでしょうけど、私の経歴は障害にはならないはずよ。物静かなご一家だし、ミスター・ウェイドは結婚に幸せを求めているから」エリースが言葉を切って唇を噛《か》むと、幸せな様子が少し薄れた。「でも一つだけ心配なことがあって、それをお姉様に言わなくちゃと思ったの。ミスター・ウェイドがおじ様と話したら、すべてが明らかになるわ。彼に私たちの経済状況が伝わる。持参金はおじ様が出すこと、お父様はそれを出せる立場にないことが。ミスター・ウェイドはすでに、私たちを社交シーズンに参加させてくれたのはおじ様だと察しているけど」コーラは妹がさりげなく何を伝えようとしているのかに気づいた。自分たちが田舎の貧しい教区牧師の娘であり、容姿しか取り柄がないことを誰もが知るということだ。エリースは肩をすくめた。「ウェイド家はそのことを黙っていてくれるかもしれないわ。人に言う必要はないもの。ただ……」

「ほかにも知る人が出てくるでしょうね」コーラが代わりに続けた。秘密というのは、知っている人が増えれば守るのが難しくなる。

「私はぜひともミスター・ウェイドと結婚したいけど、お姉様が結婚するまで待つのが最善とは言ってあるの。お姉様のじゃまをしたくないし、伝統的には姉が先に結婚するものだから」エリースは心配そうに姉に目をやり、コーラはその心遣いに胸を締めつけられ、感謝を込めて妹の手を握った。

「エリース、私を待たなくていいわ。おば様に手伝ってもらえば、私の経歴を受け入れてくれる適切な男性は見つかるはずよ」コーラは妹の懸念を和らげようとほほ笑んだ。「しかも、妹が子爵の跡継ぎと結婚するわけだし」エリースを祝福するように抱きしめる。「本当に良かったわ。それこそ私たちが望んでいたことだもの。あなたは愛と高い地位を手に入れるのね」エリースのことを思うと、自分の心の小さな痛みは無視できるくらい幸せだった。

「でも、公爵はどうするの?」エリースはたずねた。

「彼はお姉様が好きよ。二人が一緒にいるところを見たけど、公爵はお姉様に夢中で、ほかの女性なんて目もくれない。レディ・メアリー・キンバーはアーチェリー競技会のあとは諦めたようだし、ミス・クララ・ブライトンは別のお相手を見つけたわ」

「デクランは求婚してこないと思う」コーラはエリースに静かに、だがきっぱりと言った。その言葉を口に出すと、それは現実になった。一瞬、お伽話から自分が押し出された気がした。「彼はミスター・ウェイドのように、幸せのためだけに結婚する贅沢《ぜいたく》はできないの。たとえデクランの意見は違っても、私は彼に、私に求婚したあと教区牧師の一文なしの娘にはめられたと笑われるようなことはさせない」

エリースは顔をしかめた。「公爵はお姉様を愛していて、お姉様も彼を愛しているのに、どうしてだめなの?」

「愛だけではじゅうぶんではないからよ。あなたがミスター・ウェイドと結婚するのは、愛だけが理由ではないわ。彼には愛以外にもあなたに与えられるものがある」エリースはその二つの間で選ぶ必要がない。両方を提示されているのだから。「私はデクランの家族に醜聞をもたらすわ。私のせいで彼が社交界から蔑まれることがあってはならないの」

「お姉様のせいで誰かが蔑まれることはないわ」

「私のせいでデクランが犠牲を払えば、彼は私を軽蔑するようになる。苦労のせいでお父様とお母様の関係が壊れるところを見たでしょう。私はそんなのはいや。彼の愛情が毎日少しずつ枯れていくのを見たくないの」

エリースは顔をしかめた。「お父様と違って強い男性はいくらでもいるわ」

「公爵はその強さをほかの責任のために使わなくてはならないのよ」コーラは断固として言った。「私はリバーサイドを離れて自分が属する世界へ戻る。公爵夫人の調査で私たちの状況がどれほど逼迫《ひっぱく》しているかわかったときに、デクランを守るために私にとれる最善策がそれなの」

「離れれば……姿を消せば、公爵は傷つくわ」

「離れれば、彼は守られる」コーラは簡潔に言った。「私はこのことをよく考えたの。これが最善で、唯一の方法なのよ」

「報告が届く前に、公爵に本当のことを言ったらどう？　本人に決めてもらいましょうよ」

コーラは首を横に振った。「いいえ、私がデクランに伝えれば、彼は自分の立場にふさわしくない女性だとわかっていて私を口説いたと非難されるわ。今のままなら何も知らなかった、だまされたで通せるの」もう一つ、もっと身勝手な理由があった。「それに、私は彼に言うのが怖いんだと思う。だまされた、裏切られたと思われたらどうすればいいの？　彼の怒りに向き合いたくない」コーラは妹の手を取った。「自分勝手なのはわかっているけど、私がここへ来たのはあと一日でも、あと少しだけでも彼と一緒にいたかったからで、実際にはそれ以上の経験ができた。まだそのお伽話を終わらせたくないの。終わらせなくてはいけなくなるまで」

「残念だわ。私はお姉様が公爵と結婚するチャンスがあると思っていたのに」エリースは静かに言った。

コーラは妹に腕を回した。「私たちにそんなチャンスはないわ」だが、まだ今夜がある。最後にもう一度デクランの腕の中で踊り、あの青いドレスで変身する。それが始まった地点で終われるように。

夜になるころには、リバーサイドは提灯《ちょうちん》と灯《あか》り、人工的に設計され、配置された動植物の幻想的な光景へと変身していた。エリースとともに舞踏会のために一階へ下りると、本物のお伽話の世界がコーラを待っていた。ベランダ庭園が魔法の一夜を過ごせそうな美しい幻想世界へと変貌していた。ハーロウ公爵夫人が名づけた〝幻想舞踏会〟は屋外で開かれ、晴天と、庭園の魅力を際立たせるチャンスが生かされていた。

この変容が成し遂げられた速さは感動的だった。二十五人の女性とそのパートナーが踊れるダンスフロアが、紐《ひも》で吊《つる》された何列もの色とりどりの提灯の下に作られている。ていねいに形作られた装飾刈り込みの動物が庭のいたるところにあるアルコーブ内に一つずつ設置され、ベンチと花の鉢で仕上げられた魅惑的な東屋《あずまや》となって、カップルがお目付役の目の届く場所でくつろげるようになっている。「ユニコーンまであるわ」ほかの客とともにベランダに出ると、エリースが興奮してささやいた。「見て、絵を描くためにうろうろしている画家もいる」

「とてもじゃないけど全部見きれないわね」コーラはきょろきょろしながら言った。「細かいところまで全部覚えて、メリーとキティに話して聞かせたい わ。お伽話の世界が現実になったみたい」一晩だけ夢が実現する場所。若者が約束をしたくなる場所なのかもしれない。もしそうなら、公爵夫人は自分のパーティの最後の晩を念入りに計画したのだ。

「お姉様の服装はこの世界に完璧に合っているわ」エリースが励ますようにささやいた。

コーラはスカートの絹地をいじった。「私の気分も完璧よ」エリースにほほ笑みかける。「見て、あなたのミスター・ウェイドがいたわ」ミスター・ウェイドのほうを目で示す。男性たちは全員、この場にふさわしい濃い色の夜会服を着ていた。黒い長ズボンは足首にぴったり張りつき、上着はウエストで締まって、その下からさまざまな華やかな色のベストがのぞいている。「今夜のミスター・ウェイドはハンサムね。ベストは薄いローズ色だけど、あなたのドレスに合わせたのかしら?」コーラは率直に言い、からかうように妹をつついた。

「公爵は青を着ると思う?」エリースはミスター・ウェイドのベスト選びの理由を否定はしなかった。

コーラは首を振った。「それは意思表明の意味合いが強くなりすぎるわ。みんなが深読みする。デクランはそこまで大胆じゃないわよ」ダンスが始まる前に、ダンスフロアの端に設置された演壇で管弦楽団が静かな音楽を奏で始め、その穏やかな音楽が今夜の魔法を強めた。

エリースが目をきらめかせて、コーラの肩のすぐ後ろに視線を飛ばした。「そこまで大胆だったみたい。我らが公爵は自分が何を求めているか知っている勇敢な男性なのよ、お姉様」

「ミス・グレイリン、ミス・エリース、今夜はお二人ともお美しい」デクランの声に、コーラは振り向いた。「レディ・グレイリンも、いつもどおりお美しいですね」デクランはおばを褒め、三人に短くおじぎをした。だが、その目はコーラを見ていた。

「君が青いドレスを着るんじゃないかと思って」デクランの濃い色の夜会服の下から薄い青色のベストがのぞいていた。鮮やかな空色と完全に同じではないが、控えめに合わせているのは確かだった。

「光栄だわ」コーラは答え、デクランの装いと今夜の魔法に絡め取られて脈が速くなったが、その脈は明日のことを考えるのを拒否した。今のことだけだ。

「母がロマンティックな雰囲気を作るために、今夜の一曲目をワルツにすると言い張ってね。あと何組かカップルができるのを期待しているんだと思う」

デクランがコーラに手を差し出すと、手袋をはめた二人の手が触れ合い、彼の指が優しくも我が物顔にコーラの指を握った。デクランはコーラをダンスフロアへ導きながら、耳元に口を近づけた。「星の下でのロマンティックな一夜になるだろうから、僕はそれをめいっぱい活用するつもりだ」

「私もよ」コーラはひっそりほほ笑んでささやき、二人は笑い合いながらダンスフロアで踊る体勢をとった。デクランの手はコーラの背中に、コーラの手は彼の肩に置かれ、二人の視線は絡み合い、離れなくなった。コーラは、今デクランとワルツを踊るのが前回とどれほど違うか考えずにいられなかった。

「つい最近、私たちは見知らぬ者同士としてダンスを踊ったわ」音楽が始まると、コーラは言った。

「あのときでさえ、君が見知らぬ人とは思えなかった」デクランはコーラだけに向けるほほ笑みを、彼が自分以外に向けているのを見たことがないほほ笑みを向けてきた。「今では君はもっと大きな、ずっと大きな存在になっている」彼はコーラとともにすばやくターンし、コーラのスカートが広がった。ああ、デクランと踊ることを、彼の目を見上げ、彼の腕の力強さを感じることをどれほど愛しているか。いつかこれを恋しく思うことだろう。

「どうした？　悲しそうな顔だけど」デクランは盛り上がりすぎているカップルを避けて慎重に進んだ。

「ただ、今夜があまりにきれいだから。終わることを考えたくないの。お祭りのあとのお祭り会場を見たことはある？」コーラは自分の質問に笑った。「あるはずないわよね。私は一度あるの。それまで見た何よりも悲しい光景だった。その場所から生気がすべて吸い取られていた。前夜は笑いと楽しみと灯りと夢でいっぱいだった場所に、ごみと踏みつぶされたガラスしか残っていないの。魔法が解けたのよ、本当に」

デクランが身を寄せると、コーラは堂々と彼の香りを吸い込んだ。何もかもが最後なのだ。彼の香りを記憶したかった。「じゃあ、終わることは考えないで」デクランはささやいた。「今のこと、目の前にあるもの、目の前にいる人のことだけ考えて」

彼は話をせずにすむよう、わざとステップを速め、コーラもそれに従った。二人が話さなくてはならないことはたくさんあり、コーラはそのどれも話す気になれなかった。今夜が永遠に続けばいいのにと思う。デクランはコーラを再びターンさせ、コーラはワルツと欲望に息を切らした。彼への欲望。不可能への欲望。言葉にしていないことへの欲望。自分が望まないようにしていることへの欲望。

「君がどうしたいかはわかる」ダンスが終わると、デクランは少年じみた笑みを浮かべた。「願い事の噴水へ行きたいんだろう」コーラの手を取り、目立たないように迷路の入り口へ連れていく。フックから提灯を取ってコーラを中へ引っ張り込み、人目につかない場所まで行くとすばやくキスをした。「今夜ずっとこうしたかった」デクランはささやいた。「君が階段を下りてきて、あの最初の晩と同じようにまた僕の息を止めた瞬間からずっと」

ああ、これは危険だ。人目につかない迷路の中でデクランと二人きりになり、彼の言葉を聞くのは。彼のキスで、彼の愛撫《あいぶ》でコーラの血液は熱くなった。今夜だけではとても、コーラがしたいすべてのキスはできない。それには一生かかるだろう。迷路の中心に着くと、デクランは提灯を噴水の脇へ置いた。管弦楽団が奏でる調べがここまで聞こえてくる。

「コーラ、僕と踊ってくれ。僕が抱きたいように君を抱かせてほしい」デクランは片手を差し出し、その声は剥《む》き出《だ》しの欲望にかすれていた。

「ええ」コーラはかろうじて声を発し、体が磁石に吸い寄せられるようにデクランのもとへ向かった。

だが、これは普通のワルツとは大違いだった。二人の体は絡み合い、胸は胸に押しつけられ、腰は腰の上で動き、唇は重なり、手は愛撫し合い、やがて二人の間に空間はなくなり、体が触れ合っていない、溶け合っていない部分はなくなった。呼吸すらも共有しているかのようだ。欲望が燃え、情欲に火がつき、それでも足りず、デクランが足りず、二人が足りず、彼にかき立てられる感覚が足りなかった。

コーラは焦《じ》れてうめき、親密なダンスを踊る二人の体がぐらついた。「これで全部なら足りないわ。もっとあるはずよ、私はもっと欲しい」コーラはデクランの芯の上で動いた。コーラの芯は濡《ぬ》れて熱を帯び、彼がそれを癒し、解き放つ鍵を握っていると本能的に知っていた。

「コーラ」その名はデクランの喉から引きはがされるように発せられ、それは祝福であり、懇願であり、解放であると同時に拷問だった。デクランの目には無謀さがあり、それは自分の中にある無謀さと同じだと、コーラは確かに感じていた。

「お願い、デクラン、私を助けて」コーラはデクランを引っ張って石のベンチへ向かった。「欲しいの、もっと欲しいの。お願い……後生だから」

懇願しているのはコーラだが、膝をついたのはデクランだった。デクランはコーラの前に膝をつき、両手で極上の青いスカートの裾を押し上げ、絹のストッキングに包まれた細い脚をあらわにしたが、その間も情欲が体を突き上げていた。自分の欲求にもコーラの欲求にも逆らえない。二人が求めているものに抗《あらが》えるほど、デクランは聖人ではない。コーラの左右の膝の裏にキスをし、口と手で上へ辿《たど》っていくと、頭上でコーラが吐息をもらした。

太腿の合わせ目に辿り着き、麝香《じゃこう》のような彼女の欲望の香りを吸い込むと、脈が欲望とともに高まった。下の縮れ毛に向かって彼女の名前をささやくと、コーラの両手がデクランの髪の中へ潜り込み、デクランの口が彼女のひだをもてあそび、舌が彼女の秘所へと分け入ると、彼女の手に力が入った。

隠された突起を見つけると、コーラが息をのむのが聞こえ、それをもてあそび、味わうと、自分の息も引っかかった。コーラの左右の太腿に力が入り、デクランをそこへ固定しようとする。自分と同じくらいコーラも我を失っているとわかると、デクランの中で何かが舞い上がった。コーラの息遣いが乱れ、体が張りつめ、探し、デクランが駆り立てている解放をつかもうとするのが感じられたあと、それは現れ、コーラを踏みつぶし、のみ込んだ。彼女の体が震え、懐疑と驚嘆と安堵《あんど》の吐息が聞こえた。コーラの手がゆるみ、太腿から力が抜ける。

「すごいわ」コーラは畏れ入ったようにささやいた。

デクランは地面に座り込んでコーラをまじまじと見た。ああ、すごい。デクランのシンデレラは美しく奪われ、自分の運命にしごく満足していた。デクランは唾をのんだ。今はただ彼女を見つめ、自分の未来を見つめていたかった。今夜の残りをどうやって切り抜ければいい？　自分が欲しいものを見つけた今、このあとの時間は無意味に思えた。

15

その夜の残りはコーラにとってぼんやりしたもやのように過ぎた。どうやって一晩を切り抜けたのかもわからない。フェントン卿《きょう》と踊り、妹に笑顔を向け、ミスター・ウェイドの冗談に笑った。どの瞬間も心はそこではなくデクランのもとにあり、彼が務めを果たす様子を見ていた。彼はレディ・メアリー・キンバーとエレン・デボーズと踊り、エレンは〝公爵と踊る私を見て〟と言わんばかりの陰険な笑顔をコーラに向けてきた。

彼女たちこそ、コーラが去ったあとデクランが興味を持つべき女性たちであり、彼に与えられた選択肢なのだ。コーラの心はそれに耐えられなかった。


たとえ体は迷路の中での高揚感に浸っていても、頭の中は現実と格闘していた。なぜ今回は違うと思っていたのだろう？　大きな喜びには大きな代償がつきものだと、前から知っていたのに。

それでも、明日出発する人々のためにダンスがすっかり深夜十二時で終わったあと、ベッドで眠るエリースの傍らに横たわり、夜の残り時間が徐々に減っていって時計が一時の鐘を打つと、コーラの思考はただ喜びへ、快楽へと向かった。自分に触れるデクランの手の、唇の感触の余韻が今もある。だがコーラは余韻だけでは足りず、デクランも同じはずだと思った。迷路の中での彼の目つきを、自分に向けた目の中の炎を見た。あの炎は今夜ずっと燃えていた。デクランが務めを果たすべくほかの女性たちと踊っている間も、その目はコーラを探していた。

コーラはベッドの端に置いたローブに手を伸ばした。激情に駆られ、普段の自制心は消え失せていた。

だが今夜、理性的に考える時間はなかった。あるいは、コーラが考えたくなかっただけかもしれない。馬車が実際的であることに疲れたのかもしれない。私道に入ってきて自分たちを家へ連れて帰るまで数時間しかない。何もかもが最後になるのに、コーラに必要なものはまだたくさんあった。最後の時間、最後の会話、最後の触れ合い、最後のキス。コーラはその一心から無謀にもはだしでホールを駆け抜けたが、計画は定まっていなかった。何を言うの？　デクランに会って何をするの？

彼のドアの前に着いてそっとノックすると、ドアが開き、ズボンとシャツだけのぞんざいな格好のデクランが姿を現した。「来たのか」デクランはその言葉を祈りのようにささやき、コーラの背後でドアを閉め、コーラの息が止まるまでキスした。「眠れなくて君のことを考えていたら、君がここへ来た」

「ええ、来たわ」二人の間で熱が高まっていき、キスをするたびに、熱く酔わせるような何かが呼び覚まされた。「明日にはこれが全部終わると思うと、私も眠れなかった。あなたと離れているのは時間の無駄に思えたの」

「とんでもない時間の無駄だね」デクランは笑ったあと真顔になり、顔につらそうな表情を浮かべて一歩下がった。「君が来てくれて嬉《うれ》しい。君にここにいてほしいけど、これは言っておかないと。僕は紳士でいられないと思う。君が欲しくてたまらないんだ。迷路でのひとときが欲求をなだめてくれると思ったが、いっそう高ぶらせただけだった。僕の心は君を恋しがり、僕の体は君に焦がれている。君が部屋に戻ると決めても、それは変わらないだろう。でも、もしここにいることを選んだら……」

コーラは息をのんだ。もしここにいることを選んだら、デクランの背後にある大きな四柱式ベッドで二人は愛を交わすことになる。一週間前のコーラなら上品な社交界の教えに縛られ、立ち去っていただろう。だが、今のコーラは違う。情欲に目覚め、男性との本物の結びつきとはどんなものかを知った女性だ。体だけでなく心と精神と理性も自分と調和した男性、責務と欲望の間の緊張感を、欲求と現実の間の綱引きを、最終的にはその責任には犠牲がつきものであることを自分と同じく理解している男性との。

だからこそ、二人とも瞬間瞬間を大事にしているのだ。それ以外の場所では存在しえない夢も、瞬間の中では存在する。コーラは自分の瞬間をつかみたかった。デクランと目を合わせたまま、ねまきのリボンをほどく。「わかっているわ。私がここへ来たのは、自分の部屋に戻るためじゃない」後戻りできないところまで来たのだ。コーラはねまきを頭から脱いで脇へ放り、火明かりの中へ足を踏み入れた。

「ああ、すごい、服を脱いだ君はいっそう美しい」

デクランがごくりと唾をのんでうっとりした目でコーラの体を眺めるので、コーラの血液は熱くなった。こんな目で自分を見た人は今までいない。それはコーラの中に女性としてのあらゆる感覚を呼び覚ました。だが、デクランも負けていなかった。彼は厳かにシャツを脱ぎ、なめらかな筋肉に覆われた広い胸を、彫刻のような腕の腱《けん》をあらわにした。

「あなたもよ」コーラは喉がからからになり、かろうじてそう言った。これが、彼が自分を見たときに感じたことなのだろうか？　まるでオリュンポス山の神を一人贈られた気分だ。

デクランはその賛辞に満足したようにほほ笑んだ。「でも、これで全部じゃないから、判断は保留したほうがいいかもしれない」彼の両手がわざとゆっくりズボンのはき口へ下り、コーラに心の準備させるかのように慎重に留め具を外した。引き締まった腰からズボンを落とし、それをまたいで、コーラが自由に自分の体を眺められるようにする。コーラはひどくどぎまぎした。デクランの姿はあまりに美しく、どこから見ればいいのかわからない。馬の乗り手らしい長い筋肉質の脚、運動家らしい引き締まったウエスト、情欲に苦しむ硬く赤みがかった男性の芯。

「あなたに触りたい」コーラはささやいた。体がデクランのほうへ一歩踏み出し、自分でもその動きを止められなかった。

「僕も君に触りたい。僕と一緒に横になってくれ」

デクランはコーラの手を取り、ベッドへ向かって部屋の中を進んだ。デクランが隣に横たわって初めてコーラは気がついた。

「デクラン、あなた震えているわ。寒いの？」とっさに手を伸ばし、上掛けを引き上げようとする。

デクランは笑った。「大丈夫だ。コーラ、君を見せてくれ。もし僕が震えているなら、それは君にこんなふうにされたからだ」コーラの手を取ってキスする。「今まで生きてきた時間は君を見つけるためにあって、今君を見つけられたのが信じられないくらいだ。僕が君を求める気持ちはそれくらい強い」

「じゃあ、別の方法で温めてあげる」コーラがデクランの唇から喉元へとキスし、指先で彼の胸をなぞって平たい乳首に親指を走らせると、満足げなうめき声が返ってきた。これこそ体が焦がれていた親密さだ。デクランと一緒にいること、二人しかいない暗闇で誰にも見られず素肌を触れ合わせること。ここにはほかの客も、思惑も、非難の目も存在しない。

今やデクランがコーラにキスしていて、唇に続いて手がコーラの唇から首、胸に触れ、彼の動きはコーラの動きを模倣していた。彼に触られていると思うとコーラの体は震え、欲望がほとばしって肌が熱くなった。デクランが胸に吸いつくと、小さなあえぎ声がもれた。体内の熱が、迷路のときのように高まる。再び波が押し寄せ、コーラをのみ込もうとした。コーラはそれを楽しむと同時に抗《あらが》い、主導権を取り戻したいのと同じくらいそれを手放したい、情欲に身を任せたいと思った。二人の間に手を伸ばす。デクランに触れることができれば、主導権を取り戻せるかもしれない。あるいはそうはならなくても、デクランが主導権の一部を手放すかもしれない。コーラが彼自身をつかむと、その熱さと硬さが手の中で生き物のように感じられた。

「おてんばめ」デクランはコーラの耳元でうなり、コーラが試しに上下にさすると、彼の目の中で藍色の炎が燃え上がった。これはズボン越しに彼をつかむよりずっと良かった。デクランは仰向けになり、コーラが自由に触れるようにした。「何がいちばんいいのかわからない」自分を抑えるかのように、長く息を吐く。「君が僕に与えてくれる快感を感じるのか、それを作り出す君を見るのか。コーラ・グレイリン、君は僕の期待を裏切らない。美しくて、賢くて、情熱的だ」デクランがコーラにキスしようと体を起こすと、その動きで腹筋がぴくりと震えた。

彼の目つきに、コーラはどうにかなりそうだった。どうすれば彼を諦められるだろう？　一分ごとに、一秒ごとに、深く考えるのが難しくなっていく。

デクランの手が、彼自身の根元にあるコーラの手を押さえた。「もうやめたほうがいい。長く続けたいんだ」意味ありげに言う。「これ以上こんなふうに触られていたら、僕は早々に終わってしまう。今度は僕の番だ」そう言うと、流れるような動きでコーラを組み敷いた。「僕たちの番だ。一緒に」

デクランはコーラに覆いかぶさりながらも、両腕の筋肉を突っ張らせ、コーラに体重をかけないようにした。青い目の光は強く、コーラが見たこともないほど深い欲望を感じさせた。その瞬間、コーラはこの男性に大事にされている、崇拝されている……敬われてすらいると感じた。二人の間の空気が変わり、コーラは太腿に当たるデクランの男性自身のずっしりした重みを強く意識した。

「今、君が欲しいと思うくらい、何かをどうしようもなく欲しいと思ったことはない」

「ええ」その返事は切望にしゃがれた。コーラの体はある真実を知っていた。自分が水を、食物を、空気を求めるのと同じくらい確かにデクランを求めていることを。デクランは生きるのに欠かせない要素であることを。それに応えるように、コーラの体はデクランのために開いて彼を歓迎した。両腕がデクランに絡みつき、彼を近くへ招き寄せる。

「少し不快感があるかもしれない」デクランがささやき声で警告したが、コーラにはどうでも良かった。

「でも、そうならないよう努力する」彼は自分自身を手で包み、先端ににじんだ滴を全体に広げたあと、コーラにも同じようにした。指で入り口をみだらにマッサージされると、コーラは息が止まり、期待で脈が速くなった。性的な、デクランとコーラが混じり合った麝香《じゃこう》の香りを吸い込む。

「あなたを信じているわ。きっと大丈夫」コーラはデクランに請け合った。「私はこれを望んでいる。あなたが欲しいの」

デクランはこんなふうに、欲求に圧倒されるあまり自分の情欲を抑えられなくなることを望んではいなかった。コーラの目を見つめ、彼女の脚が自分の腰に巻きついてくるのを感じると、自制の瀬戸際へと追いつめられていった。自分が自制を働かせることがコーラにとって何よりも必要な今、それを手放すわけにいかない。コーラを傷つけたくないし、個人的な快楽のためにこと急ぎたくない。お互いにとって良い経験にしたい。ここへ来たことをコーラに後悔させたくない。

歯を食いしばり、息を吐くというより震えるように呼吸をしながら、そっと前へ進み、コーラの入り口の柔らかさを試す。彼女のぬくもりの中へゆっくりと少しずつ、体が震えるほど必死で自分を抑えながら入っていく。ときどき動きを止め、コーラの体がその存在感に慣れるのを待ち、自分の体が彼女の温かな歓迎を楽しむのを許した。頭が否定しようとする事実を、体が悟った。自分はここにぴったりだ。自分はコーラにぴったりはまるのだ。彼女といると、我が家へ帰ったような、長い間目指していた目的地に辿《たど》り着《つ》いたような感覚があった。

自分自身がコーラの中に収まり、奥深くの目的地へ到達すると、デクランは達成感にため息をついた。

「コーラ、君は天国だ」安堵《あんど》のうなり声をあげ、彼女のエメラルド色の目を見下ろすと、そこには自分と同じ満足感が見てとれた。デクランはコーラの中で動き始めた。彼女の腰がデクランに向かって上がり、本能的にデクランとペースを合わせリズムを刻むと、再びデクランの自制心が試された。初めて情欲の中へ乗り出すコーラの指導役になるという考えは、彼女の反応のあとには消え失せた。この行為においで二人はパートナーだった。

情欲に溺れたコーラは絶景だった。長い首が反らされ、濃い色の髪が体のまわりに広がり、腰がデクランの腰に押しつけられた。両脚でデクランを挟んで近くへ引き寄せ、デクランの動きを導くことまでし、さらに奥へ入るよう促す。デクランは二人の初めての行為を激しいものにするつもりはなかったが、今や二人は繊細の域を超え、互いに相手を駆り立て、口を奪い合い、そこかしこを噛《か》んでは引っ張り、デクランの激しさはコーラの激しさにそっくりだった。デクランの呼吸は乱れたあえぎ声になり、コーラの呼吸は懇願のうめき声になって、陰を帯びた彼女の目はデクランに解放を懇願していた。

解放はそう遠くない。コーラは懇願する必要も、これ以上動く必要もなかったが、彼女は動くことを楽しんでいた。デクランの体は最後の大波に向かって張りつめ、緊張感が奥深くで高まり、全身を這《は》い回《まわ》って、ふくれ上がりながら波のように押し寄せ、岸へ近づくにつれ高さを増していった。コーラはデクランに絶頂へ導かれる間、デクランの目から視線を逸《そ》らさず、デクランが快楽に屈するより先に快楽の頂点に達することを決意していた。デクランはコーラが情欲に襲われる瞬間を、彼女の目が驚きに丸くなる瞬間を目撃し、彼女の息が驚きに止まり、体が畏怖に震えるのを感じたあと、しゃがれた叫び声とともに彼女の中から出て、自分の快楽をシーツの中へ放った。

ああ、すごい、今までこれほど快感を覚えたことがあっただろうか？　これほど完璧だったことが？

コーラから離れるという重労働にデクランの体は波打ち、解放の勢いに芯まで震えた。コーラに体重をかけずにいたせいで腕の力が抜け、何キロも走ってきたかのように息が切れた。起き上がってコーラの服を見つけるべきだったが、今はただ腕の中に彼女を引き寄せ、彼女とこの瞬間にできるだけ長くしがみつきたいという思いしかなかった。

「君は僕をだめにした」デクランはほのかな薔薇《ばら》の香りがするコーラの髪の中へささやいた。

「それはお互い様よ」コーラはデクランの肌の上でため息をついた。彼女の体はデクランの傍らに寄り添い、頭はその目的のためだけに作られたかのような肩の窪《くぼ》みに収まっていた。デクランの腕はコーラに巻きついている。もし永遠が感触を持っているなら、それはこんな……コーラのような感触に違いない。

16

これが別れというものなのだ。幾層もの痛みに包まれた極上の幸せ、家に帰ったら待っている無数の雑用ではごまかせないうずき。荷ほどきしなくてはならないトランク、しわを伸ばさなくてはならない服、仕分けなくてはならない手紙、書かなくてはならない返信。

コーラはベネディクトおばを急《せ》き立《た》て、リバーサイドを早めに、出発する客のためにイングランド式朝食が並べられるよりも先に出ていけるようにした。デクランが目覚める前に、彼と再び顔を合わせるはめになる前に出発したかった。それで二人の痛みが消えることはなくても、いくらかは和らぐかもしれない。おばはコーラの顔を一目見て同意した。理由のすべて、もしくはある程度を察したのだろう。

コーラは家へ帰る間中黙っていて、おばとエリースはそれを放っておいてくれた。すばらしい旅日和にもかかわらず、コーラの頭の中はベッドで腰まで上掛けを掛け、裸の胸をあらわにして眠るデクランのもとを離れたときで止まっていた。その場面を、ほかの無数の場面と同じくいつまでも覚えていることだろう。

カーゾン・ストリートの外れのタウンハウスに着けばほっとするか、傷心の痛みが和らぐと思っていたが、それは間違いだった。傷心は境界を持たず、壁の前で止まってくれなかった。自分の部屋に入っても締め出せなかった。荷ほどきに没頭し、手を動かせば逃避できると期待したが、自分が荷ほどきしているのがドレスに留《とど》まらないことに気づいただけだった。すべてのドレスや、手で触れるあらゆる物に思い出が刻まれていて、それらを避けることはできなかった。デクラン・ロックの幻影がコーラのあとをつけて家まで来ていた。

ブロンズ色のドレスを吊《つる》すと、ハウスパーティの最初の晩にコンスタブルの絵の前で交わした会話を思い出した。金の矢が入った小箱を鏡台に置くと、アーチェリー競技会のこと、そのあとに起こった出来事を思い出した……初めてデクランにキスされた。オパールのペンダントを宝石箱にしまうと、宝探しのことを、デクランが父親と敷地内でキャンプした話を聞かせてくれたことを思い出した。

だからこそ、青い舞踏会用ドレスを最後に片づけたのかもしれない。最初に思い出すのはもはやワルツではなく、最後の晩に迷路の中でデクランが手を中にすべり込ませ、コーラに初めての快楽の味を教えときのことだ。それを思い出すと、服を着ていないときの思い出、二人の心も体も裸になった会話の思い出が堰《せき》を切ったようにあふれ出した。

涙がこみ上げ、それを拭う。泣く理由などない。コーラは自分にできる唯一の選択をしたのだし、もともとそれ以外に選択肢はなかった。シンデレラはどうやってあれをやってのけたのだろう？　王子様に心惹《ひ》かれていたのに、次に会える見込みがないまま彼のもとから逃げ出すなんて。二人に未来がないことを、シンデレラも知っていた。だがそれなら、どうやって立ち直ったのだろう？　その点において、お伽話《とぎばなし》は参考にならなかった。

だが、コーラは立ち直らなくてはならない。リバーサイドにいる間に五月が六月になり、社交シーズンがたけなわになっていて、時計の針が確実に進んでいることを思い出させた。あと一週間で夫を見つけなくてはならない。公爵を忘れ、目の前の仕事に注力する時が来た。まずは持ち主不明のドレスをしまうところから始めよう。自分のドレスを着てあるがままに生きることを、今夜から始める。コーラのお伽話は終わったのだ。

コーラがいなくなった。デクランのベッドから、デクランの生活から。その状態から朝を始めるのはつらかった。デクランはレディ・メアリー・キンバーとその両親を乗せた最後の馬車を見送りながらも、いまだその発見に動揺していた。デクランが望んだ形では一日は始まっていなかった。

目が覚めると、ベッドは空っぽだった。死んだように眠っていたせいで、コーラが抜け出す音が聞こえなかったのだろう。シーツの冷たさから、彼女が朝早く出ていったことがわかった。その時点ではまだパニックにはならなかった。妹が目覚めて心配する前に、おばが姪《めい》の不在に気づく前に、コーラが妹と共用している寝室に戻りたかったのは理解できる。それでも、自分で部屋まで送りたかった。二人は愛の営みに一晩を費やしたのであり、それは二人の未来について話し合うべき事柄が多いことを意味した。

コーラのおじと、次に父親と話さなくてはならない。早ければ早いほうがいい。コーラはデクランに純潔を捧《ささ》げ、デクランは贈り物を受け取った。デクランの考えではそれは暗黙の婚約であり、これほど喜ばしいことはなかった。デクランは着替えて一階へ下りながら、サー・グレイリンのもとを訪ねる意思をコーラのおばに告げようと考えていた。

だが、コーラもおばも朝食の席にいなかった。彼女たちはもう出発したと、ミスター・ウェイドが卵と魚の燻製《くんせい》を食べながら教えてくれた。朝食の準備が整うよりも前に出ていったと。ミスター・ウェイドはそれを罪深いことだと思いながらも、急ぐ彼女たちを見送った。

それは、別れを告げたというより逃げ出したように聞こえた。そう思うと、状況の見え方が変わってきた。そのときも腑《ふ》に落ちなかったし、数時間経《た》った今も同じだ。コーラがここにいないのに、どうやって未来について話し合えるだろう？　恐怖の最初の兆しが忍び寄り、デクランのカップは口元に運ばれる途中で唐突に止まってコーヒーが跳ねた。

コーラは未来を求めていないのか？　彼女は自分から逃げたのか？

筋の通っていない考え方だが、その馬鹿馬鹿しさにもかかわらず、頭の中はその考えでいっぱいになった。

デクランの最初の反応は、反論することだった。二人であれだけのものを、心を、考えを、体を共有したあとで、そんなことがありえるだろうか？　軽い気持ちで共有したものなどない。コーヒーが胃の中で凍りつきそうになり、違和感を告げた。

混乱した頭の中を無理に落ち着かせ、考えようとする。ここでは何もできない。コーラはすでにロンドンへ戻っているはずだ。おじの家へ行き、彼女と話そう。話し合って誤解を解くのだ。計画を立てると、少しは気分がましになった。馬屋へ行ってサムソンに鞍《くら》をつけ、ただちに出発しよう。

その計画はたちまちくじかれ、狼狽《ろうばい》はいっそう大きくなった。母に客を見送るのを手伝うよう言われたのだ。そういうわけで、デクランはここで礼儀正しくほほ笑み、馬車に乗り込む若い淑女たちに手を貸しながらも、心の中では憤慨し、いつになったら自分はロンドンへ戻れるのかと思っていた。理性は大局的な見方をしようとしていた。これは些細《ささい》な後退だ。コーラはロンドンにいる。どこへ行けば会えるかわかっている。数時間遅くなるだけだ。これもまた、個人の欲望より公爵としての義務を優先させなくてはならないことの一例にすぎない。

レディ・メアリー・キンバーの馬車が私道を進んで視界から消えると、デクランは母のほうを向いた。

「お客さんたちは帰ったから、僕も失礼するよ。天気がいいから、馬でロンドンへ帰りたいんだ。ここまで暑くなる前に発《た》とうと思っていたんだけど」

「裏のベランダに早めの昼食の準備をさせたの」帰ろうとするデクランに構わず、母はすらすらと答えた。「まずは食べましょう。ついさっき来たお客さんがいるから、二人一緒に話をしたいの」母はデクランの腕に腕を絡め、息子に助けを求める余地を与えず屋敷のほうへ歩いていった。

くそっ。今朝はいつのまにこんな最悪なことになったんだ？　目覚めたときは喜びいっぱいでコーラとの未来を考えていたのに、彼女は何も言わず姿を消し、彼女のもとへ行く試みは責務のためにことごとく遅延させられている。当初の喜びは、ベランダで待つ二人の客を見たことでさらにしおれた。

デクランは母に険しい非難の視線を向けた。「客と言ったよね？　言葉の使い方が少し大ざっぱじゃないかな。お母様はいつから事務弁護士と昼食をとるようになったんだ？」二人に向かってうなずく。「バーンズ、ストックトン、こんにちは。ドーセットはさぞ過ごしやすい気候だったんだろうね」顔を引きつらせて言う。彼らは母がコーラの家族を調べさせるために派遣した男たちだ。「道が乾いていたのかな、思ったより時間がかからなかった」

バーンズが咳払《せきばら》いをした。「もちろんです。至急の用件でしたから。できる限り急ぎました」ああ、確かに至急だ。母は息子が笑いものになるのを阻止したくてたまらないのだから。

デクランは母をにらみつけた。精査の必要性は理解しているが、その手法に賛成しているわけではない。この男たちは聞き込みをして人づてに話を聞くことで、スパイ行為と情報収集をしてきたのだ。デクランはそれを不誠実だと感じた。自力で誰かのことを知るほうがずっといい。それこそが、自分とコーラがこの一週間やってきたことだと思っている。互いを知ること。デクランはいらいらと手を振った。

「まあいい、始めてくれ。何がわかった？」その紙挟みの中に、自分がすでに知っている以外の情報が入っているとは思えなかった。そんなものがあると思えば、コーラを疑うことになる。

バーンズが紙挟みを前へ押し出し、内容を要約した。「ミス・コーラ・グレイリンはウィンボーン・ミンスターの近くに住んでいます。グレイリン教区牧師の長女で、父親は一八〇二年に聖職禄《ろく》を得て以来その教区に仕えています」

その情報は新しいとも、新しくないとも言えた。聖書学者の父親は教区牧師だったのだ。それ自体に嘘《うそ》はない。これはどう解釈すればいい？ もしコーラがその事実を隠すために詳細を省いたのなら、それは問題だ。だがもし、彼女がその事実を重要ではないと考えたのなら、それはごまかしのない省略だ。父親が聖書学者であることは隠していない。職業は言わなくてもわかると思ったのかもしれない。

バーンズが続けた。「教区牧師は二年前に妻を亡くし、近隣住民によれば、そのせいでひどく落ち込んでいるそうです。今はミス・グレイリンが自分と妹たちのために家を切り盛りしています」

「それは知っている」デクランは焦《じ》れてため息をついた。コーラが話してくれたことだ。「妹たちの名前も知っているよ」デクランがそう言ったのは、その報告自体を嘲るためであり、それがたいした問題ではないことを示すためでもあった。

「教区牧師の娘」母がぴしゃりと言った。「田舎の教区牧師の娘。それは、著名な聖書学者の娘であることとは違うわ。私が思ったとおり、父親はせいぜい下層地主層《ジェントリ》よ。どうりで誰も彼女のことを知らないわけだわ」

「ミス・グレイリンは嘘はついていない」デクラン

は咎《とが》めた。母にコーラを嘘つき呼ばわりはさせない。

「立身出世を狙う野心家、それが彼女よ」母がきつく言った。「地位を高めるために、爵位のある相手と結婚する以上の方法があるかしら。あなたは彼女の大それた希望を上回る存在だわ」では、なぜそのような成功が保証されたも同然のタイミングで逃げ出すんだ？　デクランは頭の中でその根拠を探したが、答えは見つからなかった。

ストックトンが口を開いた。「バーンズが家族を調査している間に、私は経済状況を調べました。良く言っても、見るべきものはほとんどありません。将来の見通しは暗い。一家にはほとんど金がない。娘の誰にも持参金を持たせられません」

「では、サー・グレイリンが姪たちの持参金を用意するのでしょうね」母が抜け目なく意見を述べた。

「レディ・グレイリンが言うには、姪にはそれぞれ四桁の慎《つつ》ましい持参金を持たせるそうだから」

ストックトンはうなずいた。「そういうことなら、おじが出すのでしょう。父親名義のものは何もありません。でも、おじなら払えます。とはいえ、五人の姪を全員世話する負担は大きいでしょう」コーラが自分には今シーズンしかなく、急いで結婚しなくてはならないと言っていたことを考えれば、それもありそうな話だ。デクランの肩の力が抜けてきた。

今のところ、かなり良い。コーラの素性以外に、母が異議を唱えられる点はほとんどない。母はコーラの裏に壮大な醜聞が隠れていることを望んでいたが、そんなものは存在しなかった。

「僕は彼女の経済状況は気にしないよ」ストックトンが話を終えると、デクランは言った。

ストックトンはデクランに険しい視線を向けた。

「財産は気にされなくても、一家の借金は気にされるべきです。父親は自分の土地を持っておらず、牧師館は聖職禄に付随するので彼のものではありませんし、それすらも修繕が必要です。屋根は雨漏りがし、窓は交換しなくてはなりませんが、そのような作業に使える貯金はありません。使用人もいません。料理や掃除を一手に引き受ける女性を一人雇うのがせいいっぱいで、それ以外のすべてを父親と娘が処理しなくてはなりません」

コーラが処理するのだ。デクランはその一文を頭の中で繰り返した。今やデクランは新たな領域にいて、その責任はデクランにあった。この男たちが描き出したのは、デクランが作り上げた夏の川辺でのピクニックや、食料のための釣りではなく贅沢《ぜいたく》な娯楽としての鱒《ます》釣りばかりしている生活とはまったく違う、新たなコーラの生活の光景だった。

〝夏には鱒がよく食卓に上るんです〟

デクランは昼食には手をつけず、テーブルを指でこつこつたたいた。一家はどうやってあの舞踏会用ドレスを買ったのだろう？　そして、なぜ？　体面を取り繕っただけの貧困の中で暮らしている家族が、あのような高価なドレスを用意できるはずがない。何が売られたのか、犠牲にされたのかは想像したくなかった。地主としてのデクランは、分をわきまえず、借金してまでドレスを買うことには否定的だった。コーラが父親の話をしたとき、良い印象は抱かなかった。もしかすると、今は落ち込んでいるだけでもとは軽薄なのかもしれない。おじも同じく軽薄で、ときどき贅沢する金があるぶんましなだけかもしれない。またも何かが引っかかった。違和感がある。パズルのピースがきれいにはまってくれない。

「二人ともありがとう、もういいわよ」デクランがあれこれ考えてストックトンとバーンズを無視している間に、母が二人を解放した。二人が立ち去るのを待ってから、自分の意見を言う。「さてと、この件は終わったわね、手遅れになる前に」きびきびと言い、皿の上のチーズと冷肉を食べ始める。「新聞はあなたが払った犠牲を多少は茶化すかもしれないけれど、誰もあなたを責めないわ。事実ははっきりしている。ミス・グレイリンは自分の生活の現実をごまかして、あなたが実情とは違う解釈をするよう仕向けたのよ」

「それは違う。彼女は一つも嘘をついていない」

「省略するのも嘘の一種よ、デクラン」母はフォークを置いた。「ミス・グレイリンは貧しいジェントリの娘でありながら、親戚の准男爵の威光を借りて、その容姿で爵位と財産を狙っているの」

「彼女が財産狙いだと決まったわけじゃない」その主張はあまりに辛辣だ。デクランはそこまでだまされやすくはない。「ミス・グレイリンは金がかかる贅沢なロンドンの生活は望んでいない。田舎の素朴さを、家族との密な交流を、乗馬や川釣りを愛している」

〝コーラは爵位は狙っていないとしても、財産を狙っている可能性は否定できない〟とデクランの良識が口を挟んだ。〝よく考えれば兆候はあったはずだ。愛だけではじゅうぶんではないとコーラは言った。金以外、ほかに何がある？〟

「それは、あなたがそういうものを愛しているからよ。そんなにもうぶなの？　そうなんでしょうね。男性には想像力がないから。彼女のドレスのことは考えた？　経済的に苦しい教区牧師の娘があんなドレスを、裕福な男性を探すためでなければ何のために着たの？　妹のドレスが同等ではなかったことには気づいた？　一家は准男爵の交友範囲外にいる、より大きな獲物を仕留めるために投資して、長女を送り込んだのよ。まじめな法廷弁護士を捕まえるのに空色の絹のドレスは必要ないわ」母は鋭く言った。「女性はそういうことをよくわかっているの。ミス・グレイリンのドレスが分不相応なのは、彼女が分不相応な男性を狙っているから。でもあなたには彼女の美貌しか見えていなかった」母は短くほほ笑んだ。「まあ、さっきも言ったように手遅れにはならなかったわ。ミス・グレイリンの素性がわかった以上、ロンドンに戻ったあとあなたが彼女と関わることは避けられる。コルビー公爵から手紙が来て、公爵が内々に開く画家のターナーの歓迎会に招待してくれるそうよ。あなたはようやくレディ・エリザベスに会えるし、あなたが前へ進んだこと、グレイリンの娘とのことは誤解だったことをゴシップ好きな人たちに示すのにぴったりの場になるわ」

「ミス・グレイリンの経済状況を知ったくらいで、彼女への僕の気持ちが揺らぐことはない」デクランはそっけなくも威厳を込めて答えた。「僕たちは互いを理解している。彼女は僕を一人の人間として、一人の男として見ている……公爵じゃなくて」

母は嘲った。「あなたには昔から夢見がちなところがあるわよね。彼女が見ているのは紙幣と、自分と妹全員の安定した生活よ。自分があなたにもたらす醜聞なんて気にしていない。あなたが彼女を追いかければ、ゴシップ紙の餌食になるわ。これらの事実がすべて明るみに出て、ゴシップが彼女をずたずたに引き裂く。彼女は金目当てと罵られ、あなたは愚か者呼ばわりされる。あなたが彼女とどんな幸せを見つけたと思っているにせよ、そんな風潮の中で長続きするはずがない。彼女から手を引いて、前へ進みなさい」

母は言葉を切り、ぞっとした表情を浮かべた。

「それができるのよね？　彼女と寝てないわよね？　子供ができる心配があるの？」母は決闘の合図の長手袋のように、リネンのナプキンをたたきつけた。「そんな古典的な策略に引っかかったのね。性行為で良い思いをさせれば、男性はどこまでもついてくる。通りを下って醜聞に辿《たど》り着き、祭壇への道を上ることさえするんだわ」

「いいかげんにしてくれ」デクランはかっとなった。

「いいえ、いいかげんにしなさいと言いたいのはこっちだし、お父様が生きていたら同じことを言ったでしょうね。あなたは自分の務めを心得ている。今さら驚くことではないはずよ」

「僕は自分の務めを心得ているし、お父様が亡くなって以来、毎日毎日それに励んできた。その務めを若いころに一生懸命学び、義務に逆らったり憤ったりしたことは一度もない。でも今、一つだけ自分のものが欲しい。花嫁を自分で選びたいんだ。だからある義務を自分に課すつもりだ」デクランはナプキンを脇へ置いて立ち上がった。「答えを知るためにロンドンへ向かう」

「あなたは答えを知っているはずよ、それが気に入らないだけで」母が抗議した。

「その答えは筋が通っていないんだ。もしミス・グレイリンが僕の爵位と財産を狙っているなら、なぜ勝利が保証された今朝になって逃げ出した？」

その思いだけが、馬でロンドンへ向かうデクランを支えた。何かがコーラを動揺させたのだ。デクランを思っていないのにコーラがベッドに来たはずがないし、この一週間は嘘でもなければ、デクランが求婚してくるよう仕向けるための壮大な努力でもなかったはずだ。デクランはコーラに心を捧げた。彼女だけは自分を結婚の獲物のように捕獲しないと信じられた。別の答えは考えられない。自分が愛を勘違いしている……またしても勘違いしているなど、ありえない。

17

愛がまたもその限界を証明した。コーラの防備はじゅうぶんではなかった。どんなに頑張っても、コーラの一部がお伽話《とぎばなし》の別の結末を望んでいた。デクランのもとを離れるのが唯一の答えだという論理的解釈の裏に、その希望がどれほど深く埋められていたのか気づいていなかった。別の結末などありえないとわかっていたが、それでもあってほしいと、自覚していた以上に熱烈に願っていた。それはコーラがデクランを愛しているからだが、愛があっても何も変わらないし、何も良い方向には向かわない。やはり、愛だけではじゅうぶんではないのだ。コーラはデクランを守らなくてはならず、そのためにできる唯一のことが彼のもとを去ることだった。

首元のオパールを触り、キティへの手紙になるはずの目の前の真っ白な紙を見るともなく見る。ハウスパーティゆかりの品の中で、このネックレスだけはしまい込むことができなかった。ドレスは衣装だんすに戻したが、ネックレスは整理だんすの上に置かれたままで、やがて誘惑があまりに強くなったため、身につけた。リッチモンドから帰ってきて、まだ一日しか経《た》っていないの？　愛の営みで体がほてったままデクランのベッドから起き上がったのは、つい昨日の朝のことなの？　デクランに触れられてから永遠の時が経ったような気がした。苦悩の生々しさだけが、デクランを失ったばかりであることを証明していた。

「お姉様」エリースがコーラの部屋のドアを開けた。階段を駆け上がってきたらしく、軽く息を切らし、顔を上気させている。「公爵が来たわ。ハーロウがここへ来て、下でおじ様と話していて、お姉様に会いたがっているの」

デクランだ。コーラは一瞬遅れて彼が来たことを理解した。ハーロウは公爵としての名前であり、デクランはコーラにとって、運命的な最初の晩にダンスを申し込んできたとき以外は公爵ではなかった。

「ここへ来た理由はわかる？」コーラの手はオパールへ向かい、強さを、平静を求めてそれを握った。

「いいえ」エリースはドアを閉めた。「ねえ、わくわくしない？　公爵はお姉様に結婚を申し込みに来たのかしら？」

コーラは書き物机から立ち上がり、鏡の前へ行って、髪を直して頬をつねった。顔は青白く、睡眠が足りていない。「違うと思う」着替える時間がないため、緑のデイドレスのスカートをなでつける。これでしのぐしかない。「私たちの間には片づいていない問題があるの」

エリースの目が鋭くなった。「その問題って、お姉様が幻想舞踏会のあと、夜の半分くらいベッドにいなかったことに関係ある？」

コーラはエリースに向かって顔をしかめた。「今その話はできないわ」その問題のことか、コーラの秘密を知ったデクランが非難しに来たかのどちらかだ。どちらにしても不吉だ。それでもデクランにかき立てられた興奮は今も体内にあり、コーラはエリースの脇をかすめて階段へ向かった。疑わしい状況でも、体は、心はデクランに会いたがっていた。

デクランは階段の下でコーラを待っていて、ショートブーツと灰色の夏用ズボン、灰色のフロックコートに、青い勿忘草《わすれなぐさ》が刺繍《ししゆう》されたショールカラーつきの白のベストというロンドン用の服装をしていた。彼はさわやかで生き生きとしていて、一方のコーラはどんよりして弱々しく、さわやかさは少しもなかった。「ミス・グレイリン、会ってくれてありがとう」デクランはコーラを見上げてほほ笑んだが、その目はいかめしく、探るようで、コーラを観察してその秘密を推し測っていた。「予告もなしに来て申し訳ないが、話がしたいと思ったんだ。おば様が正面の客間を使うよう言ってくださった」

「どうぞ、公爵様」最悪だ。デクランはコーラの家の中に味方を作っている。その方面からの助けは期待できない。だが、家族はコーラが知っている事柄を知らない。ハウスパーティ最後の夜をコーラがどこで過ごしたか知ったら、彼と二人きりになることを認めなかっただろう。

「コーラ、ドアを閉めて」出窓つきの日当たりの良い客間に入ると、デクランは低く威厳ある声で言った。「僕たちの話し合いを家の人たちに聞かれたくないだろう。それに、二人きりのときはデクランと呼んでくれ。二度と君に〝公爵様〟なんて呼ばれたくない。僕たちにとってはお互いそういう存在ではないんだから」

だが、ほどけた結び目を最後まで結んだのちに再び会ったときはそうなるだろう。コーラは淡黄色の長椅子に座り、デクランが何を言うのかと身をこわばらせた。彼がコーラを待たせて炉棚の前を歩き、考えをまとめ、自制心をかき集める姿に見とれる。彼が動揺しているのがわかった。この訪問に取り乱しているのはコーラだけではないのだ。

デクランがコーラのほうを振り向き、マントルピースに腕をついた。「コーラ、なぜ僕のもとを去った？」その目つきには本物の苦悩があった。「君がいないベッドで目覚め、君がさよならも言わずに出ていったあとだと知って、僕がどんな気持ちになったかわかるか？」デクランは感情を抑えようと唾をのみ込んだ。「僕は二人の未来について話し合おうと思っていたのに、君はいなくなっていた」

コーラはデクランを傷つけたのだ。その可能性は考えていなかった。ハーロウ公爵が、デクラン・ロックの強さが侵害されることがあるとは思っていなかった。罪悪感に襲われる。コーラはデクランを愛していて、彼を傷つけるつもりはなかった。返事をするまで少し時間がかかった。「私はあなたを守ろうとしたの。私たちには一週間はあっても、未来はないから」

「一人で僕の未来まで決めないでくれ。これは二人で話し合うことだ」デクランの苦悩に怒りがにじむ。

「話し合うことなんて何もないし、あなたもそれはわかっているでしょう。お母様の調査が終わったら、私が基準に満たないことが判明するわ。あなたはすでに知っているんじゃない？　父はほとんど資産のない下層地主層《ジェントリ》で、私がここにいるのはおじの厚意のおかげだと。私はあなたにふさわしくないし、社交界の誰もがいずれそれを知る。お母様の調査がその裏づけになるはずよ」デクランの目の中で何かが動き、コーラは言葉を切った。「やっぱり知っているのね。もう報告を聞いたんでしょう」コーラも怒りがこみ上げるのを感じた。デクランはすべてを知っているのに、なぜわざわざここへ来て意味のない質問をしているのだろう。

デクランはうなずいた。「昨日の朝、報告を受けた。そのせいで、すぐに君を追ってロンドンへ来ることができなかった。それでも昨日の午後には訪ねることができたし、そのつもりだったけど、途中でサムソンの蹄《ひづめ》が外れてさらに遅れた。ロンドンへ着いたときには、訪問するには遅い時刻になっていたんだ」

その事実に、危険な高揚感がコーラの中をほとばしった。デクランは知っていて、それでも自分を追いかけてきたのだ。だが、現実主義がすぐに喜びを追い払った。それがどうしたの？　だからといって何も変わらない。「では、父が生活必需品を買う程度のお金しかない教区牧師であることも知っているのね。デクラン、私があなたにあげられるのは落胆だけよ。お金も人脈も地位もない。ドーセット出身の田舎のジェントリの娘で、それだけなの」

「僕にはそんなことはどうだっていい。君はコーラ・グレイリン、僕を理解し、僕が考える前から僕の考えを知り、田舎を愛し、家族を大事にし、責務と欲望の間のジレンマに苦しみ、それゆえにその重さを理解している女性だ。僕に何もあげられないなんてよく言えるね？　君が僕にくれるものにはすべて価値がある……君の心、君の精神、君の体……僕はそのすべてを喜んで受け取るよ」デクランの青い目は真剣だった。コーラのために最善を尽くそうとしていて、その思いのとてつもない大きさがコーラの胸を突いた。「君が僕の部屋へ来たとき、僕たちは結婚に合意したんだと思った。そう思わなければ、僕は君をベッドへ連れていかなかった。僕は君を愛している。君も僕を愛している。太陽が東から昇るのと同じくらい、僕はそのことを確信している」

コーラは彼の言葉を否定するつもりはなかった。デクランを愛しているのは事実だ。だが、それは自分たちが直面するであろう戦いの中ではほとんど価値がない。コーラはずっと自分からデクランを守ることを考えてきたが、彼から自分を守るにはどうすればいいのだろう？　こんな仕打ちを受けるいわれのない、彼の誠実で高潔な心から守るには。「私は公爵家に醜聞をもたらすわ。私たちがそれに立ち向かうには、愛だけでは足りないの」

デクランはいらいらとため息をつき、目に焦《じ》れた色を浮かべた。「意味がわからない。君は僕を愛しているから僕のベッドから逃げたというのか。理解できない。人は愛されている場所に留《とど》まるものだ」

「いいえ。人は愛する人を傷つけたくないものよ。私はこの先、今傷ついている以上にあなたを傷つけるわ。それが実際に起こるのを見てきたの。苦境は愛をすり減らし、そのうち何もなくなってしまう」

父と母の愛は人生のプレッシャーと落胆に耐えられなかった。コーラはデクランに道理を説く必要があった。今すぐに。「話を聞いてくれる?」

コーラはエメラルド色の目でデクランに懇願し、その目には必死さがにじみ出ていて、彼女が自分の立場をそれほど強く信じている事実にデクランの心は引き裂かれた。愛は成就しない、愛は弱いと彼女は信じているのだ。コーラの人生に何が起こり、そのような考えが植えつけられたのか? デクランは彼女に触れないことを誓っていたが、コーラが明らかに慰めが必要な様子で座っているのを見ると、その誘惑があまりに強くなった。立っていた暖炉の前を離れてコーラのそばへ行き、淡黄色のソファに座る。彼女の手を取った。「君がどうしてそんなことを知っているのか話してくれ」

「両親よ。二人の愛が長年打ちのめされ続けて壊れていくのを、この目で見たの。二人は恋愛結婚だった。おばが二人の結婚式の話をしてくれたわ。父が世界を征服したように見えたって。母が教会の通路を歩いてきたとき、父は欲しいものをすべて手に入れた。そして、未来のあり方に希望を持っていた……子供たち、息子たち。それらの希望は現実離れしたものではなかった。でも息子はできなくて、そのうち娘が生まれるたびに落胆するようになったの」自分もその落胆を感じているかのように、コーラはため息をついた。「世界は息子のいない男性に優しくないわ。世界はそんな男性を哀れむ。でも、息子を産まない女性は罵倒されるの」

「君みたいな娘を持ったことを残念がる男なんていないよ」デクランは言った。もしコーラのように美しく、コーラのように生き、人を愛する娘がたくさんいれば、自分ならかわいくて仕方がないだろう。

「娘が生まれるたびに両親の愛は減っていったけど、二人はそこにしがみつこうとした。妊娠したときには、今度こそは違うはずだと期待することが繰り返された。両親は夕食の席で弟の名前について話し合ったわ。二人とも笑顔で、笑い声をあげて、すべてがうまくいくように見えた。キティ、メリー、ヴェロニカ……あとの妊娠になればなるほど、希望は大きくふくらんだ。今回こそは男の子のはずだって。何しろ女の子が二人、三人、四人と続いたあとなら、確率は両親に味方するはずだったから」コーラは悲しげに頭を振った。「でも希望が高まれば高まるほど、両親はあっけなく打ちのめされた。回を重ねるごとに落胆は長く残った」

デクランはぼんやりとコーラをなでながら、彼女の家族について自分が知っていることに考えを巡らせた。「健康でかわいい娘たちがいるのに、お父様はなぜそんなことを気にするんだ？　継承しなくてはならない爵位はないし、聖職禄《ろく》は世襲ではないのに」デクランにとってすでに印象の良くないコーラの父親は、自分の希望を見直すべきだったのだ。幼少期に亡くなる子供は多いのだから、健康に育った子供が五人もいるのは天の恵みだ。

「私は大きくなるにつれて、おじが甥《おい》を期待しているのがわかるようになった。ジョージおじと私の父は、相続ができる男の子をいずれ一人は授かりたいと考えていたの。今では、父が再婚して年をとってからの子供ができるというほとんどありえない可能性以外では、爵位は万が一遠い親戚が見つかればその人に渡るし、見つからなければおじが亡くなったあと国王に返還されてしまうわ」

コーラは目に疲れた勝利の色をにじませてデクランを見据えた。自分の主張を証明したのだ。

「そういうわけで、愛はその重荷を克服できなかったの。むしろ愛のせいで事態は悪化した。やがて、父は母を失った。母は病気になり、二度と回復しなかった。でもその何年も前から二人の愛は損なわれていて、失敗するたびに二人の目から光が薄れていった。両親はお互いを責めていたのかもしれない。男の赤ちゃんが亡くなったあと、二人は悲しみの中に引きこもった。幸せな時間、長く苦しんできた年月の報酬が、勝利に手が届きそうになったとたん奪われたの」コーラは頭を振った。「両親は私に、愛はすべてを克服すると教えてくれた。神の我が子たちへの愛、家族の互いへの愛。でも、そうはならなかった。いつでも現実がそれを追い越すの。愛は鮮やかに激しく燃える熱い炎で、それが消えると空虚さしか残らない。愛の力は幻想よ。愛は強くない。美しくてけっこうなものだけど、脆《もろ》く壊れやすくもあって、じゅうぶんではないのよ、デクラン」

何ということか。コーラが抱える傷痕は深い。デクランのベッドから逃げたのも無理はない。彼女は怖かったのだ。それが今、はっきりとわかった。何を言えば、恐怖を和らげられるだろう？　デクランは頭を絞り、思いついたのは……自分の両親だった。始まりと終わりがコーラの両親とは正反対の両親。

「母は僕に、一目惚《ひとめぼ》れの恋なんてものはない、少なくとも公爵にはないと言った。公爵は決してそのようなことを考えてはいけないと」デクランは軽く笑った。「でもそんなときに僕は君を見かけて、母は間違っていると知った。ときどき、母は自分が認めた候補者たちの中から僕が選ばなかったことよりも、自分が間違っていたことに腹を立てているような気がするんだ。母は正しくありたい人だから。父との結婚はお膳立てされたもので、それは大成功だった。今回の舞踏会やハウスパーティは、その成功に敬意を表したものだ。歴史は繰り返すと母は信じている。ある意味、そのとおりになった。僕は君を見つけたんだから」デクランは姿勢を変え、熱意のあまりコーラのほうへ身を乗り出した。「僕が言いたいのはこういうことだ。もし君のご両親が愛が長続きしないことの証明で、僕の両親が何もないところから愛が育ち、時間をかけて強くて丈夫な何かへと深まっていくことの証明なら、どっちが正しいのだろう？　それは、僕たちは過去と決別し、自分たちの航路を探検するべきだという意味なんじゃないかな。もし君がチャンスをくれるなら、愛は失敗しないこともあると証明したい」

「結果が変わってくるとは思えないわ。私たちは社交界も、何百年も続く伝統も変えられない」コーラは反論した。

「君は考えすぎるし、まわりを見すぎる。僕が幻想舞踏会の晩に言ったことを覚えているかい？　目の前にあるもののことだけを考えて、それ以外はすべて忘れてくれって。そうしたら、最高のワルツが踊れただろう？　また君に同じことをしてほしいんだ。ただ僕を見て、今この瞬間にあるもののことだけを考えれば、それ以外のことは自然と解決するよ」コーラが揺れ動いているのが目に見え、感じられた。それが励みとなり、デクランの希望はふくらんだ。

「君がそのオパールをつけているということは、僕たちのことを本当に諦めたいわけじゃないんだと思う。諦めなくてはならない気がしているだけだ。僕がここにいるのは、それは違うと言うためだ。やってみないか？　僕たちのために戦わないか？」

「希望と愛、この二つは危険なものよ」

「いや、違う。僕を信じてくれ。一日ずつやっていこう」愛があればじゅうぶんだと、真夜中の噴水で願ったことは叶《かな》うと、コーラは自分の心に従えばいいと、彼女の心はまっすぐデクランに通じていると。コーラに証明するのだ。コーラは公爵と教区牧師の娘が世界を相手に戦えることを知るだろう。

18

ハウスパーティの一週間がコーラの人生で最も胸躍る一週間の第一位なら、それからの三週間は僅差で二位につけた。記憶に刻まれる六月となった。コーラがどこへ行くにもデクランが一緒で、可能性が実現するところを見せてくれた。コーラのためにリッチモンドから魔法を持ち帰ってくれたかのようだった。朝は公園で馬に乗った。午後は公園で馬車に乗り、ガンサーズ・ティーショップでアイスクリームを食べた。サーペンタイン川でピクニックとボート遊びをし、ヴォクソール・ガーデンズで花火を見た夕べもあれば、劇場へ行った晩もあり、書店のハッチャーズへ行くこともあった。

一日ごとにコーラはデクランへの愛を深め、一日ごとに自分は間違っているのかもしれないと思うようになった。愛は長続きしうるし、自分たちは難局を切り抜けられるのでは、と。ゴシップ欄は二人の記事を掲載したが、醜聞にはならなかった。デクランの言うとおりなのかもしれない。自分たちの航路を探検すればいいだけなのだ。それが奪われる恐怖からたえず背後を気にすることなく、デクランが与えてくれる喜びを受け取ってもいいと思えるほどの安心感をついに得られたのかもしれない。実際、物事は順調に運んでいた。エリースは数日前にミスター・ウェイドとの婚約を発表し、今日の午後はデクランが馬車で連れ出してくれる。昨日はデクランと会えなかったので、コーラは彼が恋しかった。

デクランが縁石に馬車をつけると、コーラは喜びが抑えきれず、彼が家を訪ねてくる前に階段を駆け下りた。「軽量幌《フエートン》なし馬車で来てくれたのね」コーラは歓声をあげた。「話に聞いたことはあるけど、乗ったことはなくて」デクランは次から次へとご褒美を与え、コーラを甘やかした。

「じゃあ、今日乗れるよ。車輪に足をかけて、僕の手につかまって」デクランはコーラが座席に乗り込むのを手伝い、反対側へ回って座席によじ登った。

「ここからだと世界中が見えるわ」コーラは誇らしげに言った。「往来の中ではとても有利ね」デクランが馬の手綱をゆるめると、馬車は穏やかにその往来の中へ入った。「私たち、すごく高い場所にいるわ。少し落ち着かない」コーラは笑った。「慣れるのに時間がかかりそう」デクランの曲げた腕に手を絡める。「このほうがいいわ。昨日はあなたに会えなくて寂しかった。レディ・オートンのヴェネツィア式朝食は、フェントン卿《きょう》がいたから少しはましだったけど。画家の歓迎会はどうだった？」コルビー公爵はデクランをジョセフ・ターナーの歓迎会に招待し、コーラは羨望を隠しきれなかった。だがコルビー卿は明確に、デクランと公爵夫人だけの参加を求めていた。

「興味深かったし、絵も楽しめた」デクランはコーラに温かな表情を向けた。「君も見たら気に入ったと思う。ターナーはまだ世に出していない新作を何点か見せてくれた。君がいれば筆遣いや技巧をもっと味わえたのに。連れていけなくて残念だったよ」

「私がいたら、レディ・エリザベスが午後中あなたの腕にしがみつくのは難しくなっていたでしょうね」レディ・エリザベスの衣装の問題は解決したらしく、デクランがロンドンへ戻って以来、彼女は失われた時間を埋め合わせようとしていた。デクランが参加する催しに必ず顔を出し、何とかして彼とのダンスの約束を取りつけた。レディ・メアリー・キンバーも、両親がまだ希望を捨てていないため同様だった。だが最近、娘を粘り強く前へ押し出すようになったのはコルビー公爵だった。「レディ・エリザベスはどうだった?」コーラはたずねた。

「いつもどおりだ。他人の噂話《うわさばなし》ばかりで、その半分は僕が知りもしない人だ」デクランはコーラに笑顔を向けた。馬車はパーク・レーンを逸《そ》れ、グロヴナー・ゲートへ近づいている。「彼女を見ていると、僕がこれほど君を好きな理由を思い出す」デクランは意味ありげに表情を引き締めた。「僕は君を見つけられて幸運だったという思いが、日ごとに十倍増しになっていくよ。待っていた甲斐《かい》があった」

デクランは馬に向きを変えさせ、歩行者や馬車、馬の乗り手で混雑する門の前を縫って進んだ。

「北西の小道を通って囲い地へ向かおう。君はまだ見ていないし、ある程度は二人きりになれる場所だ。おや、アレックスだ」デクランは馬で近づいてくる人物に向かってうなずいたが、止まりはせず、フェントン卿は帽子を上げただけで走り去った。

うなずいてすれ違うが止まらないというその儀式は、二人が囲い地へ向かう間、何度も繰り返された。

「今日の僕は君だけのものだ」デクランがささやいた。「止まって話をしたらそこで終わりだし、今日の午後は公園の小道で世間話をするより大きな計画を立てているんだ」

デクランにこっそり笑顔を向けられると、コーラの全身にいつもの震えが走った。デクランはロンドンきっての極上の女性たちに囲まれているのに、何度も何度もコーラを選び、それは愛があればじゅうぶんであることのさらなる証《あかし》になった。日ごとにそれを信じるのはたやすくなっていた。

「着いたよ」デクランは馬車を止めた。「囲い地の中は馬車禁止だから、ここからは歩いていく」デクランは馬車から飛び降り、馬丁に指示を与えながらコーラの側へ回ってきた。コーラのウエストを両手でつかんで馬車から降ろす。「君のメイドも馬と一緒に木陰で休ませればいい。僕たちは囲い地の中を少し歩いて、水を試飲しよう」最後の一文はメイド向けに言ったのだろうとコーラは思った。

「私たちがするのはそれだけ？　水の試飲？」二人で門をくぐりながら、コーラは声を潜めて言った。

「ひょっとしたら、水の試飲というのは暗喩かもしれないよ」デクランはコーラの耳元で低く笑った。

コーラは見た瞬間に、ロンドンで今まで訪れた中でここが最も心地良い場所だと知った。歩行者しか入れないため、囲い地内は静かだ。馬車ががたがた動く音やぱかぱかという馬の蹄《ひづめ》の音は、人ごみがなくなると同時に完全に消えていた。二人は門の中でグラスに入った鉱水を売る女性の前を通り過ぎた。ある泉の水を健康のために飲みに来る人がいて、別の泉の水は目に良いのだとデクランが話してくれた。

「効果はあるの？」コーラはデクランの話と彼と二人きりで過ごす時間の贅沢《ぜいたく》さに浸りながらきいた。

「あるんだろうね。何世紀もの間、続いている習慣だから」デクランは石灰石でできた白しっくい塗りの二階建ての建物のほうに顔を振り向けた。「あそこにあるのが管理人の小屋だ」

小屋を眺めるために立ち止まると、遠くで牛がモーと鳴いた。「新緑の中にいると、故郷を思い出すわ」コーラは感嘆のため息をついた。「あれほど慌ただしい街の真ん中にこんな場所があるなんて驚きね。この公園の管理人として毎日ここに住んで、家のすぐ外に街があるのはどんな気分かしら？」

「今こうしている僕のように、両方の世界の良いところ取りができるのは幸運な人だと思うよ。今この瞬間は、僕たち二人しか存在していないような気がする。アダムとイブ、二人だけのエデンの園だ」

デクランの口調に切望がにじみ、コーラは彼を見上げた。自分を見つめるデクランの目には心がこもっていて、コーラはその強烈さに、それがすべて自分に向けられている事実に震えた。今もまだ、これが長続きする何かを意味していることを受け入れ、信じることには慣れていなかった。コーラが身を乗り出すと、二人の唇は静かに重なり、小さな欲望の衝撃がコーラの全身を駆け抜けた。

「君を求めることをやめられない」デクランはつぶやいた。「昨日は君のことしか考えられなかった」キスをやめたあとも、コーラの腕を自分の腕にしっかり絡めたままにする。二人はゆったりした足取りで囲い地の奥へと歩き始めた。「誰かに見られる心配をせずに君とキスしたい。すべての条件を満たす場所は一つしか思いつかないんだ」デクランは真剣ながらからかうような目でコーラをちらりと見た。「今日は君に問う日にしたい。この三週間見てきたことは、僕を信じるのにじゅうぶんだったか？　君と僕の間にあるものは、世界が僕たちに投げつけてくるものを引き受けるのにじゅうぶんだったか？」

デクランの言葉に、コーラの足は止まり……凍りついた。

デクランは胃が冷えた気がした。なぜコーラはいつも永続的な未来の話になるとこんな顔をするんだ？　いや、理由はわかっている。失望した両親のせいだ。それはわかっている。実際、これはコーラにもデクランにも巨大な跳躍となる。だが、デクランは跳躍する準備ができていた。コーラを再びベッドへ迎え入れたかったし、つねに自分の生活にいてほしかった。レディ・メアリーやレディ・エリザベスのような女性たちとその押しの強い親たちには、競技場の外へ退いてほしかった。ゲームはもううんざりで、自分が愛する女性、自分が選んだ女性と人生を歩む準備ができていた。だがこれだけのことがあったうえで、コーラが自分を選ばなかったら？

「僕たちは良い人生を送れるよ」デクランは簡潔に

言った。社交界がデクランの選択を尊重しないなら、彼らと戦うし、戦い続けるつもりだ。それより難しい戦いが、コーラとの戦いだ。「それでも、ただ僕が頼んだところで君はその人生を選んでくれない気がするんだ。だから、今日は僕が君の竜をきっぱり退治する日にしたい」それを成し遂げるまで、二人が共同戦線を張ることはできないだろう。

コーラの目が春の草のように柔らかな色になった。「あなたはその根拠を何も示せないわ。結局、あなたが公爵であることは永遠に変わらないんだから」

デクランは乾いた声で笑った。「たいていの人はそのことで僕を責めない」だが、コーラはたいていの人とは違う。デクランは彼女のそういう点を愛しているのだ。コーラは良くも悪くも今この瞬間より先を見ている。人目のない木立の奥へ入ると、デクランは彼女の手を取った。「爵位だけで人を決めつけることを嫌う君が、なぜそれをそんなにも気にするんだ？　最初の晩に君が僕を見たとき、僕をまずは一人の男として見てくれて、公爵としての僕は二の次だった。なのに、なぜ今はそれが気になる？」

「これがもうお伽話《とぎばなし》じゃないからよ。私はあなたが公爵ではないふりができない。あなたには維持するべき責務と生活様式がある」コーラはためらった。「私はあなたに付随するすべてが欲しいわけではないんだと思う。私が欲しいのはあなた。あなただけなの、デクラン。森の中を歩いて、川辺でキャンプをしたい。子供ができたら父親をよく知ってほしいし、一つの家で大きくなってほしいの」

デクランは深く息を吸った。「それは僕が望んでいることでもある。そのすべてが。僕たちは努力してその生活を築くことができる。何かを一緒に築くことこそ、結婚の目的じゃないか？　譲歩する部分は出てくるだろう。僕たちがつねに理想の生活を送れると言えば嘘《うそ》になる。その約束はできない。でもほとんどの時間、理想の生活を送ることは選べるんだ」真実を告げるのがどれほどつらいか、コーラに伝わるだろうか？　守れないとわかっている約束をするほうがずっと簡単だ。コーラが聞きたがっていると思うことを言えるほうが。

二人はオークの木の下で足を止めた。

「コーラ、少しだけ僕と一緒に空想してくれ。僕たちの生活の想像図を、君が寝室へ来たときから僕が考えていたものを説明させてほしいんだ。僕たちはウィンボーン・ミンスターに当面の家を借りるか買うかする。そして、いずれは自分たちの家を建て、君の家族の近くに住む。妹さんたちはそこへ自由に遊びに来られるんだ。引き続き君から勉強を教わってもいいし、社交界デビューの準備が整うまで家庭教師を雇ってもいい。彼女たちが望むならロンドンへ連れてきてもいいし、本人が求める形で大人として生きる手助けをしてもいい。僕はそこを拠点にほかの地所を運営する。有能な家令たちがいるから、地所を今以上に任せて報告書を送らせればいい。僕たちの地所は自分たちの好きに使える。妹さんたちだけじゃなく、ほかの女の子も通える学校を始めるのはどうだい？　あるいは、ちょっとした馬の事業を始めてもいい。その両方だって構わない」

コーラがこれらの案に惹《ひ》かれたのがわかった。愛《いと》しのコーラは何もせずじっとしていられる性質ではないし、デクランも同じだ。

「もちろん、ロンドン行きはやむをえない。僕は議員として投票しなくちゃいけないからね。でも一年の残りの九カ月のためなら、些細《ささい》な犠牲だと思えるんじゃないかな」デクランは少年のような笑みを浮かべた。「それに、君はロンドンが嫌いなわけじゃないだろう。劇場や買い物や芸術を愛している」

「確かにロンドンは好きよ」デクランの笑顔に応え、コーラはためらいがちにゆっくりほほ笑んだ。コーラの中の葛藤が目に見えるようだ。夢を維持するには愛だけではじゅうぶんではないと信じる少女が、この夢を、デクランを信じたがっている。

「コーラ、これが僕が与えられるすべてだ。僕の心、僕の夢、僕の人生、僕の希望、僕の愛。それは三週間後も三カ月後も変わらない。今日、君にあげられるものはすべて、今後もあげられる。僕のすべてが君にとってじゅうぶんであることを、僕は必死に願っている。じゅうぶんだと言ってくれ」

この数週間はすばらしかったが、コーラを失うことを思うと恐ろしくもあった。彼女がいつ公爵夫人としての、デクランの公爵夫人としての生活は送れないと判断してもおかしくなかった。その場合、彼女が必要とする人生を見つけてもらうためにコーラを解放し、自分は何とかして前へ進むことが、デクランが自分たちに対して負っている義務だ。デクランの意識は、心は、この辺獄にこれ以上耐えられない。もしコーラが今日自分との結婚に同意できなければ、これ以上時間をかけてもそれは変わらないと、デクランの心が知っていた。コーラがこうと決めたら譲らない性格なのは明らかだった。

デクランはコーラを木の幹の前へ誘導し、彼女を引き寄せてただ一つ重要な質問をささやいた。「僕の妻になってくれないか？」公爵夫人ではない。僕の妻だ。

その言葉を聞いたコーラが、デクランの胸を締めつけるほどの愛情に満ちた目でデクランの顔を探った。「それは大きな跳躍だし、私……怖いわ」デクランの目を見つめるコーラの目からは、その告白がどれほどつらいかがうかがえた。

「だからこそ、二人で一緒に跳躍するんだ。僕がいれば君が落ちることはない」それは、コーラが自分のものになったとデクランが悟った瞬間だった。彼女の目から抵抗が消え、涙があふれた。デクランは二人のために勝利したのだ。「コーラ、愛する人よ、泣かないで。戦いは終わったんだ」

コーラはデクランに体を押しつけて腕の中に聖域を求め、デクランは自分も聖域が欲しくて彼女を抱きしめた。その涙の意味は理解できた。デクランの体内でも安堵感《あんどかん》が脈打ち、それはやがて全身に広がった。この数週間潜んでいた疑念、心配、身が切られるような感覚は今や消え去り、あとには喜びだけが残った。コーラはデクランのもので、デクランはコーラのものだ。二人が一緒なら、何も二人の間に割って入ることはできない。

デクランはコーラの帽子のリボンをそっとほどいて帽子を脇へ放り、両手で彼女の顔を挟んだ。「これでちゃんとキスできる。あの帽子は男がキスすることを実に困難にさせるよ」低い声で笑う。「半分はそれが目的なんだろうな」だが、デクランはこれまでじゅうぶん困難に適応してきた。

そこから始まったキスに、笑いが入り込む余地はなかった。それは長く、深く、激しく、今後二人がともに歩む人生における最初のキスだった。

「コーラ、重要なのは僕たちの幸せだ」

「今ここで私を幸せにすることを考えるのはどうかしら」コーラはデクランの耳をついばみ、腰をデクランの腰に押しつけた。何ということか。コーラはその提案でデクランを生きたまま焼こうとしている。

「仰せのままに、愛する人よ」デクランはコーラのスカートの中に手をすべり込ませ、ストッキングに包まれた脚をなで、彼女の芯を正確に探り当てた。コーラの、体でも心でも知っているこの女性の香りを吸い込む。デクランの指が魔法をかけると、コーラは長いあえぎ声をあげた。コーラの体はデクランに押しつけられ、彼女の好きに、彼女のタイミングでデクランの手から解放を得ようとした。「まだだよ、かわいい人」デクランはコーラの首にキスし、脈が速くなっているのを感じた。「これがまさに、君が部屋に入ってくるたびに、君が僕の腕の中でワルツを踊るときに、君が僕のベッドで目覚めるときに僕が感じるものだ。今君が燃える感覚は、僕が君を求めて燃える感覚と同じだ。いつでもそうだ」

「じゃあ、あなたも一緒に燃えて」快楽にいたぶられ、コーラの美しい首が反らされた。何とすばらしい眺めなのか！　その快楽をコーラが余すところなくつかむところを見守る以上にすばらしいことは、その快楽をともに見つけることくらいだ。それ以外のすべて……それに伴う責任や現実が消え去るまで。

野外に二人きりで、ほかの誰も見ることも、知ることも、想像すらすることもない状況で愛を交わすという発想はあまりに魅力的で、デクランは急ぐあまりズボンの留め具をぎこちなく探った。

「これは最高に不道徳だわ」コーラがデクランの唇の上でつぶやいた。「こんなにたくさん服を着たまま、これほど退廃的なことをするなんて」

「不道徳だけど、正しいことだ。僕に脚を回して」

デクランはそう言うとコーラを持ち上げ、木と自分の間でバランスを取り、自分の体で彼女の体を受け止めた。脚を腰に、腕を首に絡めさせ、コーラの芯に自由に到達できるようになると、すばやくそこへ入り込んだ。その結合はきつくて完璧で、一センチたりともずれがないように感じられ、デクランの体はこの……帰郷を堪能した。これこそ自分がいるべき場所だ。この女性のもと、空の下。デクランは動き始め、腰をコーラにこすりつけ、熱を帯びた欲求が彼女の欲求と調和した。これはつかのまながら充実した、二人がともに生み出せるものを力強く思い出させる行為になるはずだ。

デクランはもう一度突き、コーラの体が自分の体とともに張りつめるのを感じた。「一緒にいってくれ」デクランはコーラと一緒に結末を迎えたかった。

そろそろ来るはずだ。自分の中に解放の波が押し寄せながらも、快楽が彼女をとらえるさまを見守る。コーラの絶頂が螺旋《らせん》を描き始める瞬間がわかった。彼女はそれにのみ込まれ、誰にも聞こえないのをいいことに初夏の空気の中へ、あえぎ声を発散させた。

二人はその後しばらく、二人きりの木立の中で抱き合っていた。周囲の静寂に耳を傾け、少しずつ落ち着いていく互いの鼓動に耳を傾けた。「僕も怖い」デクランはコーラの髪に向かって告白した。「この数週間、君を失うこと、失ったらほかの誰にも二度とこんな感情を抱けないことが怖かった」

コーラはデクランの肩に頭をもたせかけ、長いため息をついた。「あなたが私を失うことはないわ」

それこそが、デクランが聞きたかった言葉だった。

「君に許してもらったから、今日の午後におじ様と話をする」しばらくして、デクランは静かに言った。「お父様には手紙を書く。『タイムズ』紙に婚約発表の文面を送るよ。今夜、カウデンの舞踏会で婚約を発表したい。カウデンは二年前の今日に結婚したんだ。そのことをロマンティックに思ってくれるだろう。それ以外のことはあとで片づけよう」今シーズンの残りを女性たちに群がられることなくコーラと過ごし、彼女にロンドンを見せ、二人でともに歩む人生の計画を立てたい。そのような計画がこれほど楽しみに思えるのは初めてだった。

デクランは腕の中でコーラがほほ笑むのを感じた。「全部考えているのね。私がやることはある？」

「今夜、青いドレスを着てくれないか？」青は希望の色であり、この求愛の完璧な締めくくりに思えた。

「わかったわ」

デクランがコーラの手を取ると、二人は黙って歩いて囲い地を出た。それぞれが幸せな厳粛さに満ちていた。今夜には、公爵がシンデレラを見つけたことをロンドン中が知るのだ。

19

まずは母に話さなくてはならない。デクランはこの知らせがグレイリン邸で喜ばれたほど喜ばれないことをよく知りながら、ハーロウ邸の階段を上った。グレイリン邸の応接間はシャンパンとハグとキス、そして計画すべき結婚式が二つあることへの女性たちの興奮に満ちていた。デクランはコーラが家族といるところを見るのが大好きだった。まもなく、その家族はデクランの家族にもなるのだ。

母は私室にいて、前のめりになって熱心に手紙を書いていた。デクランは身構えていない母をしばらく観察した。母は年老いて見えた。こめかみに白髪が増え、遅い午後の日差しが目元のしわを目立たせている。この二年間で苦労したのはデクランだけではないのだ。もし母が許してくれれば、デクランの知らせは母の心配を和らげられる。デクランは咳払《せきばら》いをし、部屋の中へ入っていった。「お母様に知らせがある。きっと喜んでもらえると思う」

顔を上げた母は再び身構え、指揮権を握った公爵夫人の顔になった。つねに責務のために動いている点で、デクランと母は似ている。母がきちんと見る気になれば、コーラも同じタイプだとわかるだろう。

「私からも知らせがあるわ」

デクランはたちまち不安になった。母の知らせが喜ばしいことには思えない。

「でも、まずはあなたからどうぞ」母はデスクから立ち上がり、火の入っていない暖炉の前の革張りのチェスターフィールド・ソファの片方に座った。

「昨日のターナーの歓迎会はどうだった？　ようやくレディ・エリザベス・クリーヴズと一緒に過ごせ

たでしょう。レディ・メアリー・キンバーもいたはずよ。二人を見比べるのに良い機会だったわね」

デクランは向かいの椅子に座った。「レディ・メアリーは礼儀正しく、レディ・エリザベスは毒舌だった。僕は悪口を言う妻は我慢ならない。自分を良く見せるためでも、単にそれが楽しいからでも」

「レディ・エリザベスはまだ若くて荒削りなの。あなたが指導しなさい」デクランが会話を自分の知らせへ向ける隙を与えず、母が口を挟んだ。「彼女は美人だし、今シーズンの最高級ダイヤモンドよ」

「その呼び名を得る努力を彼女は何もしていないけどね」デクランは母の熱を帯びた目を見つめながら、母と同じ鋭さで言い返した。別の何かが、デクランが把握していない何かが作動しているかのように、母はぴりぴりしていた。「気になるからきくけど、昨日お母様はコルビーと何を話していたんだい？長い時間一緒にいたけど」しかも、二人は日ごろから仲が良いわけではない。

母がためらったのは一瞬だったが、デクランは見逃さなかった。「もちろん娘さんのことよ。コルビーは娘さんの結婚に熱心なの。レディ・エリザベスがハウスパーティにも舞踏会にも参加できなかったことを残念がっていて、彼女があなたの花嫁候補として遅れをとったと思っているのよ」その言葉はいくつもの層から成っていて、どの層も友好的ではなく、すべて非難がましかった。

「それも僕が話したいことの一部だ。僕はレディ・メアリーにもレディ・エリザベスにも興味はない。ミス・グレイリンに求婚したんだ。彼女は承諾してくれて、今日の午後におじ様と祝杯を上げた。明日、発表の記事が出る」デクランはほほ笑んだ。「結婚式はお母様に手伝ってもらいたい。九月、秋を考えている……お父さまがいちばん好きだった季節だ」

母の目つきが険しくなる。母は守りを固めようとしていて、デクランは不意にこれが最後の戦いになると感じた。母が退却することはない。母にこれ以上譲歩する余地はない。それはデクランも同じだ。

「こうなってしまって本当に残念だわ。ミス・グレイリンは私のリストにのっていない。社交界での経験がないし、結婚する利点もない。リバーサイドでの話し合いでそれがはっきりしたと思っていたわ」

「ミス・グレイリンは僕を愛してくれている。僕にとって彼女は単なる女主人ではない。お母様も彼女をよく知れば、むしろお母様に似た部分がたくさんあるとわかるはずだ。女の子のための学校の創立に興味を持っている」デクランは待ったが、母は何も言わなかった。「お母様は意地を張っているんだ」

デクランは静かにきっぱりと言った。

「意地を張っているのはあなたよ。私は現実的であろうとしていて、あなたもそうする時が来たの。あなたに選択肢も時間もたっぷり与えるべきだと考えたのが間違いだったわ」母は頭を振った。「選択肢が多すぎて、答えが明確になるどころか混乱してしまったのね。あなたの代わりに私が選んであげれば良かった。レディ・エリザベスかレディ・メアリーのどちらかにしなさい、と言えば良かったのよ」

「そして、馬鹿息子の希望は知ったことではない？僕の幸せは少しも重要じゃない？」デクランは、今以上に自分が繁殖のために売買される種馬のようだと感じたことはなかった。

「そんな言い方はやめなさい」母はぴしゃりと言った。「息子が頭を使って考えていないのなら、希望は考慮されないわ。これはあなたさえ良ければいいという問題ではないの。そう教えなかった？」

デクランは目を細めた。「そろそろ説明してほしい。これはターナーの催しと、お母様とコルビーの会話に関係があるのか？」デクランは頭を絞り、コルビーが何を企《たくら》んでいるのか考えようとした。

母が椅子の上で身じろぎする。「コルビーにあなたはいつ家を訪ねてくるのかきかれたの。あなたがプロメテウス・クラブの会員資格を得る後押しをしたいから、早いほうがいいと言っていたわ」真の脅威が潜んでいるのはその発言の裏側だ。もしデクランが娘と結婚しないなら、そのエリートクラブへの入会は拒否されるということだ。

「信じられない。コルビーは僕に圧力をかけてレディ・エリザベスに求婚させようとしているのか。そんなの脅迫だ」それは些細《ささい》なことではない。コルビーはそのクラブ内で影響力を持っている。デクランの会員資格が阻まれれば、公爵領のための投資やその堅実な経済的成長が阻まれることになる。プロメテウス・クラブは、海外への投資を通じて家族の安寧を、ひいてはイギリスの安寧を守ることを良しとする、同志たる貴族たちの新しい組織だ。カウデン公爵を長《おさ》とし、すでにすばらしい一歩を踏み出している。デクランが公爵領を現代的なものにするにはプロメテウス・クラブが必要だった。

「コルビーはあなたの判断力には問題があると主張するつもりよ。あなたは軽率だと。皆、彼の意見に耳を傾ける」母は警告した。「あなたがあのクラブをどれだけあてにしているかは知っているわ」

「でも、コルビーにその脅迫が実行できるのか？」デクランは考え込んだ。「会員を僕と敵対させることができるか？　カウデンが結婚したのは最近だし、クレイトンもだ。あのクラブがクレイトンを受け入れるなら、僕のことも受け入れるのが当然だ」これをそんな形で主張したくなかったし、自分がクラブに亀裂を入れたくもなかった。コルビーに味方する伝統主義者はいるだろうし、デクランが原因で内紛が起これればカウデンは良い顔をしないだろう。だが、本人が思っているほどコルビーが強い手を持っているようには見えなかった。それにもしデクランが申請を取り下げるか、やれるものならやってみろと開き直れば、コルビーにどんな選択肢があるだろう？

母の眉間にしわが寄った。「ハーロウ公爵家は何世紀も一つの醜聞もなかったのに、今あなたは異例の結婚をしてプロメテウス・クラブに面倒をかけることで、醜聞を二つも招こうとしている。コルビーは鼻をへし折られるわけにいかない。守りを固めるわ」母は指摘した。「プロメテウス・クラブが使えなくても別の手を使うでしょうね。コルビーを追いつめれば、彼は報復を考える。コルビーの立場から、レディ・メアリーの仇《かたき》を討ちたいキャリーズ卿《きょう》も味方についたらと考えてみなさい」

デクランはうなずいた。「キャリーズは娘を公爵と結婚させたがっている」レディ・メアリーがハウスパーティで言っていたことを思い出した。キャリーズは娘が二年間で二人の公爵に相手にされなかったことで面子を失った。コルビーとキャリーズは二人ともやけくそになっている。やけくそになった男はやけくそな行動をとる。その妻も同じだ。彼らはコーラの社交界入りを極めて不快なものにするかもしれない。「でも僕は脅迫を受け入れられない。これは脅迫だ。僕がコルビーと話して、公爵家を脅迫しても彼が望む結果は手に入らない、むしろその逆になると教えてやったほうが良さそうだ」

デクランが今、自分の立場を守らなければ、残りの人生をつねに降参し、妥協して過ごすことになり、最終的には一人の男の責務と名誉が損なわれるだろう。デクランは立ち上がってその場を辞した。

「情報に感謝するよ。そろそろ着替えなくては。今夜のカウデン舞踏会で婚約を発表する予定は変わらないから。お母様もその場にいて、今までと変わらず僕を支えてもらえるとありがたい」

デクランは身を屈《かが》めて母の頬にキスした。コルビーやキャリーズのような連中に自分の判断を左右させるわけにはいかない。コルビーは本当に、脅せば相手を服従させられると考える義理の父親がいる結婚へ、デクランが足を踏み入れると思っているのだろうか？　そんなことをすれば、間違った前例を作ることになる。今夜、結婚生活の一歩目を、今後続けるつもりでいるのと同じしっかりした足取りで踏み出すのだ。コーラと送ろうとしている人生を流砂の上に築くことはできない。

ドレスは人生を変える。カウデン邸の前でおじの馬車から降りて、青い舞踏会用ドレスのスカートで上品にさらさらと音をたてながら階段を上り、待っていたデクランに連れられて家族とともに出迎えの列に並んだコーラが、そのことを証明していた。

デクランがおじの応接間を出ていってからまだ数時間しか経《た》っていないが、コーラはすでに彼と会うのが待ち遠しかった……会いたくてたまらなかった。

今夜のデクランはハンサムで威厳があり、いかにも公爵らしかった。その姿を見て、コーラの中をある種の興奮が駆け抜けた。デクランの中に棲《す》む公爵も田舎の男性も好きだった。今夜、濃い色の髪は後ろになでつけられ、あごはきれいに剃《そ》られ、夜会服は新しい青のベストも含めて完璧だった。今回のベストはコーラのドレスときっちり色を揃《そろ》えてあった。

「私たち、話題になっていそうね」主人に挨拶する機会を待つ間、コーラは皮肉めいた口調で言った。

二人はすでに噂《うわさ》の的だった。コーラがここへ来てまだ数分なのに、すでに人々の視線が二人のほうへ向けられ、中には臆測を巡らせる者もいた。今夜こそハーロウ公爵は自分の選択を公にするのか？　無名の女性がどうやって公爵を射止めたの？　もっと非難がましい目で見る者もいた。彼女がロンドンであのドレスを着るのは二度目で、ハウスパーティでも着ていたのならもっと着ているわ、招待されていない人にはわからないのが痛いところだけど。一人の女性がそれほど頻繁に同じドレスを着るとはどういうこと？　既婚女性たちの中には、自分の予想を話すのに声を潜めることさえしない者もいた。

「つまらない嫉妬なら勝手にすればいい。今夜が終わるまでには理解するさ」デクランが低い声で言った。「僕はそのドレスが大好きだ。君が望むなら毎晩着てくれてもいい」コーラの耳元へ身を屈める。「君がそれを着ているときも、着ていないときも好きだよ」

その言葉にコーラは顔を赤らめた。「人前でそんなことを言わないで」たしなめるように言う。「誰かに聞かれるかもしれないわ。ベネディクタおば様とジョージおじ様も真後ろにいるんだから」

デクランの目がきらめいた。「聞かれても構わない。僕が婚約者を愛していることを全員に知ってもらいたいんだ。男は妻を愛するべきだし、結婚は金融取引以上のものであるべきだと皆に知らせる効果もある」

愛。まただ。気まぐれな希望の風に漂う、その美しく脆《もろ》いもの。今日、二人は信じることにした。すべてがうまくいく、自分たちには状況を正すための強さと不屈さがあると。コーラは息を吐き出し、腹を手で押さえて胃の中のざわめきを鎮めようとした。今夜、二人は確実に跳躍しようとしている。それは今もなじみがなく、少し不安もあったが、信じるとはそういうことだ。デクランをちらりと見る。とてもハンサムで力強く、コーラのものである彼を。デクランはコーラに、不可能に思えていたことを再び信じさせてくれた。コーラは彼が正しいと信じつつある。二人が力を合わせさえすれば、障害は乗り越えられると。愛は障害を防いではくれないが、それに対処するのを助けてくれると。

一同はカウデン公爵夫妻の前へ辿《たど》り着《つ》いた。コーラは夫妻の若さに驚いた。カウデンは新婚だとデクランから聞いていたが、勝手にもっと年上の男性だと思っていた。だが、そうではなかった。カウデンは背が高く、黒髪に鋭い目と鋭い鼻をし、三十歳を少し過ぎたくらいだ。デクランが彼を好きな理由がわかる。出迎えの列で挨拶をするだけの短時間でも人をくつろがせることができるのだ。「ハーロウ、来てくれてありがとう」カウデンはデクランと握手した。「僕の花嫁、カウデン公爵夫人を紹介するよ」

〝僕の花嫁〟結婚して二年経ち、すでに子供も一人いるのに、カウデンは妻をそう呼んでいる。コーラはデクランもこれほどの愛情を込めて自分を〝花嫁〟と呼んでくれることを願った。だがカウデン公爵夫人は婚約時に少しも醜聞を招かなかっただろうし、ドーセットの教区牧師の娘でもないはずだ。

「今夜ここで発表をなさりたいとのこと、光栄だわ」公爵夫人はコーラにほほ笑みかけた。「親愛なるミス・グレイリン、この夕べを楽しんでね。明日には有名人ね。あなたが教会の通路を歩くまで、誰もがあなたのことを知りたがるでしょう」意味ありげな笑みを浮かべる。「助言させてもらえるなら、結婚特別許可証を取得するだけで終わらせれば、うまく人生を前へ進められるわ。見るべきものがないとわかれば人は引き下がるから」

「私一人で決められるなら、参考にさせてもらうんだが」デクランがコーラにこっそり視線を送り、手を握った。その優しい仕草に、コーラの中をいつもの熱が駆け抜けた。「でも、コーラがロンドンへ来るのはこれが初めてでね。教会へ急《せ》き立《た》てる前に、社交シーズンを楽しんでほしいんだ」

「舞踏室へどうぞ、まもなくダンスが始まる」カウデンがすぐ先にあるシャンデリアが輝く部屋を手で示した。「ハーロウ、あとで二人で話そう。キャリーズ卿とコルビー卿との間に解決すべきことがあると聞いている。僕が手を貸せるかもしれない」

デクランがとつぜん真剣な顔になってうなずいた。

何のことだろう？

コーラがその質問をするより先に一同はドアの中へ入り、コーラは目の前の光景に釘《くぎ》づけになった。

舞踏室は畏怖をかき立てた。輝くシャンデリアは一つではなく三つもあり、それらがダンスフロアの上に吊《つる》され、水晶の一つ一つがきらめいている。「ヴェネツィアンガラスだ。三つともカウデンの父親がイタリアから輸入した」デクランが説明してくれた。

「あなたの願い事の噴水みたいに？　イタリアにはもう何も残っていないんじゃないかしら」コーラは冗談を言った。だが心の中では、午後中デクランがおじと話をし、自分の隣でシャンパンを飲み、二人の婚約に乾杯している間は感じてもいいことにしていた高揚感の一部が薄れ始め、いつもの不安がそれに取って代わった。コーラが育った牧師館の五倍はある自宅を装飾する楽しみのためだけに、巨大なシャンデリアや噴水をイタリアの別荘から注文し、大陸を横断して輸送させるこの生活のことを、コーラは何も知らない。「自分がイタリアにガラスを注文するなんて想像できない」コーラは言った。

「まだ想像できないだけだ」デクランが請け合った。「君さえ良ければイタリアへ新婚旅行に行ってもいい。ただ、僕たちのウィンボーンの家にイタリアのガラスは必要ないと思う。もっと親しみやすい装飾がいいんじゃないかな」彼にほほ笑みかけられると、コーラの心配は和らいだ。「アレックスだ。挨拶に行こう。彼は僕たちのいちばん古くていちばん親しい友達だから、僕の口からこの知らせを伝えたい」

アレックス・フェントンは、今ではコーラにもおなじみになった人々と一緒にいた。全員、顔と名前がわかる。エレン・デボーズと、婚約者に腕を取らせたジャック・デボーズ、レディ・メアリー・キンバー、毒舌だが美しいレディ・エリザベス・クリーヴズ。このこともコーラの環境の変容ぶりを示していた。数週間前には誰も知らなかったのに、今やコーラの友人の輪には子爵と伯爵の娘、子爵の相続人が含まれているのだ。

だが、それは友人という言葉の意味を広く捉えすぎかもしれない。彼らは厳密にはコーラの友人ではない。単なる知り合いだ。この中の誰とも腹を割って話す気にはなれない。ここにいる友人はフェントン卿だけで、それは彼がデクランの親友だからだ。

デクランの腕に掛けた手に力が入る。急にひどい孤独を感じた。デクランはいつもこんな気持ちなのだろうか？　彼がコーラとの出会いを待っていたのも無理はない。コーラはエリースにいてほしかったが、妹はすでにミスター・ウェイドと姿を消していた。

デクランはわずかに声量を上げ、一同の注意を引いた。「皆さんお揃いで良かった。ミス・グレイリンと僕から皆さんに話したいこと、まず僕たちの口から直接伝えたいことがあるんだ。ダンスが始まる前に発表させてほしいとカウデン公爵に頼んである。今日の午後、僕はミス・グレイリンに妻になってほしいと申し出て、彼女は寛大にも承諾してくれた」

デクランがその言葉を言ったとき、コーラは囲い地での出来事を思い出して思わずほほ笑んだが、その笑顔はすぐに凍りついた。レディ・エリザベス・クリーヴズがコーラを見つめ、何かに気づいたような、はっとしたような、憎しみが湧いたような、実に奇妙な表情を浮かべていたのだ。憎しみ？　その感情は、ほぼ赤の他人に向けるには少し強すぎる。

「まあ、何てずる賢い魔女なの」レディ・エリザベス・クリーヴズは愕然《がくぜん》とした口調で言い、それは婚約発表から予期される反応とはかけ離れていた。

「ようやく思い出したわ。あなた、マダム・デュモンの店にいたわね。それは私の服よ、私がハーロウ舞踏会で着るはずだったのに届かなかったドレスよ」手入れが行き届いた爪でコーラを指す。「あなたが私のドレスを盗んだのね。あの日あなたが店で、私が選んだ布をちらちら見ているのには気づいていたわ」凶悪なまなざしをデクランに向け、再びコーラに向ける。「あなたはさらに、私の公爵を盗んだ。あなたが私のドレスを着ていなければ、公爵があなたに目を留めるはずがない」彼女の声は大きく、甲高く明瞭になり、周囲の視線が一同に集まった。

「あなたは最初から公爵を狙う計略を立てて、純朴なお嬢さんを演じたんだわ」

「そんなことはしていない、それは違うわ」コーラはこの状況がとても信じられず、動揺して答えた。レディ・エリザベスは錯乱しかけているが、コーラには理性があった。パズルのピースがすべて間違った場所へはまろうとしていた。「あなたのドレスを盗んだりはしていない。そもそもこれがあなたのものだとは知らなかったの。私が注文したドレスにたまたま紛れ込んでいたのよ」コーラは抗議したが、自分がとりとめのないことを喋《しゃべ》っている自覚はあった。人々の視線が自分たちに集中している。コーラの世界はぐるぐる回り、すべてが現実とは思えなくなっていた。この舞踏室で、ドレスを盗んだと自分を非難している女性と一緒にいることが。

「でも、それが自分のものじゃないことはわかっていたでしょう！」レディ・エリザベスは非難した。「自分が注文したものじゃないとわかっていながら自分のものにして、それを着たのよ。私はドレスがなくて家にいなきゃいけなかったのに。その間、あなたは私のドレスを着て私の公爵と踊っていたの！」彼女は激昂《げっこう》した。「そして今、公爵はあなたと結婚しようとしている」スリッパを履いた足で地団駄を踏んだあと、デクランをじろりと見る。「いいえ、違うのかも。公爵、今は彼女をどう思っているの？　別の女性のドレスを盗み、招かれてもいない舞踏会に押しかけた、この嘘つきを」

「違う、私は招かれていたわ、レディ・イスリーの客で……」コーラは抗議したが、レディ・エリザベスの憤りに押し切られた。

「本物の客じゃないわ。公爵夫人に選ばれていないんだから。その機会に便乗した高望みの腰巾着にすぎない。誰も、どうやら公爵さえもあなたの正体を知らない。あなたは公爵をだまして罠《わな》に掛けたの。でも今、罠に掛かったのはあなた」

コーラはデクランを見た。彼は血の気の引いた顔で、青い目に千もの恐怖を浮かべ、コーラを初めて見るかのように見つめ返した。「どこか別の場所へ行って話をしたほうが良さそうね」コーラはデクランがもう自分に触れていないこと、今夜ずっとつかまっていた腕がもう自分の手の下にないことに気づき、静かに提案した。「これは完全な誤解なの」デクランだけに聞こえるよう、声を潜めて言う。

コーラの中でも怒りがふくらんでいた。レディ・エリザベスではなく、デクランに対する怒りだ。つい数時間前、レディ・エリザベスの意地悪さをいかに嫌っているか語っていたのに、今は彼女の言葉を信じようとしている。愛があればじゅうぶんなどとよく言えたものだ。悔恨の一撃がコーラの全身を激しく、鋭く貫いた。自分が正しくあってほしくなかった。愛は結局、繊細で脆く、簡単に壊れるものであってほしくなかった。

「ミス・グレイリン、僕は話したくない」

デクランがいかめしく言い、コーラは最後の望みが消えるのを感じた。些細な問題一つに吹き飛ばされるなら、愛とはいったい何なのだろう？　数時間しか持ちこたえられないものであるなら？

「レディ・エリザベス、あなたは言葉に気をつけて、いつ、どんなふうに言えばいいかを考えたほうがいい」デクランは公爵らしい威厳を込めてそう叱責したが、コーラは少しもすかっとしなかった。愛する男性に人前で追い払われたのだ。

「言葉には気をつけているわ。私が言っていることは事実よ、公爵」レディ・エリザベスは引き下がらなかった。「あなたの婚約者は偽者で、あなたは盛りのついた雄鹿みたいに彼女を追いかけてまともな若い女性たちを退けた。私たち全員を侮辱したの。それを理由に、父はあなたを何かのクラブに入会できないようにするつもりよ」彼女は満足げな笑顔をコーラへ向け、わかっていてこうしていることを示した。過激な言葉と大きな声で、直接的には周囲にいる全員の注意を引き、間接的には舞踏室中の人々に口伝えで会話を聞かせる。彼女が公爵に謝ることはない。公爵が自分に謝るよう仕向けている。これが、公爵夫人になるべく育てられた女性の力だ。

コーラは床の中へ消えてしまいたかった。今や人々はあけすけに自分たちを見ていた。公爵の娘がたった今、人前でコーラを不道徳な女呼ばわりし、コーラは厳密にはそれを否定できない。デクランはコーラを見ていて、コーラがレディ・エリザベスに何か言うことを、彼女の主張に反論することを期待しているようだった。だが、これはすべて事実だ。このドレスはコーラのものではないし、あの舞踏会にほかの女性たちと同じ種類の招待は受けていなかったし、デクランと寝た。彼に結婚を強いるためではなかったが、誰がそれを信じるだろう？　ロンドン中の高貴な人々が、コーラが裸で立っているかのようにじろじろ見ていた。裸のほうがましだったかもしれない。コーラのプライドと名誉は破壊されて地に落ち、コーラの愛も、信頼も、希望も打ち砕かれた。

コーラはデクランをちらりと見た。レディ・エリザベスの非難以上に徹底的にコーラを破壊したのは、デクランの表情だった。その目に浮かんでいたのは、コーラだけでなく彼自身にも向けられた怒りと悲しみ、だまされたことが信じられないという思いだった。それがコーラを深く切りつけた。自分が彼を利用したと、嘘《うそ》をついたとデクランに思われたこと。コーラに残っていた最後の力を断ち切ったのは、その青い目が伝えるメッセージだった。

〝よくも僕にこんな仕打ちをしてくれたな？　僕は君を愛せると思った。君は僕を愛せると思った。僕たちの間にあるものに嘘はないと思っていた〟

コーラは絶望に小さく叫び、スカートをつかんで、苦痛にのみ込まれる前に舞踏室から走り去った。

20

「コーラ！」怒りで茫然《ぼうぜん》自失《じしつ》になったデクランが我に返ったときには手遅れで、コーラの青いスカートが舞踏室のドアから玄関ホールへ出ていくところだった。デクランは努力はしようと考え、口をぽかんと開けた傍観者の群れを押しのけた。コーラを言葉で、次に沈黙で傷つけた。人前で行った選択で彼女を傷つけ、辱めた。行動することより、守ることより、自分の怒りを選んだ。もちろん仰天していた。アレックスと母に警告されていたことがすべて現実に起こったのだ。コーラは現実とは思えないほどできすぎている、デクランが彼女に感じている結びつきを何らかの方法で作り上げたのだという警告が。

その衝撃を思えば、コルビーに脅迫され、母に結婚を反対されたことを思えば、デクランの反応は仕方のないものだった。デクランはコーラのために、自分たちのために長い間戦ってきた結果、さらなる戦いに挑むことになった。その備えができておらず、騎士道に則《のっと》っているとはとても言えない反応をしてしまった。

玄関ホールに出ると、階段を下りるコーラのスカートがちらりと見えたが、彼女はすぐに縁石沿いにいた馬車へ乗り込んだ。間に合わなかったのだ。

アレックスが現れ、デクランの肩に手を置いた。

「さあ、家まで送るからこの件について話そう」

「それはありがたいが、今の僕は話をしないほうが良さそうだ」デクランは身を隠したかったし、今の出来事について、この一件が最後の決定的な一撃になった理由についてよく考えたかった。

アレックスはデクランの肩をたたいた。「本当にいいのか？　じゃあ、僕はお母様が帰路につくのを見届け、明日君の家を訪ねることにするよ」明日には事態はさらに悪化しているだろう。明日までにこの大失態が世間に広まる。誰もが知ることになる。

知るって、何を？　デクランは馬車に乗り込み、ハーロウ邸へ行くよう指示した。コーラが自分をだましたこと？　別の女性のドレスを盗んだこと？　この中に真実はあるのか？　少なくとも、真実の一片はありそうだ。ドレスを盗まれたというレディ・エリザベスの主張をコーラは否定しなかった。だが、そもそもそれが真実かどうかが重要だろうか？　真実とは、人が信じたがる事柄だ。これらの事柄が口に出された今、撤回することはできない。

醜聞を生むのにたいした手間はかからない。レディ・エリザベスの言葉は、乾いた火口に近づけられたマッチのようなものだ。接触すれば、すべてが炎に包まれる。自分はどう前へ進めばいい？　コーラと一緒に？　今夜あんな反応をしておいて、取り返しがつくのだろうか？　コーラが逃げ出すのは二度目だ。この事態を立て直せるだろうか？

　この醜聞はしつこく続くだろう。もし何とかコーラと結婚しても、それはたえず二人の間に存在し、社交界の中に存在し、暇があれば掘り返されるだろう。レディ・エリザベスは今夜、怪物を解き放ったのだ。悲嘆に似た何かに襲われ、デクランは髪をかきむしった。自分の一部が失われた気がした。コーラを、二人の関係が意味すると思っていたすべてを、それが可能だと証明したと思っていたすべてを失ったのだ。レディ・エリザベスの告発はドレスよりも深い問題を呼び覚ましていた。

　頭の中が疑問でいっぱいになる。コーラ・グレイリンは本当は何者で、なぜこんなことをしたのか？　何よりも、彼女が本当に策略家なら、なぜ心が砕け散って無数の破片になった気がするのか？　偽者だったなら気づけたはずではないか？

　馬車が止まるとデクランは降り、沈んだ心でタウンハウスを見上げた。数時間前にここを出たときは勝利を収めた男の気分だった。戻ってきた今は敗北した男の気分だ。コーラのことは愛していても、状況はぼろぼろのままだ。これはコーラが正しかったことになるのか？　やはり愛だけではじゅうぶんではないことが証明されたわけか？

　そう考えると、一晩中眠れなかった。夜が明けても、朝食が給仕されても、事務弁護士が公爵領の投資の配当金の確認のために訪ねてきても、アレックスが二時過ぎに訪ねてきても、なおもその問題と格闘していた。帰宅してからの長い時間にデクランが変えたのは、居場所だけだった。冷たい雰囲気の応接間から比較的居心地の良い事務室へ移った。デクランが着替えていないことに気づいた人がいたとしても、わざわざ口出しはしなかった。

「今朝の新聞は言いたい放題だった。君も見たんだろう？　いや、見ていないのか？」アレックスは新聞の束を置き、空いているチェスターフィールド・ソファに腰を下ろした。

デクランはため息をついていちばん上の新聞を取った。「母よりは君と一緒にいるときに立ち向かったほうが良さそうだ」母は舞踏会以来、思慮深くもデクランを一人にしてくれている。

さっさと目を通したほうがいい。情報がなければ、この困難を切り抜けられない。デクランは最初の見出しに顔をしかめた。

〈公爵、デビューしたての女性にだまされる〉

「これは堪える」

残りも似たような論調で、昨夜のC公爵の舞踏会でレディ・Eが、ミス・Gが一芝居打ってH公爵を盗んだと暴露し、非難したことを報じていた。

デクランは新聞を置いた。「全体的に見て、思っていたよりましな内容だな」新聞には、公爵がレディ・Eから〝盗まれた〟とされる理由や経緯は出ていなかった。また、ドレスへの言及も皆無だった。

アレックスが脚を組んだ。「君は公爵だ。言いすぎて君を怒らせるリスクを冒したい人間も、娘を嘘《うそ》つき呼ばわりしてコルビー公爵を怒らせるリスクを冒したい人間もいない……たとえ、本当はすべて嘘だったとしても」最後の一文はほとんど質問のように発せられた。アレックスは知りたいのだ。レディ・エリザベスの告発はどこまで事実なのか？

「コーラは否定しなかっただろう？」それこそがデクランの悩みの種だった。昨夜コーラは告発を否定することもできたのに、説明したいと言っただけなのだ。コーラの返答からは斟酌《しんしゃく》すべき事情があることがうかがえたが、レディ・エリザベスの言うとおり、あのドレスたちがコーラのものではないことも極めて明確に察せられた。「僕が思うに」デクランはゆっくり言った。「あのドレスはコーラのものではなく、何らかのいきさつでコーラが手に入れ、彼女はそれを利用したんだ」言葉を切る。母はとりわけバーンズとストックトンの報告が目の前に突きつけられたときに、あれらのドレスとその背後の理由を考慮するよう警告していた。母の警告にもかかわらず、デクランはとにかく前へ突き進んだのだ。

「ああ、またエズミのときと同じことが起こっている」それは傷口に塩を塗り込まれるようなものだった。エズミもデクランをだましたが、コーラはデクランの心まで奪うもっと深いゲームをしていた。エズミはその方面には興味がなかった。

「それはただの臆測だろう。誰もが知るとおり、レディ・エリザベスは嫉妬深い性悪女だ」

デクランは首を振った。「僕にはわかるんだ。パズルのピースは揃《そろ》っている。ハウスパーティのあと、ドーセットから報告が来たんだ」あれから一生分の時が流れた気がする。「コーラは貧しい教区牧師のもとに五人姉妹の長女として生まれた。一家の暮らし向きは母親の死後、急激に悪化したらしい。牧師館は手狭で、修繕も早急にしなくてはならない。コーラと妹がここへ来たのは、今シーズン中に有利な結婚をして家族を立て直すためだ。僕はコーラに利用されているなんてまったく気づいていなかった。すべてが真実だと思っていたんだ」

怒りが再び湧いてきて、デクランは肘掛けの上の手をこぶしにした。

「問題は、僕が自分の感情を整理できずにいることだ。今もひどく腹が立っている。コーラは昨夜あの場で何一つ否定しなかった。僕は裏切られた気がした。嘘をつかれた気がした。レディ・エリザベスの言うとおりだったら許せない」デクランは友人を見た。「僕はコーラを愛していた。コーラは僕の希望だった。彼女との未来を見ていた。なのに、ほかのどの女性にも劣ることがわかったんだ。ほかの女性はありのままの自分……爵位のための結婚を熱望する、無垢《むく》で頭が空っぽな女性以外の何かを演じてはいない。でも、コーラは自分とは違う何かを演じていた。自分にとって爵位は重要ではない、重要なのは僕だけ、目の前の男性だけだというふりをしていた。僕が熱心に追うほどにコーラは早足で逃げ、僕は彼女がわざと僕に捕まるまで追いかけた」コーラは何という追跡劇を先導し、何と奥深いゲームをしていたのか。「僕は勝利を収め、彼女を公爵との結婚に同意させることができたと思った。でも、コーラの目的は最初からそれだったんだ」

夜の暗闇の中、深い怒りの中でデクランの理性が出した結論がそれだった。

「だから僕はコーラを憎むべきなんだ。僕の心はそのような女性を受け入れてはいけない」自分は本当にだまされたのだと思うと、デクランは弱く無防備な気分になった。事実を目の当たりにしても、それを受け入れたくなかった。「エズミの件以来、僕が女性に夢中にならないようにしていたのはこのためだったんだろう」デクランはため息をついた。「こんな気持ちになるなら、女性を愛する必要などない。キャリーズを訪ねてレディ・メアリー・キンバーに結婚を申し込み、それで終わりにすればいいんだ」

コルビーにはその満足感を与えたくない。だがレディ・メアリーの望みを叶《かな》え、義務と敬意と友情の生ぬるい人生と折り合いをつけ、コーラに呼び覚まされた情熱と大胆で無謀な夢を忘れることはできる。

「そんなことはするな」アレックスが叱責した。

「少なくとも、まともにものを考えられない今は。ちゃんと考えられるようになるまで待つんだ。今の君は大きな衝撃を受けて動揺している」アレックスは飾り戸棚の前へ行き、酒を二杯注《つ》いだ。「相手に何をされようと、人を愛するのを一晩でやめることなんてできない。当分はつらい時間が続く」

デクランは差し出されたタンブラーを受け取り、その中をのぞき込んだ。「自分がこんな手に引っかかったなんて信じられない」

アレックスは長い間黙っていた。「僕は信じられるよ、君は何かに引っかかるような人間ではないから。本当に、何一つ真実ではなかったと言い切れるのか？　僕はミス・グレイリンが君に向ける目も、君たち二人が一緒にいる様子も見てきたんだ」

「いや、言い切れはしない」デクランはゆっくり言った。「そのことに悩まされている」コーラとのキスも、明らかに自分が彼女の初めての相手だった愛の営みも、情熱も、心からのもので真実だった。会話も、乗馬も、散歩も。いくら理性が反論しようとも、でっち上げるのは不可能だと心が訴える真の結びつきがそこにはあった。コーラは母が作った宝探しのリストを、幸せな結婚への希望をあるがままに受け止めた。コーラには思いやりがある。

「大胆な提案をしよう」アレックスが少々おどけた調子で言った。「ミス・グレイリンと話すんだ。彼女のもとへ行け。もしこれが真実だったなら、ミス・グレイリンも動揺している。昨夜の彼女の顔を見た。レディ・エリザベスの言葉に混乱していた」

「それは告発が事実だったからだ」デクランはアレックスをじろりと見た。「彼女があれ以上嘘をつかずに何が言えたというんだ？」

アレックスがデクランを遮った。「ミス・グレイリンがなぜそんなことをしたのか知りたくないか？　ばれるリスクがあることは本人もわかっていたはずだ。僕は普段は嘘を容認しないが、動機は重視している。もしコーラが家族のためにそうしたのなら、君が言うほど家族の暮らし向きが悪いなら……考えてみろ、君なら自分の姪《めい》や甥《おい》のために、お姉さんのために、お母さんのために何をする？」

「僕は家族にこの名を守ると誓った。家族のためなら何でもするつもりだ」デクランはブランデーを回しながら認めた。「でも、だからといってコーラが僕を利用した事実は変わらない。彼女は僕に信じさせたんだ……いろんなことを」たくさんのことを。

自分が愛を見つけられること、公爵も愛を得られること、単に夫の意見を受け入れ、相続人を身ごもるのを待つ空っぽの器ではなく、パートナーになれる女性が存在すること。だが、自分にはもっと分別があったはずだ。自分がそう願ったからというだけで、人生はそのとおりにはならない。そのことを数週間、都合良くも忘れていた。「コーラと話すことが何かの役に立ったり、何かを解決したりするとは思わない」自分が再び引き戻されてしまうだけだ。今、必要なのは距離ではないだろうか。

アレックスはそわそわと脚を組み替えた。「つまり、君は婚約を破棄するのか？」

「まだ発表はしていなかった」だが、発表する寸前だった。数秒後には舞踏室の全員が知るはずだった。数時間後には『タイムズ』紙にのるはずだった。これを間一髪で命拾いしたと表現する者もいるだろう。

「では、ミス・グレイリンを禿鷲《はげわし》の群れへ放り込むのか？」アレックスは問いかけた。

「もっとひどい事態になっていてもおかしくなかったことは、コーラにもわかるはずだ。記事を読めば、ある程度は守られていることがわかる」アレックスは何を言おうとしているのだろう？

「君はこれを切り抜けられる。不当な扱いを受けた側なんだから」アレックスは厳しい口調で言った。「誰もが君の味方になるだろう。人はいつでも公爵の味方をする。でも、ミス・グレイリンの社交シーズンは終わった。レディ・エリザベスの言い分が事実であろうがなかろうが、誰もミス・グレイリンを支持しない。その必要がないからだ。彼女は最初からよそ者だった。しばらくの間は君のおかげで居場所があったが、君に放り出されたからには再びよそ者に、准男爵の成り上がりの姪に戻るんだ」

デクランはその事実について黙って考えた。デクランは復讐《ふくしゅう》して当然であり、自分を破滅させたコーラを破滅させるのはデクランの権利だと人は言うだろう。だが、デクランは本当に破滅させられたわけではない。まだ社交シーズンは何週間も続くし、公爵が早急に結婚する必要があることに変わりはないから、娘の結婚を目論《もくろ》む母親たちはこの執行猶予に感謝し、ますます張り切るだろう。

キャリーズは大喜びし、コルビーは娘が当面の英雄になった今、そのおかげで自分が得られる恩恵に安堵《あんど》するだろう。デクランはまた一から追い回されることになる。コーラは……体面を汚され、追放され、まともな結婚をするチャンスは消える。もしかすると、妹も同じかもしれない。このことはエリースに、発表したばかりのミスター・ウェイドとの婚約に影響するだろうか？　影響がなければいいのだが。一家が終わりなき困難から抜け出すにあたり、ミスター・ウェイドが唯一の希望になった今、一家はこの結婚を今まで以上に必要とするはずだ。

「くそっ」デクランはこぶしで肘掛けを殴った。「ウェイドに手紙を書いて、結婚式は予定どおり行うよう勧め、このことに彼が影響を受ける必要はないと伝えるよ」それくらいならデクランにもできる。

アレックスは再び椅子の上で身動きした。「ミス・グレイリンは？　本当に彼女を手放すのか？」

「それ以外に方法があるとは思えない」すべてが破壊された。二人の間に完全には修復できない亀裂が入った。二人は互いに信頼を打ち砕いた。

「ミス・グレイリンを守ってあげなくてはならない。破滅は女性にとっては致命的だ。君もわかっているはずだ、彼女が生き抜くことはできない」

それはわかっている。だが、自分を犠牲にすることなく、デクランに何ができるだろう？　もし自分を犠牲にすれば、デクランを頼みにしているほかの人々、賃借人や取引相手に迷惑をかけることになる。デクランの信用には傷をつけられないのだ。婚約者に嘘をつかれたのにそれでも結婚する男には、誰も敬意を払わない。

アレックスはうなずき、デクランとまっすぐ目を合わせた。「もし彼女を君の名前で守ることができないのなら、僕の名前で守ることになるだろう」

その宣言に、デクランは腹を一発殴られた気がした。「君がコーラと結婚するという意味か？」

「僕がミス・グレイリンに好意を持っているのはわかっていただろう。ハウスパーティでも舞踏会でも、ご存じのとおり仲良くしていた。僕たちは良い友達同士だし、それだけで良質な結婚は築けると思う。二人ともすべてを承知したうえで、何の意外性もなくこの結婚を成し遂げられるはずだ」

確かに、アレックスがコーラに〝好意を持っている〟ことは知っていた。アーチェリー競技会で二人が一緒にいる様子が見て、ちくりとした羨望を感じたものだ。コーラは実際アレックスと一緒にいることを楽しんでいるように見えたため、自分が彼女と過ごせない時間を過ごすアレックスにたえず嫉妬していた。コーラはアレックスに笑顔を見せ、アレックスの言葉に笑っていた。これからはアレックスとキスし、それから……。いや、アレックスがコーラとするようになるそれらの事柄、自分は知らないふりをして残りの人生を生きなくてはならない事柄について考えてはいけない。どんなにつらいことだろう、アレックスとクラブで会って、想像を……。

「それが正しい行動だ」アレックスは粘り強く主張した。「僕たちはミス・グレイリンを破滅させてはいけない。君の立場は理解できるし、尊重もする。

君は誰よりもつき合いの長い友人だ。このことで関係を壊したくない。君には彼女を救えないが、僕には救える。僕がここへ来たのは、君の様子を確かめ、この話をするためだ。それが終わった今、僕はグレイリン邸へ行って彼女に結婚を申し込む」

アレックスが出ていってから長い間、デクランは酒に手をつけないまま、黙ってじっと座っていた。これが物語の結末なのだ。コーラはアレックスと結婚する。彼女に選択の余地はないし、アレックスは悪い選択肢ではない。それどころか、極上の選択肢だ。コーラは田舎暮らしができるし、誠実で愛情深い夫の思いやりを受け、必然的に子供にも恵まれるだろう。コーラは自分の家族を得られる。それでは、デクランは何を得る？　何も得られない。公爵はまたも一人ぼっちになったのだ。

21

コーラは寝室の窓辺に一人で立ち、タウンハウスの庭を眺めていた。コーラは完全に破滅し、それはすべて身から出た錆《さび》、自ら演じたイカロスだった。太陽の近くまで飛びすぎたせいで、今や翼の蝋《ろう》はほとんど溶けている。コーラを受け入れてくれる場所はもうないだろう。新聞はコーラの不名誉を書き立てた。ベネディクタおばは昨夜も今朝も取り乱していて、それが事態をより悪化させた。コーラはおばとおじの寛大さにこんな形で報いるつもりはなかった。

「そのうち終わるよ」新聞に目を通し終えたジョージおじが、朝食の席で優しく言った。「もともとこの人たちとはつき合いがなかったのだし」だがおじが今朝、家を訪問できる時間帯になるとすぐにミスター・ウェイドの父親のもとへ向かい、エリースとの結婚が予定どおり行われるかどうか確かめたことをコーラは知っていた。

エリースの存在自体が慰めで、昨夜はコーラと一緒にいてくれて、自分がつかんだばかりの幸せにこの件がどう影響するかを心配することはいっさいなかった。自分も荷物をまとめてコーラと一緒にドーセットへ帰るとまで言ってくれた。「いいえ、あなたはここに残って嫁入り衣装を買わないと」コーラは必死に妹に言い聞かせた。もしエリースがこの状況を生き抜けたなら、ここに残ってロンドンをめいっぱい楽しんでもらわなくてはならない。自分のせいで妹まで苦しめるわけにはいかなかった。

ベネディクタおばは、悪いのは自分でコーラに罪はない、そもそもコーラが青いドレスを着ることを自分が許したのが間違いだったと主張した。そんなことを許すなど、お目付役失格だと。だが、コーラはほかの誰かに責任を負わせるつもりはなかった。人が誰かに何かをさせることはできないとコーラは固く信じていた。結局、何をするもしないも、その人自身が決めるのだ。

反論することはできた。あのドレスを着て舞踏会へ行くことは拒否できたのだ。これは虚栄心を戒める訓話だ。仕立屋で見た生地に舞い上がった、自分が招いた災難なのだ。その災難にはデクランも関わっているが、彼のことは考えないようにした。コーラが何とか耐え抜けたのは、ひとえにまわりの人々……エリース、ベネディクタおば、ジョージおじのことを考えていたからだ。おかげでデクランのこと、衝撃と苦痛のことは考えずにすんでいる。

寝室のドアがノックされた。メイドが荷造りを手伝いに来てくれたのだろう。ドーセットへ帰るのが早ければ早いほど、早く立ち直り、態勢を立て直して前へ進むことができるはずだ。「どうぞ」コーラは声をかけた。「荷造りなら始めてちょうだい」

「違うんです、すみません」メイドはぎこちなく言った。「下にお客様が、殿方がいらっしゃっています。お嬢様はご在宅だとお伝えしますか？」

コーラの脈が速くなった。悔しいことに。デクランの存在に言及されただけで脈に飛び跳ねてほしくなかったが、それでも体は希望と情欲に高ぶった。デクランが来てくれた。説明を聞く気になってくれたのだ。二人で力を合わせれば、この状況を正す方法が見つかるはずだ。コーラはこのことを心から申し訳なく思っていた。デクランには伝えるつもりだったが、今では待ちすぎたと認めざるをえない。コーラはスカートをなでつけた。「すぐ下りるわ」

コーラは鏡の前に立つ時間をとった。泣き腫らした目は、いくらか腫れがひいていた。血色を戻そうと頬をつねったが、寝不足を示す目の下の隈《くま》はどうしようもなかった。デクランにはどうでもいいことだと自分に言い聞かせながら階段を下り、昨日はあれほど幸せな場所だった応接間へ向かう。デクランが来てくれた。関係を修復する気があるのだ。

コーラは顔に笑みを貼りつけた。これがこのような面会にふさわしい表情なのか疑問に思いながら応接間に入ったとたん、その表情が凍りついた。「フェントン卿《きよう》」コーラはためらい、気を取り直そうとしたが、心は沈んだ。前向きでいようとする。これは良い状況なのかもしれない。デクランがフェントン卿を使者として送ってきたのかもしれない。

フェントン卿はコーラの手を取っておじぎをした。「ミス・グレイリン、お会いできて良かった。あなたが想像していた相手ではなくて申し訳ない」

「お願い、私のことは気になさらないで。あなたにお会いできればいつだって嬉《うれ》しいのだから」コーラは謝った。「今日の私の礼儀はひどいものね」

「仕方ないよ。昨夜は……大変だったから」フェントン卿はとても親切で、コーラは彼の礼儀正しさをありがたく思った。

「こちらへ来て座って。紅茶の用意をさせるわ」火が入っていない暖炉の前の長椅子と椅子を手で示す。

フェントン卿が座ると、コーラは初めて彼の服装に目を留め、それが乗馬服でも公園で馬車に乗るための服でもなく、もっと形式ばった服装であることに気づいた。彼がここへ来たのは近所を通りがかったからではない。デクランに会ったのかたずねたかったが、その勇気はなかった。必死そうに見えるだろうし、フェントン卿がここへ来た理由が知りたかった。デクランのためなのか、コーラのためなのか。

フェントン卿は咳払《せきばら》いをした。「僕がここへ来たのは、あなたにたずねたいことがあるからで、どうか最後まで僕の話を聞いてほしい」彼は不安そうな顔をし、両手でズボンの膝をなでつけた。それを見たコーラも不安になってきた。

「何でもたずねて」コーラは促し、フェントン卿の気を楽にしようとした。彼はコーラの良き友人であり、コーラが面目を失った今、ここへ来てくれたことがその証《あかし》だった。

フェントン卿は魅力的な笑顔を見せた。「では、おたずねします。コーラ・グレイリン、僕と結婚していただけますか？」

コーラは目を見張った。言葉が出てこなかった。そう遠くない昔なら、あからさまな喜びではないにせよ、安堵《あんど》とともに承諾していただろう。そう遠くない昔なら、これはコーラの希望の頂点、いやそれすらも上回る瞬間だっただろう。貴族の息子から、友人で、優しくて面白い人だとわかっている男性から求婚されたのだ。アレックス・フェントンはどんな女性にとっても良い相手だろう。だが今の自分にとっては違う。コーラは首を横に振った。「光栄だけど、お断りするしかないわ、お互いのために」フェントン卿にはそれがわかっているはずでは？

フェントン卿は椅子にもたれ、真剣な目つきになった。「僕が予想していたよりも早い返事だったな。紅茶のお盆さえ来ていないうちに断られたんだから。ふる前に、多少は検討してもらえると思っていたのに」その言葉は傷ついたからというより、ただ説明するために発せられた。「僕たちはいつもざっくばらんに話をしてきて、それは僕があなたにたくさんあると思っている美点の一つだから、ここからもざっくばらんに話したほうがいいと思う」

紅茶の盆がのったワゴンが運ばれ、使用人が音をたてながら磁器をテーブルに置き、出ていった。コーラが紅茶を注《つ》ぐ間、フェントン卿は話を続けた。「社交界を揺るがす惨劇が起こった。これは始まりにすぎない。良い方向へ向かう前に、さらに悪い方向へ向かうだろう。いつこれが良い方向へ向かい、消えてくれるのかは、僕たちがその出来事と僕たち自身をどう扱うかにかかっている。そして、反応できる機会は限られている」

コーラはフェントン卿のカップにクリームを注ぎ、彼に渡した。「私の反応はこうよ。明日の朝、ドーセットに発《た》つの。今こうして話をしている間にも、メイドが上で荷造りしてくれているわ」

「あなたが出ていくタイプだとは思わなかった」フェントン卿は咎《とが》めるように言った。

「私は守るタイプよ」コーラは答えた。「出ていくのは、それがロンドンに私を忘れてもらい、デクランに前へ進んでもらい、妹に婚約期間を楽しんでもらうための最善策だから。私が長く留《とど》まれば留まるほど、人は起こった出来事を思い出すわ」

フェントン卿は紅茶を飲み、コーラの言葉について考えた。「出ていくことは逃げることで、レデイ・エリザベスに告発された内容はすべて事実だと認めているに等しい」コーラを強い目で見る。「ドレスのことだけではない。男からすれば、ドレスなんてどうだっていい。問題はそれ以外の部分……あなたが善良な男を意のままにしたこと、正当な権利があったはずの女性たちからデクランを〝盗んだ〟ことだ。レディ・エリザベスはあなたを売春婦のように表現した。ぶしつけな言い方で申し訳ないが」

彼は言葉を切った。「もし今あなたが出ていけば、戻ってくることはできない」

コーラは片方の肩をすくめた。「私が留まる理由がある？　私を招待する人は誰もいないわ。いずれにせよ、私の社交シーズンは終わったの」

「でも、あなたの人生は終わっていない」フェントン卿は抗議した。「あなたはロンドンのやり方に不慣れだ。それをよく知る人間からの適切な助言を無視するほど意地を張らないでほしい。良い結婚が評判を立て直す例は多いんだ。僕と結婚してほしい。来年のシーズンに戻ってきて、やり直せばいい。二年あれば、誰もそこまで気にしなくなるよ」

コーラは時間をかけて紅茶を飲んだ。分別のある女性であれば、この提案に利点を見出《みいだ》すだろう。コーラはかつて分別ある女性で、自分の務めを果たすつもりでいた。今も自分の務めを果たすつもりではいるが、こんな方法をとることはできない。

「なぜあなたは私のために自分を犠牲にしようとするの？」フェントン卿の提案が異例であることは、コーラにもよくわかっていた。コーラの暗黒期に、彼はそこから抜け出す道を示してくれた。抜け出すだけでなく、前へ進む道、惨敗から勝利をつかむ道を。この婚約が発表されたときのレディ・エリザベス・クリーヴズの顔を見るのはどれほど痛快だろう。だが、そんな発想は狭量でもある。

フェントン卿は誇らしげにほほ笑んだ。「コーラ・グレイリン、あなたと結婚するのは犠牲などではない。僕は最初にあなたに目を留めたデクランをしょっちゅう羨んでいた。もしあのハーロウ舞踏会の晩、あなたと僕しかいなかったら、僕にもチャンスがあったのではないかと思っているんだ」

コーラはショートブレッドのかけらをもてあそんだ。「新聞はあなたのことをデクランと同じように書くでしょうし、あなたは彼の残り物を、醜聞を起こした女性を引き受けるのだから、それ以上にひどいことを書かれるかもしれないわ」

「すべてそのうち収まることだし、僕はあなたと築ける人生を信じているから、その時を待つつもりだ」フェントン卿は熱心に身を乗り出した。「ミス・グレイリン、僕たちは幸せになれる」つい二日前、デクランも同じことを言ったのではないか？

フェントン卿が彼自身にそのような嘘《うそ》をつくのを放ってはおけない。二人の間には永遠にデクランが立ちはだかるだろう。「あなたの無私無欲さと騎士道精神には頭が下がるけれど、そんなことはさせられないわ。あなたはもっと幸せになるべき人よ。でもありがとう、友達として」

フェントン卿はゆっくりうなずき、言葉を選びながら言った。「これは悪意や落胆から言うわけじゃないが、デクランは来ないだろう。もしあなたが彼を待っているなら、彼に希望を持っているなら、その希望は見当違いだ。今朝、デクランに会ったんだ。彼は動揺している。裏切られたと感じ、混乱している。自分を責める気持ちでいっぱいだ。でも相変わらず、公爵家のために自分の務めを果たすと決めている」コーラのせいでいっそう困難になった務めだ。「コルビー卿との間に厄介事があるそうだ。プロメテウス・クラブという、カウデン公爵が運営する事業投資クラブがあるんだが、コルビー卿はデクランが会員資格を得るのを妨害すると脅している。その会員資格は誰もが欲しがっているものだ」

その知らせに、コーラはショートブレッドのことを忘れて動きを止めた。「レディ・エリザベス・クリーヴズと結婚すれば、その脅迫はなかったことになるわけね。それならいっそう、私はこの街からすぐに出ていったほうがいいわ」その知らせを聞いても、フェントン卿の求婚に対する自分の決断が変わらないことを示すために立ち上がった。確かに心の底では、デクランが来て、説明を、コーラ側から見たいきさつを聞きたいと言ってくれたら、すべてが修復できるという希望を少しは持っていた。

フェントン卿は立ち上がり、コーラに名刺を渡した。「街を出る前に、いつでも僕を訪ねてくれ。もし僕にできることがあるのなら」〝あるいは、もし気が変わったら〟と言いたいのがわかった。

「ありがとう、そうするわ」コーラは礼儀からそう言った。フェントン卿の騎士道精神に対し、それくらい言うのは当然だ。だが、彼に会うことは二度とない。フェントン卿の目には今も誤った希望が浮かんでいたが、コーラの気は変わらない。明日ドーセットへ向けて出発し、後ろは振り返らない。永遠に。

コーラが姿を消し、ロンドンは最初から彼女がいなかったかのようにふるまった。三週間が経《た》ち、数件の小さな醜聞が起こっただけで彼女の存在はかき消された。初期の催しを欠席する原因になった衣装の〝第二弾〟をまとったレディ・エリザベス・クリーヴズは、盛り上がりの最高潮へと向かう社交シーズンの話題の的だった。議会の仕事は忙しく、デクランは四六時中、会議に出て法律制定の議論をしていた。舞踏会が隆盛なら、娘の結婚を目論《もくろ》む母親たちも全力で動き、カレンダーとにらめっこした。コーラがいなくなり、デクランが再び自分たちのもとへ戻ってきてから、彼女たちが息をつく暇はなかった。今回は父親たちも同じだとデクランは気づいた。

デクランは何もかもに見境なく腹を立てながら、晩夏の物憂げな午後に低く響くお喋《しゃべ》りの声から離れ、ホワイツという紳士クラブの片隅の椅子に一時の平穏を求めた。コーラの名が社交界によって泥まみれにされずにすんだことを喜ぶべきだった。だが、彼女が忘れられていくことにいらだちを感じていた。コーラなど存在しなかったかのように、誰もが今までどおりの生活を続けた。もちろん彼らにとってはそうすることが得策だった。だがデクランにとっては、まるでコーラが死んだかのように感じられた。デクランは彼女の喪失を悼んだ。

デクランの中には、議会と娯楽にどれだけの時間を捧《ささ》げても決して埋められない空洞があった。逃げ出したかったが、いったいどうやって? リバーサイドには行けない。あの屋敷は、庭は、コーラの思い出でいっぱいだ。彼女のことを思い出さずに公園で馬車に乗ることも、あのすばらしい午後を思い出さずに囲い地を歩くことも、最初の舞踏会を思い出さずに舞踏会に参加することも、自分たちがした願い事を、リバーサイドでの最初の朝を思い出さずに噴水のそばを通り過ぎることもできなかった。

デクランは髪をかき上げた。この数週間、デクランは腫れ物扱いされていた。誰も理解してくれなかった。母には、知り合ってたった数週間の女性のことで大げさに騒ぎすぎだと思われている。アレックスでさえいつもの思いやりを示してくれなかったが、コーラに関しては彼も自分の傷をなめているのだろう。アレックスによれば、コーラは検討さえせず即座に断ったらしい。デクランは口では〝きっとそれで良かったんだ〟と言い、友人に心から同情しながらも、内心では喜んでいた。二人が一緒にいるのを見るのはあまりにつらすぎる。

「ちょっといいか?」

デクランが顔を上げると、アレックスが近づいてくるのが見えた。追い払っても、アレックスなら理解してくれるだろう。人にはどうしても一人にならなくてはならない時がある。「ああ、一杯やろう。僕が楽しい話し相手になれるかどうかは保証しかねるが」給仕係に合図し、酒をもう一杯注文する。

「まだふさぎ込んでいるのか」アレックスは空いた椅子にするりと座った。「僕に話してみないか?」

デクランはアレックスにいかめしくほほ笑んでみせた。「聞きたいのか? 君はこの数週間、心を閉ざしている僕のとばっちりを受けていたのに」

アレックスは給仕係の盆から酒を取った。「そういうときのための友達だろう。乾杯」

デクランはアレックスがブランデーを一口飲むのを待った。「コーラを克服できないんだ。社交界が前へ進んだのが最善だったのはわかるが、そのことに腹が立っている。僕は前へ進めないから。正直に言うと、進みたくもない。彼女を思い出したいんだ。僕たちの……会話を頭の中で再現して」アレックスもコーラと結婚したがっていたのだから、言葉は慎重に選ばなくてはならない。「何が本当で何が本当でないのか、手がかりを探している。何が裏切りで、何が嘘で、何が真実なのか? 頭の中で全部がごちゃごちゃになっている」

デクランは椅子の肘掛けを指でこつこつたたいた。「話をしないままコーラを行かせたのは間違いだったのかもしれない。あの晩はすぐさま彼女を追い払ってしまったし、そのあとは意固地になりすぎた。そして彼女はもういない」ずいぶん前からコーラはいない。おじのタウンハウスも閉鎖されている。デクランが訪ねたところ、コーラは出ていき、おじとおばと妹は家族揃《そろ》って婚約を祝うために、ミスター・ウェイドとともに彼の田舎の屋敷へ行ったと使用人から聞かされた。ミスター・ウェイドは立派にも、デクランから促されるまでもなく婚約を継続した。エリースの結婚話が進むことがわかってデクランは安心したし、コーラも安心したはずだ。

「今さら話して何か変わるのか？」アレックスはたずね、さっきよりも多く酒を口に含んだ。

良い質問だ。デクランが自分のためになる、傷を癒す助けになると思った距離は役に立たなかった。コーラとの会話に自分は何を求めているのだろう？謝罪してほしいのか？　説明してほしいのか？

「きっと僕は幕引きをしたいんだ。説明を聞くことが、彼女を本当に忘れるための唯一の方法なのかもしれない」アレックスが何週間も前に達していたのと同じ結論にようやく自分も達したのだろうか？嘘や裏切りはすべて同じ重さではなく、理解でき、許容でき、許せるものも中にはあるから、人は新たに出直せると？　もしそうなら、自分はこの会話を二人の架け橋を修復するチャンスだととらえているのか？

アレックスが考え込むようにデクランを見た。

「ミス・グレイリンも幕引きを求めているかもしれない。彼女は謝罪を受ける権利もある。不当な扱いを受けたのは君だけではない」それは親友だけが言えることだった。公爵相手に謝れと言う人はそういない。

デクランは苦笑いを浮かべた。「アレックス、君はいつも僕に謙虚さを思い出させてくれるな」

アレックスはにっこりした。「誰かがその役をしなきゃならないからな。彼女にはそれができる」

デクランはうなずいた。そのとおりだ。それはコーラのいくつもある魅力の一つだ。彼女は本心を口にすることをためらわないが、レディ・エリザベスとは違って、それを控えめにやってのけるのだ。

アレックスは自分の酒をじっと見た。「君たちの仲を修復できたら、婚約を考え直すのか？」幕引きは結末を示唆するが、新たな始まりをも示唆する。

「どうだろう。わからない」不安に似た何かが胃の中でざわめいた。それはデクランには不慣れな感覚だった。公爵は不安にならない。何もかもが想定どおりの結果になるのだ。だがコーラに関しては、何も想定できなかった。彼女がいたからデクランは機能していた。「幕引きはできるかもしれない。互いの傷も癒せるかもしれない。だからといって、僕たちが再び挑戦できる場所へ行けるかどうかはわからない」それが現実になるのが怖くて、デクランはその言葉を口に出すのをためらった。だがそれは現実なのだから、口に出すべきだ。「損害が大きすぎるかもしれないんだ」二人はあの運命の晩、カウデンの舞踏室で互いを裏切った。醜聞の風が一度吹いただけで、二人は倒されてしまった。デクランはそれを悔いていた。

「コルビー卿の脅迫はどうなった？」アレックスがたずねた。「あれは今後も続くだろう」

「カウデンが手を打ってくれた。今朝付で僕はクラブの正式な投資パートナーになったよ」デクランはほほ笑んだ。それは久しぶりに聞いた良い知らせで、それがとても嬉しかった。この会員資格の目的は未来であり、自分の息子に、娘の持参金と義理の息子に残す遺産だ。まだ自分が持っていない家族に。

アレックスはにっこりして酒を飲み干した。「じゃあ、あとは買い物と荷造りをするだけだな。すぐドーセットへ向かうんだろう」

「買い物？」デクランは眉をひそめた。アレックスの言葉に不意を突かれた。確かにドーセットへは行くことになるだろう。それはこの状況すべてが導く場所だが、デクランはその言葉を口にはしていない。だが、それ以外にコーラと話す方法があるか？

「馬鹿だな、ミス・グレイリンには妹たちがいるだろう。ご婦人は贈り物を喜ぶし、紳士が自分の妹たちに優しさを示せばいっそう反応は良くなる。男の本当の評価は家族と犬と年寄りへの接し方で決まるって、誰かに教わらなかったか？」

「馬はどうだ？」コーラが犬を飼っているかどうかは知らないが、馬はいる。デリラだ。

「もちろん馬も重要だろう」アレックスはデクランの肩をたたいた。「さあ、贈り物を選びに行ったあと、トランクを荷造りしよう」

「馬車ではなくサムソンに乗っていきたいから、あまり大きな荷物は持てない。馬での長旅にふさわしい良い天気だし、そのほうが快適に過ごせる」何日も馬車に閉じ込められ、コーラと自分の後悔について、あのおぞましい晩に本当はどう言うべきだったか、ドーセットに着いたら何をすればいいかを考える以外にやることがないなどまっぴらだ。そんなことになれば、一日目が終わる前にこれで良かったのかとくよくよすることになるだろう。

22

コーラは故郷へ戻った日から、自分の決断が正しかったのかどうか思い悩んでいた。グレイリン家のタウンハウスとロンドンの贅沢《ぜいたく》さのあとでは自宅がいっそうみすぼらしく見えたからではなく、戦いから逃げることに慣れていなかったからだ。一カ月近く経《た》った今、コーラは洗濯物を干しながら、またも自分の選択肢を見直していた。ロンドンに留《とど》まるべきだった？　ハーロウ邸へ押しかけてデクランに面会を要求するべきだった？　説明くらいさせてほしいと言うべきだった？　だが、重要なのは説明だけではない。その説明が表している内容だ。それを見抜くのに、愛だけではじゅうぶんでなかった。

　コーラはしわを伸ばすべくシーツを振り広げたあと、木製のピンを取って洗濯紐《ひも》に留めた。出ていったのは身勝手だっただろうか？　出ていくのはほかの人々の体面を守るためだとフェントン卿《きょう》には言ったが、内心では自分の体面を保つためでもあったとわかっている。デクランに再び避けられるのは耐えがたかっただろう。彼がコーラに会わないことを選んだと知りながらロンドンにいること、適切な期間を置いて彼とレディ・メアリー・キンバーの婚約が発表されるのを見守ることは、コーラが持っている以上の強さを必要としただろう。

　コーラはデクランに何よりも心を捧《ささ》げた。彼に希望を託した。愚かな、愚かな女だ。分別があるはずなのに、それが現実になってほしいからというだけで、別人でいることを自分に許した。望めばそれが現実になるわけではない。コーラの心が破壊されただけでなく、希望も打ち砕かれた。

　かごの中からシュミーズを取って干す。それ以外の点では、家にいるとほっとした。コーラはここでは必要とされている。コーラがいれば庭の手入れも、料理人が作るメニューも、家と教区民も監督できる。キティとメリーはせいいっぱいやってくれていたが、二人ともまだ若く、教区の業務は二人だけでやるよりもコーラの指示に従ったほうがうまくいく。妹たちのことを思うと、笑みが浮かんだ。キティとメリーはピンクのリボンを気に入ってくれた。コーラと妹たちはあのリボンで帽子やサマードレスの縁取りをした。ヴェロニカまでもが一着のドレスを縁取りした。末妹は裁縫の腕を上げている。

　教区と妹たちと家のことでやるべきことはたくさんあり、コーラは忙しくしていた。だが、忙しくしているだけではデクランの不在によってできた心の穴は埋められないとすぐにわかった。それとも、問題はデクランではなくこの痛みだろうか？　それを判別するのは難しかった。最近では、デクランと痛みは一体化しているように思えるのだ。

小さな声がこう指摘してきた。〝要するに、あなたはデクランを愛しているのよ。そもそも愛していなければ、痛みを感じるはずがないんだから〟

コーラは作業用ドレスの下につけているオパールのペンダントに指で触れた。それをつけるのが習慣になっていた。デクランは今、何をしているのだろう？　まだ午後になって少し経ったばかりだ。クラブでアレックスと喋《しゃべ》っているだろうか。あるいはまだ地所の業務が終わっておらず、事務弁護士と会合中かもしれない。レディ・メアリー・キンバーとハイド・パークで馬車に乗り、フェートンの操縦方法を教えているかもしれない。路肩に馬車を停《と》め、友人たちと喋っているかもしれない。夜になれば、彼女と舞踏会で踊る。新聞は二人がいかに似合いのカップルか、デクランがシーズン前半の動揺からいかに立ち直ったか、世界がいかに秩序を取り戻したかを報じる。誰もが自分の持ち場へ戻り、七月が八月へ、シーズンの終わりへと突き進むのだ。

これが、コーラが一人で物思いに耽《ふけ》っているときに頻繁にしているゲーム、〝デクランは今、何を、誰としている？〟ゲームだ。それは特殊な拷問だったが、自分たちの関係は終わったのだと思い出させてくれる効果があった。公爵の人生は教区牧師の娘の人生とは嚙《か》み合《あ》わない。今ではそれがよくわかっている。お伽話《とぎばなし》は強力な教訓で終わる訓話になった。母がかつて話してくれた丸パンにまつわるロシアの民話のようだ。丸パンは逃げることで自分の運命から逃れようとしたが、丸パンは食べられるために存在しているため、結局は食べられてしまう。

コーラは洗濯かごを持ち上げて腰の脇で抱え、片手で額を拭った。今日は暑い。でも、おかげで洗濯物がすぐに乾きそうだ。干すのが少し遅くなったのであありがたい。頭の中で残りの家事を確認する。庭でスナップエンドウをとって、草むしりをして、ヴェロニカの明日の授業の計画を立てて……。

コーラは目の上に手をかざして道の先を見た。土埃《つちぼこり》が舞っていることから、馬車か馬に乗った人が近づいてくるのがわかった。不満のため息がもれる。また父が夕食に誰かを招いて、それを娘に伝え忘れたのだろうか？　先週そんな出来事があり、コーラは直前になっていつもの料理に即興で追加するはめになったのだ。コーラは頭の中ですでに食料貯蔵室を漁《あさ》っていた。ハムが使えるし、じゃがいもに新鮮なスナップエンドウを添えてもいい。道路の先へ目を凝らす。大きな栗毛《くりげ》の馬に人が乗っていた。

脈が速くなった……馬鹿馬鹿しい。栗毛の馬だからといって、サムソンとは限らない。乗り手の髪が暗色だからといって、デクランとは限らない。ドーセットはロンドンから遠く離れている。それでも馬と乗り手が近づくにつれ、確信は深まった。

デクランが来たのだ。

千もの考えがコーラの頭の中を駆け抜けたが、どれ一つとしてハムやスナップエンドウには関係なかった。すべてがデクランと彼が来た目的に関するものだった。私に会いに来たの？　説明を聞きに？　それとも、レディ・メアリーとの婚約を直接報告しに来たの？

デクランはコーラの前で馬を止め、生まれついての馬の乗り手らしい無造作で優雅な動きで飛び降りた。「やあ、コーラ」

「デクラン」彼の声から聞こえたのは、遠慮の気配だろうか？　自分が受け入れられるかどうかという不安？　あるいは、何とも恐ろしいことに今さら気づいたのだが、作業用ドレスと洗濯汚れがついた湿ったエプロンをまとい、頭にスカーフを巻いたコーラの姿への不快な驚きかもしれない。コーラがロンドンで着ていた流行の服装とは大違いだからだ。

「ちょっと馬でそこまで来たの？　近くを通ったから寄ってみた？」コーラは冗談を言おうとした。ロンドンからドーセットまで馬でどのくらいかかるのだろう？　少なくとも百四十キロはある。コーラとエリースが馬車でロンドンへ向かったときは、ほぼ三日かかった。

「良い釣り場があると聞いてね」デクランも冗談を言い、おかげで驚きと緊張感が和らいだ。彼は真顔になった。「君に会いたかったんだ」空のかごに手を伸ばす。「僕が運ぶ。家の中へ入ってもいい？」

「ええ」だが、コーラはデクランに家の中に入ってほしくはなかった。今日は洗濯の日なので家の中は散らかっているし、妹たちもいる。ハンサムな客を迎えることに妹たちは興奮するだろうし、説明も必要になる。それに、デクランの馬のことも考えなくてはならない。もし彼がサムソンの世話をしてくれる馬丁が出てくるのを待つつもりなら、一日中ここに立ちつくすことになる。「まずは納屋へ寄って、サムソンの世話をしないと」

納屋に入ると、コーラはサムソンの毛皮にブラシをかけながら、馬の背中越しにデクランを観察した。自分で作業をすることをいやがっているようには見えない。すっかりくつろいだ様子で、デリラの前で足を止めて雌馬をかわいがったあと、乗馬服を脱いで干し草用の熊手をつかみ、空いた馬房をサムソンのために整えている。やるべきことは筋肉が心得ているらしく、熊手ですくった干し草を楽々と積み上げていた。コーラの目はデクランの観察の仕方を忘れていないようで、それは良くない兆候だった。コーラは理性を保ち、自分の立場を守らなくてはならないのだ。ここは自分の家、自分の領域だ。ここでは強くあらねば。デクランが干し草を放る姿が魅力的だからといって、彼が自分を傷つけたこと、自分が彼を傷つけたことを忘れてはいけない。

サムソンの世話が終わると、デクランは自分の鞍《くら》袋と旅行かばんをかごに入れた。コーラはこれ以上、家へ入るのを先延ばしにできなくなった。だが、別の心配事が頭に浮かんだ。「いつまでここにいるの？　泊まる場所は必要？」予備の部屋はない。だが、コーラの部屋なら貸せる。エリースがいない今、コーラがメリーとキティの部屋へ移ればいい。

デクランがコーラに優しい笑顔を向け、コーラは胃の中がひっくり返った。「大丈夫。君に迷惑はかけない。コーン・マーケット沿いのジョージ＆ドラゴンに部屋を取った」彼は声を潜め、親密さを匂わせるいつもの動きでコーラに身を寄せた。「家は人でいっぱいだと君が言っていたのを思い出してね」

「お気遣いに感謝するわ」だがコーラは、デクランにそこまで思いやりがなければいいのにと思った。決意を保つのが難しくなる。「夕食を食べていく？　テーブルにはお客さんも座れる場所があるから。豪華な食事ではないけど」警告するように言う。

「ぜひ夕食をいただきたいし、〝豪華〟はしばらくいらないくらい間に合っているよ」デクランはドアの手前で足を止めた。「中へ入る前に話したいことがある。いいかい、僕がここへ来た理由だ。僕たちの間には未解決の問題がたくさんあるのに、僕はそれらを無視していいと勘違いしていた。距離が解決すると思っていたんだ。それは間違いだった。あとで二人で話そう。この数週間、僕は動揺していた。君がいないと何もかもが混沌《こんとん》としていて、どうやって生きていけばいいのか見当もつかなかった。でも僕は長旅をしてきたし、今は君の家族に会うこと、ただ君といることを楽しみたい。もしそれができないのであれば、そう言ってほしい。サムソンに乗って引き返すから。君に迷惑をかけたくないし、君をこれ以上傷つけたくないんだ」

デクランはすてきな言葉をくれた。それはコーラの心の中の思いと多くが共通していた。距離は何も解決してくれなかった。傷口は今も開いたままだ。つらいのは自分だけではないと知ることは、コーラの痛みに軟膏《なんこう》のように効いた。コーラがデクランを恋しく思っていたように、彼も自分を恋しく思っていたと知ることは。だが、それでは何も解決しない。問題は今もそこにある。

コーラは喉のつかえをのみ下した。これが謝罪や解決だと思い込まないよう、慎重にならなくてはいけない。実際にそうではないのだから。コーラはほほ笑んだ。「中へどうぞ」そう言うと、茶化すようにデクランを横目で見てドアを開けた。「でも覚悟してね、私が警告しなかったとは言わせないわ」

三人の妹たちは食堂の長いテーブルにつき、勉強を終わらせようとしていた。コーラたちが入ってくると顔を上げ、口をぽかんと開けて目を丸くした。

「みんな、紹介したい人が――」コーラは口を開き、妹たちがきゃあきゃあ言い始める前に数語は言おうとしたが、デクランが割って入った。

「僕はデクラン・ロック、ロンドンから来たお姉様の友達だ」彼はすばやく言い、コーラをちらりと見た。今夜、ここに公爵はいない。ハーロウ公爵はロンドンに残してきたのだ。デクランが鞍袋の中に手を入れた。「ミス・メリサンダー、ミス・キャサリン、ミス・ヴェロニカだね」デクランはかわいらしく包装されたガンサーズのボンボンの小箱を一人一人に手渡した。妹たちはマナーを覚えていたが、かろうじてといったところだ。「今夜のデザートに、大きめの箱も持ってきたんだ」デクランは最後の箱をコーラに渡し、二人はこっそり視線を交わした。

「料理人にお皿に並べてもらうわ。かわいすぎて食べるのがもったいないくらい。妹たちのことを本当によく考えてくれたのね」妹たちはほとんど贅沢ができない。三人がこのささやかな贈り物をどれほど喜んでいるか、デクランには想像もつかないだろう。

「この子たちはここでごちそうを楽しめばいいわ。あなたはこちらへどうぞ、散らかっているけど。チョコレートを厨房《ちゆうぼう》に置いて庭に出ましょう。スナップエンドウをとらなきゃいけないし、外のほうが涼しいから」二人が互いに何を言わなくてはならないにせよ、外のほうがじゃまが入らない。

厨房は狭苦しくて暑く、調理台には料理人が準備した夕食の食材と新鮮な野菜がぎっしり置かれていた。コーラは二人を互いに紹介した。料理人はデクランにうっとりしていたが、コーラの目につくのは乱雑さとみすぼらしさだけだった。エンドウを入れるボウルをつかむと、狭い空間でデクランにぶつかった。「あっ、ごめんなさい。ここは狭くて」

デクランはコーラの向きを変えさせ、勝手口へ促した。「何を謝っているんだ？　やめてくれ」午後の涼しくなる時間帯のため、外のほうが快適だった。

「家が散らかっているんだもの」長椅子にはたたんでいない毛布が掛けられ、テーブルには妹たちの勉強道具が散乱し、炉棚の上の花瓶は空っぽで花が生けられていない。

「居心地が良いよ」デクランが請け合った。「それに、謝らなきゃいけないのは僕のほうだ。予告もなく現れて、今日をめちゃくちゃにした」

コーラは笑った。「でもあなたはチョコレートを持ってきてくれたから、すべて許されるわ」ため息をつくと、肩の荷が下りるのを感じた。だが、そう簡単に屈してはいけないし、警戒を解いてはいけない。「本当に気にならない？　ハーロウ邸とは雲泥の差よ」二人の間にボウルを置き、豆をとり始める。「イタリアのガラスもローマの噴水もない」

「ハーロウ邸がいいなら、僕は今もロンドンにいるよ」デクランの視線はコーラに留まって視線をたぐり寄せ、その発言の含意をすべて明確に示した。彼が言ったのはハーロウ邸のことだけでなく、ハーロウ邸が象徴するすべてだった。「このあと夕食後に話そうと思っていたけど、もう待てそうにない。君にまた会えて胸がいっぱいなんだ」

デクランは遠慮がちにほほ笑み、コーラの土台を揺さぶった。決意が急速に消え去ろうとしている。

「道中、僕がここへ向かっているのは、君の説明を聞くためだと自分に言い聞かせた。でも、君のもとへ僕が行ってあげていると思うなんて傲慢だった。ここへ着いた今、僕は何よりも君に謝りたいと思っている。僕は愛があればじゅうぶんだと、あの日の午後に君に誓ったばかりだったのに、数時間後にその約束を破った。僕にとっては何よりも君が大事なのに、君が貶《おとし》められるのを黙って見ていた」

デクランの声が少しひび割れ、コーラは彼のほうに手を伸ばした。

「あの決定的な瞬間、僕は強くいられなかった。舞踏会の前に、ハーロウ邸で母と厄介な議論をしていたんだ。コルビー公爵が、僕がレディ・エリザベスに求婚するよう仕向ける計画を立てていると知ってね。僕が従わなければ、我が家の将来的な財政の健全さが失われるところだった」しかも彼はあの日の午後、コーラと戦うこと、二人でともに人生を築けると説得することにも力を費やしていたのだ。

デクランはあの何日間、何週間も互いのために強くあらねばならず、あらゆる局面で二人のために戦わなくてはならなかった。レディ・エリザベスの主張に衝撃を受けたのも無理はない。自分の戦いが無駄になったのだ。自分の努力が裏切られたのだ。

「いいえ、デクラン。あなたはいつも強くいてくれたわ」もしコーラがもっと勇敢で、彼にすべてを話し、彼を信頼していれば、二人は共同戦線を張れたし、デクランはもっとうまくエネルギーを使えていただろう。コーラはある意味、デクランを守っているつもりで本当は恐怖心から彼を弱らせていたのだ。

「これだけは言わせてくれ」デクランの目が黙って最後まで聞いてほしいと訴えていた。「僕にとって大事なのは君なんだ。君のドレスじゃない。君の家でも、社会的地位でもない。そんなものは何一つ重要じゃない。君がいなければ、僕は自分でいられない。僕は本当の自分でいられないんだ。僕は自分でいられない。とても長い間、本当の自分ではなかったんだと思う」

デクランがコーラの手を握りしめ、力を込めた。

「青は希望の色だって知ってたかい？　ハーロウ舞踏会での初めて会った晩、僕は希望を捨てかけていた。レディ・メアリーとワルツを踊ろうと思っていた。希望が持てなかったんだ。譲歩するしかなかった。そんなときに君が入ってきて、君は僕の希望になり、僕の人生が再び、もしかすると初めて始まったんだ。そのあと、僕は愚かにもその希望を投げ捨てた。カウデン舞踏会での君への態度は卑劣だった。謝っても謝りきれないよ。あの日の午後、君は僕に信頼をくれたのに、僕はすぐさま自分がそれに値しないことを証明してしまった。あの出来事の余波をうまく処理できなかっただけだとしても、その事実は変わらない」

「あなただけじゃないわ。あなたも私に信頼をくれたのに、私はそれを信じていなかったからうまく扱えず、意図せず軽率な扱いをしてしまったの」コーラは静かに言った。こんなふうに話せるとは思っていなかった。「私が最初からあなたに、自分はお金も将来性もない教区牧師の娘だと話せば良かったの。あの最初の晩に庭で、なぜ今まで私に会ったことがないのかとあなたにきかれたときに話せば良かったのよ。でも私はあの瞬間に、あなたというお伽話に、すっかり夢中になっていた」コーラの声には、襲いくる感情の波との戦いがにじみ出た。「そんなことはどうでもいいと思ったの。あなたには二度と会わないんだから、家へ帰ってドレスを、思い出を、あなたをしまい込めばいいと思った。そのあと、あなたにハウスパーティへ誘われた。私は断るべきだったし、あなたが何に足を踏み入れようとしているのか警告するべきだった。でも、そうはしなかった。あなたに話すチャンスは何度もあったのに、私はそのチャンスをつかまなかった。あなたに話してもいいとは思えなかった。あなたに私の正体を明かしてもいいとは思えなかったの。私は自滅なんてしない、お伽話を楽しむだけだと思った。終わったときに傷つくのは自分だけだと思い込もうとしたけど、実際にはあなたのことも傷つけようとしていたのね。最初、何も知らせなければあなたは守られると思った。のちにレディ・エリザベスのことがあったあとは、私が距離を置けばあなたは守られると思ったの」

コーラは深く息を吸った。

「ドレスのことはレディ・エリザベスが言ったとおりよ。私が注文したものではないわ。私たちは返品しようとしたし、返品できないなら代金を払おうとしたけど、マダム・デュモンはロンドンを離れていたし、助手は代金を受け取ってくれなかった。本当は私のものではないという意味で、ドレスは本物ではなかったわ。でも、愛はずっと本物だった。レディ・エリザベスに非難されてつらかったのは、ドレスのことじゃない。それは責められて当然だもの。いちばんつらかったのは、私があなたを意のままにした、嘘《うそ》の気持ちを伝えたとあなたに思われたことなの」何週間もの間、自分はデクランに何を言いたいのか、何を説明したいのか考え抜いた結果、本当に重要なのはそれだけだとわかった。愛が本物だったこと。

「愛は今も本物だ。それは今もここにある」デクランがささやいた。「もし君がそれを望んでくれるのなら」青い目を宝石のように輝かせ、コーラの手を自分の心臓の上に押しつけた。

「そんなに簡単なことなの？」ああ、そうだったらどんなにいいか。今ここで庭に立つコーラの体中の脈が、それが真実であることを望んでいた。「コルビー卿とプロメテウス・クラブのことはどうするの？　それは、これからあなたの前で閉ざされるいくつものドアの最初にすぎないわ」

デクランはコーラの唇に指を押しつけた。それが彼の唇だったらいいのにとコーラは思った。「カウデンが味方になってくれたよ。公爵に楯突《たてつ》く者はいないから、そのうちすべてがうまく収まる。それまでに僕たちがすべきなのは、関係を修復することだ。僕はそれを修復したいと思っている。君といれば僕は正直さと謙虚さを保つことができるし、僕にはどうしてもそれが必要なんだ」デクランはほほ笑んだ。

「お母様はどうするの？」コーラは希望に運び去られる前に、障害をすべて列挙しなくてはならない気がした。「家族はあなたにも私にも重要なものだし、あなたの家族にはお母様も含まれるわ」

「母ならそのうちわかってくれるよ。時間さえかければ」デクランはコーラに目配せした。「君のお父様こそどうなんだい？　僕を認めてくれると思う？　今夜、お父様と話をしてもいいかい？」

デクランは二人の未来をコーラに委ねようとしている。コーラは二度目のチャンスを与えられ、それをつかみたかった。この一カ月で、二人はどちらも正しいのかもしれないと思うようになっていた。愛は確かに得がたく脆《もろ》いものだが、使い方さえ正しければ、大きなことを成し遂げられる。「ええ、父が家へ帰りしだい話してちょうだい」

次の瞬間コーラはデクランの腕の中にいて、二人の唇と体が重なり、感動と離れていた間の感情のダムが決壊した。何列も並ぶスナップエンドウの真ん中で、コーラはデクランをいくら求めても求め足りなかった。会えない一カ月間は長すぎた。「コーラ、心配はいらない、僕はどこへも行かないから。もう二度と」キスの合間にデクランはささやいた。

コーラは笑った。「あら、あなたはまだ家族全員と食事をしていないじゃない」

デクランはコーラの手を強く握ってほほ笑み、青い目を躍らせた。「じゃあ、中へ入ってけりをつけよう」だがそう言いながらも彼は笑っていて、コーラには急に未来が彼の目と同じくらい輝いて見えた。

23

コーラの家族は期待を裏切らなかった。コーラとデクランがスナップエンドウのつまったボウルを持って戻ると、コーラの悩みの種だった家の中はキティが片づけ、テーブルにはメリーとヴェロニカが上等な食器を並べ、中央には野花が生けられていた。食事は料理人が腕をふるい、家中においしそうな匂いが漂っている。食事の準備が整い、デクランと父が書斎へ姿を消したときには、すでに震えるような期待が家中を駆け巡っていた。それは夕食に客を迎えることの単なる物珍しさかもしれないし、それよりも重要な何かを妹たちが雰囲気から察しているのかもしれない。

メリーはコーラの髪のセットを申し出てくれ、キティはベネディクタおばの家から持ち帰ったロンドンのドレスを着るようコーラに勧めた。「白い花模様の青いドレスがいいわ」メリーがコーラの髪にリボンを編み込んでいる間にキティが提案した。

「あなたたち、結婚の画策でもしているの？」コーラは笑った。一階の父の事務室にいるデクランのもとへ行きたくて、胃の中が不安でざわめいた。

妹二人は意味ありげに目配せした。「その段階はもう終わっているわ」二人は笑った。「もう、どうやってあんな人と知り合ったの？　すごく背が高くてハンサムね」二人が勢いよくまくしたてた。

「話せば長くなるわ」コーラは妹たちに言った。「長すぎて今は話せない。一階へ下りましょう。料理人一人では料理を並べきれないから」デクランがいようといまいと、家事はしなくてはならない。

デクランが階段の下でコーラを待っていて、この環境になじんでいるように見えた。父の部屋を借りて顔を洗い、シャツを着替えたようだ。花が刺繍《ししゅう》された新しいベストを着て、上着にはできる限りブラシがかけられていた。

「田舎の紳士の格好が板についているわね」コーラは褒め、デクランの腕に自分の腕をすべり込ませた。

「君もだ。君には田舎が似合う。僕はこんなふうにしている君が、生まれついた場所にいる君が好きだ。ロンドンにいる君もすてきだったけどね」デクランはいつもそのふるまいと気遣いでコーラを女王のような気分にさせてくれる。二人がいる場所が牧師館でも上品なタウンハウスでも関係ないのかもしれない。二人が一緒にいることこそが重要なのだろう。

「父との話し合いはうまくいったと思っていい？」デクランには、今も壊れたままの父の奥にあるものが見通せただろうか？　かつての父の姿が？

デクランは食堂へ入る前にコーラを脇へ引っ張り、

柔和な目つきになった。「お父様は君のことを心配していた。君はこの結婚に乗り気なのか、僕は君を愛しているのかときかれた。これが便宜上の理由からの結婚ではなく、恋愛結婚である点は譲れないと。お父様は君に、家族のために犠牲になる覚悟で自分の身を捧《ささ》げてほしくないんだ」デクランは笑い、温かな青い泉のような目をコーラに向けた。「あの時間が一度ですんで良かったよ。身の程を思い知らされるのは気落ちするものだ」

「ありがとう」コーラはデクランの頬にキスした。

デクランはコーラの手を引いた。「さあ、みんなに発表しよう」

食堂では妹たちと父がテーブルを囲み、料理の大皿がすでに並んでいて、父の前には珍しくワインのボトルが置かれていた。父の承諾が得られた今、コーラの心は浮き立っていた。これからパーティが始まるのだ。デクランが引いてくれた椅子にコーラが座ると、彼は咳払《せきばら》いをしてコーラの手を取った。

「お食事の前に、コーラが僕との結婚を承諾してくれたことをお知らせします」たちまちテーブルのまわりは大騒ぎになり、妹たちはあえぎ、ため息をついた。デクランは興奮が鎮まるのを待った。「僕はロンドンを出るとき、ある良き友人の助言に従って結婚特別許可証を取得しました。コーラがそれで良ければ、できるだけ早く、来週ここウィンボーンの教会で結婚するつもりです」

「私の教会で?」父が驚きと、おそらくは少々の畏怖を込めて言った。

「お父様の教会で、もしよろしければ式もお父様に執り行っていただきたいのです。一週間いただければ母も来られますし、ご家族の残りの皆さんも出席できます」コーラの胸は締めつけられた。デクランは、今ウェイド家を訪れているエリースとベネディクタおばとジョージおじのことも考えてくれたのだ。

「それに、計画も立てないと！」メリーが口を挟んだ。「お花を選ばなきゃいけないし、結婚式のあとの会食も、ドレスも。困ったわ、ドレスはどうすればいいの？　仕立てる時間なんてないし」

コーラは笑った。「ロンドンからたくさん持って帰ってきたから、そのどれかを使えばいいわ。一着選ぶのを手伝ってちょうだい」

「お母様のドレスを着てもいいわね」キティが割って入り、最近手にしたばかりの権限を振りかざした。キティは教区の仕事を引き継ぐにはまだ早くても、家の切り盛りに関しては大きな前進をしていた。

「しまってある場所はわかっているから」

「そのことはあとで決めましょう」コーラは妹たちの興奮にそっとふたをした。「今夜はお祝いしないと」テーブルを囲む家族の晴れやかな顔を見回す。

テーブルの下でデクランの手が手に押しつけられ、彼の太腿がひそかにスカートに触れるのを感じた。胸がいっぱいになる。これが愛なのだ。コーラは四方八方を愛に囲まれていた。

これが愛なのだ。愛はめまいを起こさせ、混沌《こんとん》としていて、笑い声と希望に満ちている。コーラの妹たちが協力して結婚式の準備をし、女性らしい高揚感と少女らしい笑い声に囲まれた一週間のあと、デクランはついにウィンボーン・ミンスターの立派な石造りの教会、セント・カスバーガの前方に立っていた。片側にアレックス、反対側に聖職者のローブを着て聖公会祈祷《きとう》書を手にした新婦の父がいる。

新郎側の信徒席の前列にはデクランの母、ハーロウ公爵未亡人が巨大な紫色の帽子をかぶって座っていた。背筋がぴんと伸びている。だがここに立ち、一人前の大人になる一歩を踏み出そうとしているデクランを見たとき、母の目ははっきりと輝いた。父に、男は年齢で大人になるのではないと言われたことがある。妻と自分の家族を持って初めて真の男になれるのだと。今日デクランはその一歩を踏み出し、残りも近いうちに叶《かな》うことを願っていた。

新婦側には、じきにデクランの姻戚になるグレイヴ子爵夫妻、その息子のミスター・ウェイド、コーラの妹たち、ベネディクタおばとジョージおじが座っている。教区民のほとんどが出席し、商人や郷士《スクワイア》、比較的裕福な羊牧場主らがいたが、ジョン・アーノットの姿だけないのは幸いだった。残りの人々は結婚式後の会食に参加する。あとは新婦が到着するのを待つだけだ。

デクランは息を吸って目を閉じ、コーラが幌《ほろ》を上げた馬車で新婦付添人のエリースと並んで座り、移動する道筋を頭の中で思い描いた。馬車は村の中を小さく一周し、結婚式に参加しない人々にも花嫁衣装姿のコーラを披露したあと、教会の外に停《と》まる予定だ。奥の大きなドアが開き始めたところで、デクランは目を開けた。コーラがそこにいた。

まずはエリースが、白いモスリンに黄色い花柄のドレスという夏らしいさわやかな姿で入ってきた。このあとエリースがいかに美しかったかを語る人もいるだろうが、デクランはハーロウ舞踏会の夜と同じく、すでにエリースの背後を見ていた。ただし今回は、そこで自分が目にするものを知っていた。コーラ・グレイリン、自分が愛する女性、これからの人生のパートナーとして自分が必要とし、求めている女性、自分をありのままに見てくれる女性だ。

今日のコーラは輝いていた。コーラは結局、母親のものだった裾に花の刺繍が入った白いリネンのドレスを着ていて、彼女を輝かせているのはそのドレスだと言う者もいるだろうが、デクランの意見は違っていた。コーラを輝かせているのは愛だ。デクランがコーラの視線を探って目を合わせると、彼女はデクランのほうへとゆっくり歩きだし、デクランは自分が彼女にふさわしい男であることを祈った。自分の愛が彼女にふさわしいものであることを。彼女に二度と自分への疑念を抱かせないことを。

コーラが目の前まで来ると、デクランは彼女の手を取った。グレイリン教区牧師が二人を生涯にわたって結びつける儀式を始めると、確信と希望がデクランを満たした。一八二四年の夏、デクラン・ロック、ハーロウ公爵は、この一つの真実が自明の理であることを知った。愛があればじゅうぶんだと。何と言っても、妻がそれを信じているのだ。

エピローグ

一八三〇年秋、ウィンボーン・ミンスター

「竿《さお》をしっかり持って……息子よ、それでいい。さあ、糸を上手にゆっくりたぐり寄せるんだ」デクランは五歳の息子アンドリューの後ろに立ち、網を構えて、息子の初めての釣りを指導していた。「うまいぞ。おかげでお母様と赤ちゃんがおいしい夕食を食べられる。ほら見ろ！　大物だ！」

デクランはこんなふうにアンドリューと過ごす時間を、父が自分と一緒にしてくれたことを息子と一緒にする時間を大事にしていた。かつてはこんな時間を夢見るだけ、望むだけだった。今やそのような時間が豊富にあり、デクランはそれを当たり前のことだとは思っていなかった。

魚に網を掛ける。「お母様に見せに行こう。きっとお前のことを誇りに思ってくれるよ」二人は夏の川の浅瀬を踏みしめて歩いた。岸辺に着くとデクランは足を止め、息子の肩に手を置いた。「ちょっとあそこを見てごらん。何が見える？」

アンドリューはコーラにそっくりな濃い色の目をデクランに向けた。「お母様と赤ちゃんが毛布の上にいるよ。キャンプファイアが燃えてる。今夜泊まるテントが立ってる。馬が草を食べてる」

「その光景をよく覚えておくんだ。今は意味がわからないだろうが、いずれ大人になったらわかる。これが愛だ。これが家族だ。忘れないように心の中にしまっておいてほしい」

夕暮れ時で、初秋の空がピンクから紫へと色を変えた。コーラが生後八カ月の娘と遊ぶ光景が、名前をつけられないほど強い感情をかき立てる。結婚式の九カ月半後に異例の短い陣痛ののち生まれたアンドリューに比べ、娘は難産だった。だからこそ、コーラの母親の名を取って名づけられたアレクサンドラ・キャサリンが、デクランにはいっそう貴重に思えるのだろう。

コーラは二人に気づいて手を振り、デクランが網を掲げるとくしゃりと笑顔になった。結婚したときでさえ心が壊れそうなほどコーラを愛していると思ったのに、今はあのとき以上に妻を愛している。公爵の生活に伴う譲歩を二人はうまくやってのけていた。デクランはウィンボーン・ミンスターにこぢんまりしていながら立派な、イタリアのガラスを使わない家を建てるという約束を果たした。ほかの地所へ行くこともあるが、この家が自宅であり、デクランが愛するすべてがここにあった。

コーラが愛するすべてがここに、星空の下にあった。コーラはこのような家族でのキャンプを大事にしていた。串刺しの魚を焼きながらまわりを見回す。アンドリューが妹に向かってボールを転がし、赤ん坊はそれを転がし返せるようになっていた。小さなアレクサンドラは兄が大好きで、アンドリューが何をしても笑う。自分の子供たちが笑い合っている声は、何度聞いても聞き飽きなかった。

コーラの隣に寝そべっているデクランがコーラの手を取った。「家に帰れて嬉《うれ》しい？」これはロンドンから戻って一度目のキャンプだ。議会の閉会が例年より少し遅れたうえ、一家はエリースと最近生まれた赤ん坊に会いにサマセットへ行っていた。アレクサンドラに、一緒に大きくなれる同い年のいとこができたのだ。

「すごく嬉しいわ。あの空を見て。あなたは？ 戻ってこられて嬉しい？」その質問をする必要はなかった。アンドリューと川にいたときのデクランの顔を見ればわかることだ。デクランは息子が初めて魚を釣る瞬間のために生きてきた。同様に、アンドリューに円形の囲いの中で乗馬を教え、アンドリューがすばらしく忍耐強い太ったポニーに乗って駆け回る日々のために生きてきた。デクランは公爵の血筋に生まれてきたが、父親としての血が流れていた。

コーラはデクランの手を自分の口元へ運び、指のつけねにキスをした。「今年は学校を増築して、遠くからも女の子が来られるように宿舎を作ったらどうかと考えていたんだ。キティは教師とまとめ役として頭角を表してきている。君に相談したかったんだが、キティを校長にするのはどうだろう？」

コーラは顔を輝かせた。「すごくいいと思う」学校は二人が最初に情熱を注いだ事業だ。大部分をコーラが取り仕切ってきたが、子供が二人できた今は子供たちと過ごす時間を増やし、学校の日常業務にかかりきりにならずにすむ監督的な立場につきたいと考えていた。「日曜の礼拝のあとキティにきいてみる」

「日曜の夕食後、お父様の本に目を通すと約束しているんだ。お父様は前へ進んでいるよ」デクランはコーラにウィンクしてみせた。

「全部あなたのおかげよ。あなたがお父様の財政を立て直して、とても実用的な提案をしてくれたから」デクランが父の力になってくれたおかげで一家の負担は解消し、生活を再構築できた。メリーは来年春の社交界ビューに備え、ベネディクタおばとジョージおじのもとで一年間過ごすことになっていて、ヴェロニカは学校でほかの女の子たちと生き生きと学び、聖書研究に熱意を示して父を喜ばせている。実際、そのことが父を立ち直らせるのに大いに役立った。父は今では教区の仕事に復帰し、ヴェロニカを連れて教区民の家庭訪問を行っていて、切り盛りしなくてはならない自分の家ができたコーラはそのことに安堵《あんど》していた。傍らにいるこの男性には恩がたくさんある。彼のおかげで完全体の自分に戻れたのだ。

デクランはコーラにすばやくキスした。「お伽話《とぎばなし》の調子はどう？」

「いい感じよ」コーラはデクランの目を見て静かに笑った。

「僕たちがいつまでも幸せに暮らす可能性はどのくらい？」デクランはコーラの耳元でささやいた。

「かなりあるわ」

二人はいつまでも幸せに暮らしましたとさ。

ハーレクイン®

公爵に恋した空色のシンデレラ

2025年1月5日発行

著　　者	ブロンウィン・スコット
訳　　者	琴葉かいら（ことは　かいら）
発 行 人	鈴木幸辰
発 行 所	株式会社ハーパーコリンズ・ジャパン 東京都千代田区大手町 1-5-1 電話 04-2951-2000（注文） 0570-008091（読者ｻｰﾋﾞｽ係）
印刷・製本	大日本印刷株式会社 東京都新宿区市谷加賀町 1-1-1
装 丁 者	小倉彩子
表紙写真	© Annaevlanova ｜ Dreamstime.com

ISBN978-4-596-71899-0 C0297

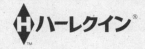

◆◆◆◆ ハーレクイン・シリーズ 1月5日刊 発売中

ハーレクイン・ロマンス
愛の激しさを知る

秘書から完璧上司への贈り物 ミリー・アダムズ／雪美月志音 訳 R-3933
《純潔のシンデレラ》

ダイヤモンドの一夜の愛し子 リン・グレアム／岬　一花 訳 R-3934
〈エーゲ海の富豪兄弟 I〉

青ざめた蘭 アン・メイザー／山本みと 訳 R-3935
《伝説の名作選》

魅入られた美女 サラ・モーガン／みゆき寿々 訳 R-3936
《伝説の名作選》

ハーレクイン・イマージュ
ピュアな思いに満たされる

小さな天使の父の記憶を アンドレア・ローレンス／泉　智子 訳 I-2833

瞳の中の楽園 レベッカ・ウインターズ／片山真紀 訳 I-2834
《至福の名作選》

ハーレクイン・マスターピース
世界に愛された作家たち
～永久不滅の銘作コレクション～

新コレクション、開幕！

ウェイド一族 キャロル・モーティマー／鈴木のえ 訳 MP-109
《キャロル・モーティマー・コレクション》

ハーレクイン・ヒストリカル・スペシャル
華やかなりし時代へ誘う

公爵に恋した空色のシンデレラ ブロンウィン・スコット／琴葉かいら 訳 PHS-342

放蕩富豪と醜いあひるの子 ヘレン・ディクソン／飯原裕美 訳 PHS-343

ハーレクイン・プレゼンツ作家シリーズ別冊
魅惑のテーマが光る
極上セレクション

イタリア富豪の不幸な妻 アビー・グリーン／藤村華奈美 訳 PB-400

※予告なく発売日・刊行タイトルが変更になる場合がございます。ご了承ください。

1月15日発売　ハーレクイン・シリーズ 1月20日刊

ハーレクイン・ロマンス
愛の激しさを知る

忘れられた秘書の涙の秘密 《純潔のシンデレラ》	アニー・ウエスト／上田なつき 訳	R-3937
身重の花嫁は一途に愛を乞う 《純潔のシンデレラ》	ケイトリン・クルーズ／悠木美桜 訳	R-3938
大人の領分 《伝説の名作選》	シャーロット・ラム／大沢　晶 訳	R-3939
シンデレラの憂鬱 《伝説の名作選》	ケイ・ソープ／藤波耕代 訳	R-3940

ハーレクイン・イマージュ
ピュアな思いに満たされる

スペイン富豪の花嫁の家出	ケイト・ヒューイット／松島なお子 訳	I-2835
ともしび揺れて 《至福の名作選》	サンドラ・フィールド／小林町子 訳	I-2836

ハーレクイン・マスターピース
世界に愛された作家たち
～永久不滅の銘作コレクション～

プロポーズ日和 《ベティ・ニールズ・コレクション》	ベティ・ニールズ／片山真紀 訳	MP-110

ハーレクイン・プレゼンツ作家シリーズ別冊
魅惑のテーマが光る
極上セレクション

新コレクション、開幕！

修道院から来た花嫁 《リン・グレアム・ベスト・セレクション》	リン・グレアム／松尾当子 訳	PB-401

ハーレクイン・スペシャル・アンソロジー
小さな愛のドラマを花束にして…

シンデレラの魅惑の恋人 《スター作家傑作選》	ダイアナ・パーマー 他／小山マヤ子 他 訳	HPA-66

文庫サイズ作品のご案内

- ◆ハーレクイン文庫……………毎月1日刊行
- ◆ハーレクインSP文庫…………毎月15日刊行
- ◆mirabooks……………………毎月15日刊行

※文庫コーナーでお求めください。

今月のハーレクイン文庫

12月刊 好評発売中！

Harlequin 45th Anniversary

帯は1年間“決め台詞”！

珠玉の名作本棚

「小さな奇跡は公爵のために」
レベッカ・ウインターズ

湖畔の城に住む美しき次期公爵ランスに財産狙いと疑われたアンドレア。だが体調を崩して野に倒れていたところを彼に救われ、病院で妊娠が判明。すると彼に求婚され…。

（初版：I-1966「湖の騎士」改題）

「運命の夜が明けて」
シャロン・サラ

癒やしの作家の短編集！　孤独なウエイトレスとキラースマイルの大富豪の予期せぬ妊娠物語、目覚めたら見知らぬ美男の妻になっていたヒロインの予期せぬ結婚物語を収録。

（初版：SB-5,L-1164）

「億万長者の残酷な嘘」
キム・ローレンス

仕事でギリシアの島を訪れたエンジェルは、島の所有者アレックスに紹介され驚く。6年前、純潔を捧げた翌朝、既婚者だと告げて去った男――彼女の娘の父親だった！

（初版：R-3020）

「聖夜に降る奇跡」
サラ・モーガン

クリスマスに完璧な男性に求婚されると自称占い師に予言された看護師ラーラ。魅惑の医師クリスチャンが離婚して子どもの世話に難儀していると知り、子守りを買って出ると…？

（初版：I-2249）